영국 바꾸지 않아도 행복한 나라

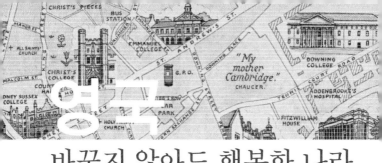

영국

바꾸지 않아도 행복한 나라

이식 · 전원경 지음

책읽는고양이

"한번쯤 우리도 그들을 따라해보자"

    나는 아직 영국에 가본 일이 없다. 내 머릿속에 있는 영국은 안개의 나라요, 매너 있는 신사의 나라일 뿐이다. 그런데 이식 씨와 전원경 씨가 사이좋게 나누어 쓴 이 책을 보니 그게 아니었다. 예절바른 영국인들이 실은 거친 야만인의 후손이라는 것, 민주주의의 원조인 동시에 아직도 귀족들이 득세하고 있다는 것, 인권뿐만 아니라 동물의 권리까지도 지키는 데에 열심이라는 것… 책장을 넘길수록 새로운 이야기들이 들려왔다. 책장 갈피마다에서 영국인들이 예의바른 웃음을 지으며 "이 이야기도 한 번 들어보실래요?" 하고 말을 걸어와서 책을 놓을 수가 없었다. 오랜 역사만큼이나 영국인들의 삶은 가지각색 다양했고, 거기서 흘러나오는 이야기들도 새콤달콤 독특한 맛이 있었다.

    단순히 영국인들의 삶을 부러워하는 수준이었다면 이만한 분량의 책을 쓸 수 없었을 것이다. 두 사람의 필자들은 시종일관 '평범한 이방인'으로 살았다고 말하고 있지만, 그들이 영국에서 그저 평범한 삶을 살았다 해도 책에 담겨 있는 예리한 관찰기들은 평범함을 넘어선다. 아마 영국인에게 이 책의 내용을 들려준다면 그들 역시 놀라리라. 너무도 익숙해져서 자신들마저 잊고 있었던 습성들을 족집게처럼 잡아낸 그 혜안에 말이다.

마지막 장을 넘기는 순간, 눈앞에서 영국인들이 느긋하게 걸으며 "뭐가 그렇게 바쁜가요?" 하고 묻는 듯했다. 숨가쁜 개발 드라이브에 열심히 밀려온 우리가 일찍이 가져보지 못했던 그 느긋함이 반갑고도 부러웠다. 이미 반쯤은 영국 신사가 되어버린 듯한 이식 씨와 영국 문화를 한껏 향유하고 있는 그의 아내 전원경 씨도 부러웠다. 그들이 살았다는 케임브리지의 고색 창연한 대학들과 꼬불꼬불한 거리의 런던에 가보고 싶어졌다. 운전석이 오른편에 달린 차를 몰고 푸른 잔디밭 사이로 한가로운 피크닉을 떠나고 싶어졌다. '태양 전지처럼 진지하게' 일광욕을 한다는 영국인들 사이에 섞여 투명한 여름 햇살을 즐기고 싶어졌다.

책을 접으며 내 입에서 흘러나온 노래는 뜻밖에도 신형원 씨가 부른 '개똥벌레'였다. "아무리 우겨봐도 어쩔 수 없네. 저기 개똥 무덤이 내 집인 걸." 우리의 삶은 왜 오늘도 이렇게 바쁘고 힘겨운 것일까. 우리에게 지구 저편에 사는 영국인들처럼 "천천히 해요, 천천히." 하고 이야기해주는 마음씨 좋은 직장 상사나 친절한 가게 점원은 없는 것일까. 바쁘게 살지 않아도 얼마든지 행복할 수 있다고 그들은 이야기하는데….

그러나 이 책은 우리에겐 또 다른 무언가가 있음을 역설적으로 환기시켜 주었다. 늘 긴장이 감도는 승부욕, 한번 마음먹으면 '불가능은 없다'며 몰아치는 추진력, 그리고 참을 수 없는 교육열 등 우리가 가지고 있는 미덕들을 영국 사람들의 느긋함과 예의바름에 대입해본다면? 새는 양쪽 날개로 난다. "우리는 안 돼!" 하고 그냥 주저앉기보다는 그들의 부럽다 못해 진저리가 처질 정도의 이성적, 합리적 삶의 태도를 한번 따라해보는 건 어떨까. 뒤뚱거리던 날갯짓이 어느새 바로잡아져 상큼한 '희망의 나라'를 연출할 수 있지 않을까.

주철환

차례

1부

왜 어떻게
이성적이고
합리적인가

영국인의 두 얼굴, 지킬 박사와 하이드 씨

영국 사람은 두 가지 얼굴을 가지고 있다. 그 얼굴은 《보물섬》의 작가 로버트 스티븐슨이 쓴 소설 《지킬 박사와 하이드 씨》에서처럼 지극히 상반된 얼굴이다. 소설 속에서 온후한 과학자 지킬 박사는 밤만 되면 살인마 하이드가 되어 새로운 희생양을 찾아 안개 낀 거리를 배회한다. 영국 사람들을 보면 볼수록 내 머릿속에서는 지킬 박사와 하이드의 모습이 겹쳐져서 떠오른다. 그만큼 영국 사람들은 타고난 '이중성'의 소유자들이다.

영국 사람들의 드러난 얼굴은? 물론 지킬 박사의 얼굴이다. 하이드의 얼굴은 평소에는 찾아보기 어렵다. 영국 사람은 예의바르고 공공 질서를 잘 지키며 차분한, 그러면서도 수줍음 때문에 낯선 사람에게는 약간 쌀쌀맞아 보이는 신사 숙녀들이다. 아마 영국을 다녀간 대부분의 사람들은 이런 얼굴의 영국 사람들을 길거리에서, 지하철과 버스에서, 극장과 상점과 미술관에서 무수히 보았을 것이다.

나직나직한 말소리, 옷깃만 스쳐도 "익스큐즈 미(Excuse me)" 하면서 얌전하게 사과하는 모습, 무거운 짐을 들고 가는 여학생에게 "괜찮으시다면 짐을 들어드

릴까요?” 하고 묻는 영국 청년(짐을 들어주는 것을 빌미로 이내 치근덕거리기 시작하는 이탈리아의 청년들과는 차원이 다르다.), 뒤에 들어오는 사람을 위해 문을 잡은 채 기다려주는 신사, 지도를 들고 두리번거리는 여행객에게 “어디를 찾으세요?” 하고 묻는 할머니, 아기 엄마를 위해 유모차를 버스에 실어주는 운전사… 예를 들자면 끝이 없다. 이 책 한 권을 몽땅 ‘친절하고 예의바른 영국 사람들의 모습’에 할애하라고 해도 충분히 할 수 있다.

영국을 찾은 관광객들, 특히 와자지껄한 대도시에서 시달리다 온 우리 한국 사람들은 대부분 차분하고 친절한 영국 사람들의 모습에 깊은 인상을 받는다. 인상이 지나쳐서 아예 감격하는 사람들까지 있다. 사시사철 회색 안개가 끼어 있는 런던에서 별다른 볼거리를 찾지 못했어도, 유럽에서 가장 비싸다는 물가에 지갑을 몽땅 털리면서도 ‘영국 신사’를 본 것만으로도 영국에 온 보람이 있다고 거듭거듭 말한다.

글쎄, 과연 그럴까?

나는 드러내놓고 ‘그렇지 않다’고는 말하지 못한다. 적잖은 돈을 들여서 온 여행길의 감흥을 지나치게 자세한 설명으로 망칠 필요는 없으니까. 그리고 대부분의 경우, 영국 사람들이 보여주는 신사도는 진짜다. 그들은 마음에서 우러난 친절을 베푼다. 관광객이기 때문에, 외국인이기 때문에 일부러 친절을 과장하는 법은 별로 없다. 특히 여자나 노인, 어린이, 장애인 같은 약자에게는 더더욱 상

©Temp Sport

홀리건들이 보여주는 엄청난 호전성이야말로 영
국 사람들의 숨어 있는 얼굴, 하이드의 얼굴이다.

냉하다. 숨어 있는 얼굴을 드러내기 전까지는 말이다.

그렇다면, 그 숨어 있는 얼굴은 과연 무엇일까?

독일에서 열린 2006년 월드컵을 가슴 두근거리며 기다
린 사람들이 많을 듯싶다. 그러나 영국 정부는 아마 월드
컵 기간 내내 걱정이 태산이었을 게다. 바로 전세계에 악
명 높은 영국 홀리건(Hooligan) 때문이다. 세계 어디든
축구 경기만 열리면 떼지어 몰려가 기물을 부수며 난동
을 부리는 이 홀리건들은 이미 1998년 프랑스 월드컵 내
내 영국 경기가 열리는 날마다 전 프랑스를 휘젓고 다녔

던 경력이 있다. 영국과 튀니지 간의 1차전이 열렸던 마르세유에서는 홀리건의 난동이 얼마나 격렬했는지 시내 진압을 위해 말탄 기마 경찰까지 출동해 전쟁터를 방불케 했었다. 이 홀리건들이 영국과 거리가 먼 2002년 한일 월드컵에야 오지 못했지만, 독일은 영국에서 지척 아닌가.

그런데 예상 외로 2006년 독일 월드컵에서 난동을 부린 영국 홀리건은 거의 없었다. 알고 보니 영국 정부가 지난 10년 간 홀리건 전력이 있는 용의자 3,500명을 아예 출국 금지시켜버렸던 것이다. 예방책이 효과를 발휘해서 이번에는 블레어 총리가 독일 TV에 출연해 손이 발이 되도록 비는 사태는 벌어지지 않았다. (98년 프랑스 월드컵 때는 정말로 이랬었다.) 축구광들이 난동을 부려봤자 얼마나 부리겠냐고? 1985년 벨기에에서 열린 유럽 클럽컵 대회에는 영국 홀리건의 폭력 사태로 무려 39명이 사망한 대참사가 빚어진 적도 있었다. 홀리건의 난동은 단순히 난동 수준이 아니라 새로운 전투 기술로 무장한 시가전 수준인 것이다.

이것이 영국 사람들의 숨어 있는 얼굴, 하이드의 얼굴이다. 홀리건들이 보여주는 엄청난 호전성이 얌전한 영국 사람들의 내면 어딘가에 숨겨져 있는 것이다. 홀리건들은 깡패나 건달이 아니다. 평소의 그들은 성실하고 가족적인 보통의 영국 사람들이다. 영국 사람들이 축구를 너무 좋아하다보니 그렇다고 말할 수도 있겠다. 그러나 98년 당시 '마르세유 시가전'을 벌인 영국 홀리건들은 거의 경기장에 들어가지 못한 사람들이었다. 그들은 축구 경기를 빌미로 때리고 부수며 쌓여 있는 스트레스를 해소한 것이다. 아니, 자신들의 본성에 잠재해 있는 야성을 한꺼번에 발산해버린 것이다.

앞서 말한 예의바르고 얌전한 모습이 영국 사람들의 본성이라면, 그것은 천년이 넘는 긴 시간 동안 습득해 온 후천적 본성이다. 반면 훌리건들의 난동은 영국 사람들이 옛날 옛적부터 선천적으로 가지고 있던 본성이다. 그러므로 두 가지의 본성 중에 어느 것이 진짜냐고 묻는다면 '하이드'의 본성이 진짜라고 할 수 있겠다.

영국 사람들은 사납고 거친 사람들이다. 영국의 역사를 살펴보면 이 '야만성'은 도처에서 확연히 드러난다. 현재의 영국 사람들은 켈트 족과 고대 로마인, 앵글 족, 색슨 족, 그리고 바이킹의 한 갈래인 노르만 족 등등의 후손들이다. 이 부족들은 기원전 2000년부터 서기 11세기까지 번갈아 영국을 침공하고 또 방어해가면서 주도권 다툼을 벌였다.

기원전 55년 카이사르의 로마군이 '브리튼 섬'을 침공하기 전까지 이 섬의 지배자들은 켈트 족이었다. 로마군은 싸움은 잘했지만 전투 기술은 별볼일 없었던 켈트 족을 제압하고 400년간 브리튼 섬을 다스렸다. 현재 영국의 공식 명칭인 '대 브리튼 섬과 북아일랜드의 연합 왕국(The United Kingdom of Great Britain and Northern Ireland)'의 '브리튼'은 로마인들이 영국 땅을 '브리타니아' 라고 부른 데서 기원한 것이다. 로마 역사가들은 브리튼 섬에 살고 있던 켈트 족을 '몸에 그림문신을 얼룩덜룩 그린 사나운 야만인들' 로 기록하고 있다.

브리튼 섬을 지배하던 로마인들은 서기 4세기에 지금의 독일 땅에서 '게르만 족의 대이동' 을 피해 브리튼 섬으로 건너온 앵글 족과 색슨 족에게 패해서 유럽 대륙으로 물러났다. 앵글 족과 색슨 족이 브리튼 섬을 지배하는 동안 여러 소부족들이 치열한 주도권 다툼을 벌였다. 섬의 지배자는 서기 11세기에 다시 바뀌었다. 바이킹의 후손인 노르만 족이 프랑스 북부에서 도버 해협을 건너 들이닥친 것이다. 노르만 족을 이끌고 온 '정복왕 윌리엄' 은 당시의 영국 왕 해롤드를 헤이스팅스 전투에서 죽이고 영국의 왕위에 올랐다. 이 사건이 영국 역사의 한 전기가 된 1066년의 '노르망디 공 윌리엄의 영국 정복' 이다.

영국에는 "노르만 족은 성(城)을, 로마인은 도로를, 그리고 켈트와 앵글로색슨(앵글 족과 색슨 족의 통합어) 족은 언어를 남겼다." 는 말이 있다. 실제로 노르만 족이 쌓은 성이 영국 도처에 남아 있으며 로마인이 런던부터 요크까지 건설한 도로도 아직까지 영국의 동맥으로 쓰이고 있다. 그리고 켈트 족의 언어는 웨일스 어의, 그리고 앵글로색슨 족의 언어는 영어의 모태가 되었다.

그런데 영국 사람들의 조상인 이 여러 부족들은 하나의 공통점을 가지고 있다. 모두들 호전적이고 싸움을 잘했다는 점이다. '브레이브 하트' 에 나오는 싸움 잘하는 스코틀랜드 인의 조상이 켈트 족이다. 로마인들이야 고대 세계 최고의 정예 군대였으니 말할 나위도 없다. 앵글로색슨 족 역시 기독교로 교화되기 전까지 억세고 거친 야만족이었다. 최후의 승자인 노르만 족은? 그들은 울던 아기도 울음을 그칠 만큼 중세 세계에 악명을 떨친 바이킹 용사들이었다.

1066년 정복왕 윌리엄의 즉위로 나라의 주도권을 둘러싼 침략과 방어 전쟁은 일단 끝이 났다. 그러나 그렇다고 해서 영국 땅에서 창과 칼이 부딪치는 소리가 그친 것은 아니었다. 영국과 프랑스는 17세기까지 서로 얽힌 왕위 계승권의 문제를 놓고 걸핏하면 전쟁을 벌였다. 이름처럼 백년 간이나 전쟁이 계속되었던 백년 전쟁(1337 ~ 1453)이 대표적인 예다. 백년 전쟁에서 영국의 기병과 궁수들은 앞선 전쟁 기술과 타고난 호전성으로 프랑스 국토를 초토화하다시피 했다. 잔다르크가 홀연히 나타나 프랑스를 구하지 않았다면 오늘날 프랑스는 역사상에서나 만날 수 있는 나라가 되었을 것이다.

프랑스와의 전쟁이 대외적인 전쟁이라면 영국 내에서도 전쟁은 그칠 날이 없었다. 12세기에 벌어진 웨일스 정복 전쟁, 백년 전쟁 후 영국 귀족들끼리 왕위를 놓고 일전을 벌인 장미 전쟁(1455 ~ 1485), 국경 지대에서 계속된 스코틀랜드와 잉글랜드 사이의 전투, 그리고 유럽의 운명을 좌우한 나폴레옹과의 승부, 제1차 세계 대전과 제2차 세계 대전… 현재도 영국은 독립을 요구하는 북아일랜드에서 싸움을 계속하고 있다.

전쟁으로 점철된 영국 역사는 '아서 왕과 원탁의 기사' 같은 전설을 낳았다. 실제 역사에서 아서 왕은 색슨족과 싸우던 로마 혈통의 왕이었고 원탁의 기사들은 정복왕 윌리엄의 기사들이었다고 한다. 현 영국 귀족의 역사가 정복왕 윌리엄에서부터 시작된다는 것도 특기할 만한 일이다. 영국 땅을 둘러싼 왕권 쟁탈전이 끝나면서 윌리엄을 위해 싸웠던 기사들이 새로운 지배 집단인 귀족 계층을 형성한 것이다. 신사도의 대명사로 불리는 영국의 귀족들은 무사 집단이었던 셈이다.

싸움 잘하고 거칠었던 조상들의 피 때문인지, 영국 사람들은 평소에는 얌전하다가도 전쟁에만 나가면 눈부신 싸움 실력을 보여준다. 1066년의 노르만 족 침공 이래 영국이 진 전쟁은 한 손으로 꼽을 만큼 드물다. 영국은 16세기의 바다를 제패했던 스페인의 무적 함대를 궤멸시켰고 전유럽을 휩쓸던 나폴레옹을 워털루에서 눌렀다. 1, 2차 대전은 물론이고 최근의 포클랜드 전쟁에서도 아르헨티나에게 승리했다. 그리고 전쟁이 없을 때에 영국 사람들의 호전성은 축구 경기장에서 유감없이 발휘된다.

그래도 영국 사람들의 숨겨진 얼굴을 믿지 못하는 사람들을 위해 한 가지의 예를 들겠다. 세계에서 가장 오래되고 모범적인, 세계 의회 민주주의의 원천인 영국의 국회 의사당을 보자. 집권당 당수인 총리와 야당 당수가 양당을 대표해 설전을 벌이는 하원의 발언대 앞을 보면 여당석과 야당석 사이에 붉은 줄이 하나 그어진 것이 보인다. '소드 라인(Sword Line)'이라고 불리는 이 줄은 설전 중에 칼싸움을 벌이더라도 넘어서면 안 되는 줄이다.

야당석과 여당석에 각기 자리하고 있는 두 개의 발언대의 거리 역시 절묘하다. 이 거리는 칼을 들고 싸울 수 있지만 서로 상대방을 찌를 수는 없는 거리다. 바꾸어 말하면 과거 영국의 의회에서는 빈번하게 칼싸움이 벌어졌다는 뜻이다. 그리고 싸움은 막을 수 없지만 유혈 사태만은 막기 위해서 넘어서서는 안 될 선이 그어졌다고 해석할 수 있다.

만약 영국 사람들의 천성이 영국 시골에 널려 있는 양처럼 순하다면 우리는 영국 사람들에게 배울 것이 없다. 타고난 성격은 배워서 되는 것이 아니기 때문이다. 그러나 영국 사람들의 원래 성격은 절대 양처럼 순하지 않았다. 고대 로마 역사가들의 말처럼 과거의 영국 사람들은 "땅 끝에 살고 있는, 몸에 문신을 얼룩덜룩 그린 야만인"이었다. 이 거친 야만인들이 여러 시행 착오를 거치면서 스스로 예절의 필요를 깨닫고 자신들의 성격을 조금씩 조금씩 바꾸어온 것이다.

사람의 천성은 쉽게 바뀌지 않는다. 하물며 한두 사람이 아닌 민족 전체의 천성을 바꾼다는 것은 불가능에 가까운 일이다. 그러나 영국 사람들은 그것을 해냈다. 놀랍지 않은가! 야만인이 영국 신사로 '진화'하는 데는 2000년이라는 세월이 걸렸다. 거친 무사들에게 예절을 가르치기 위해 생겨난 기사도가 귀족 계급의 긍지인 신사도가 되었다. 그리고 세계 최초의 산업 혁명이 일어나 신흥 부르주아들이 도시로 진출하면서 이들이 귀족 계급의 신사도를 도시인에게 전파시켰다. 그것이 오늘날 세계에 자랑하는 영국의 신사도이며 스포츠맨십이다.

그래서 영국 사람들은 교육을 무엇보다도 중요하게 생각한다. 영국의 내각에서 가장 중요한 장관 자리는 교육부 장관이요, 선거 때마다 후보자들이 내세우는 공약도 대부분 교육에 관한 것들이다. 특히 아이들에게는 비단 학교 교육뿐만이 아니라 가정 교육, 예절 교육 등등 생활 자체가 곧 교육의 연장이다. 옛날부터 내려오는 지침들도 있다. "입술을 떨지 마라"든가 "'플리즈(Please)'와 '쌩큐(Thank you)' 두 마디를 생활화해라" 같은 말은 영국의 부모들이 아이들에게 입이 닳도록, 귀에 못이 박히도록 강조하는 오래 된 지침들이다. 영국의 아이들은 이러한 교육을 통해서 '바람직한 영국 신사'로 길러진다.

영국에서는 텔레비전이나 신문 역시 교육의 한 수단으로 간주된다. 왜 BBC(영국 방송 협회, British Broadcasting Corporation)가 세계 최고 수준의 다큐멘터리 방송국이 되었는가? 영국의 텔레비전이 교육 기능을 무엇보다 중요시하기 때문이다. 신문도 마찬가지다. 한번은 〈가디언〉지의 주말 특집 기사를 보고 배를 잡고 웃은 일이 있다. 그 기사의 제목은 "키스, 어떻게 해야 하나"였다. 우리와는 달리 유럽권에서는 남녀간의 인사 방법으로 일상화되어 있는 소셜 키스(Social Kiss, 좌우 양뺨에 가볍게 키스

하는 인사법)를 하는 방법에 대한 기사였다. 기사는 어떤 방식으로 키스하는 것이 예절바른 키스 방법인가, 또 왼쪽 뺨에 먼저 해야 하나 오른쪽에 먼저 해야 하나, 키스는 몇 번이 가장 적당한가 등등에 대해 신문의 한 페이지 전체를 할애해서 자세히 설명, 아니 '교육'을 하고 있었다.

철저한 교육을 받고 자란 탓인지 영국 사람들은 비단 예의 범절뿐만 아니라 사회와 정치, 문화, 체육 활동에서 훌륭한 신사의 자세를 보여준다. 영국의 경기장에서 가장 비난을 받는 선수는 실력 없는 선수가 아니라 판정에 불복하는 선수, 비신사적인 파울을 하는 선수, 아니면 지고 나서 성질부리는 선수다. 정치나 경제, 사회 곳곳에서도 마찬가지다.

그러나 지킬 박사가 하이드 씨의 성격을 버릴 수 없는 것처럼 영국 신사들도 자신들의 핏속을 흐르는 조상의 호전성을 완전히 떨치지는 못한다. 하이드의 얼굴은 차분한 영국 신사의 내면 어디엔가 꼭꼭 숨겨져 있다. 이제는 유럽뿐만 아니라 전세계에 악명을 떨치고 있는 훌리건들이야말로 그 증거가 아닌가.

사실 《지킬 박사와 하이드》는 영국 작가인 스티븐슨이 한 스코틀랜드 인의 실화를 각색한 소설이다. 스코틀랜드의 수도 에딘버러에는 아직도 지킬 박사와 하이드의 모델인 브로디의 집이 있던 좁은 거리가 '브로디 클로스'라는 이름으로 남아 있다. 영국 사람들은 실제로 지킬 박사이면서 동시에 하이드인 것이다.

살인적인 물가와 무서운 세금 속에서도
느긋하고 행복하게 사는 사람들

영국은 이상한 나라다. 우리가 영국에서 맨 처음 받은 느낌은 바로 '이 나라 정말 이상한 곳이네!' 라는 것이었다. 하나부터 열까지, 영국은 우리가 살아온 한국과 판이하게 달랐다. 그냥 다르기만 한 것이 아니라 이상하고 불편한 나라였다. 너무 오래 된 나라여서일까, 사회라는 시스템 자체가 삐걱대며 간신히 돌아가는 것만 같았다.

우선 영국의 '방향' 은 대부분 한국과는 정반대이다. 영국에서는 차가 왼쪽으로 달린다. 운전석은 차의 오른편에 있다. 전등을 켤 때 스위치를 올리는 것이 아니라 내려야 하고 수도꼭지 역시 한국과 반대 방향으로 돌려야 물이 나온다. 좌우뿐만 아니라 위아래의 방향도 반대다. 한국 사람들이나 미국 사람들은 아파트의 층수를 고를 때 높은 곳을 선호한다. 아파트 1, 2층의 가격이 고층보다 싼 것은 한국이나 미국이나 마찬가지다. 그러나 영국 사람들은 고층 아파트 자체를 싫어할 뿐만 아니라, 어쩔 수 없이 아파트에 살더라도 절대적으로 1층을 선호한다. 참, 영국에서의 '1층(First Floor)' 은 한국에서의 2층을 의미한다. 영국 사람들은 진짜 1층을 '그라운드 플로어(Ground Floor)' 나 아예 '0층' 으로 부른다.

글로 써 놓으면 별다른 차이가 아닐 것 같지만 실제로 한번 당해보라. 상당히 헷갈릴 뿐더러 가끔 위험한 지경에 이르기까지 한다. 나는 공항을 빠져나와 막 런던 시내로 들어서자마자 대로변에서 교통 사고를 당한 한국 관광객의 경우를 실제로 알고 있다. 길을 건널 때 습관적으로 왼쪽만을 보다가 오른편에서 달려온 차를 알아차리지 못해 일어난 사고였다. 또 호텔에 들어가 체크인을 하면서 자신의 방을 '3층'이라고 들은 사람이 별생각없이 3층으로 간다면 어디에서도 방을 찾지 못할 것이 뻔하다. 그의 방은 한국식으로 말하자면 4층에 있기 때문이다.

우리가 영국에서 처음으로 받은 충격도 이와 비슷했다. 히드로 공항에 막 도착했을 때의 일을 떠올려보면 지금도 쓴웃음이 나온다. 우리의 목적지는 런던에서 100킬로미터쯤 떨어진 케임브리지였다. 그래서 케임브리지 대학교의 박사 과정에 있던 남편 후배 한 사람이 공항에 마중 나오기로 약속을 했었다. 하지만 후배의 얼굴은 보이지 않았다. 한동안 기다리다 전화를 해보기로 했다. 남편이 공항의 환전소에 가서 파운드화 지폐 하나를 동전으로 바꾸었다. 그런데 공중 전화 부스로 들어갔던 남편이 멀뚱한 얼굴로 다시 나온다.

"전화가 안 걸려."

이게 무슨 소린가. 전화가 안 되다니. 그것도 국제 공항의 공중 전화가. 동전을 뺏어 들고 전화 부스로 들어갔다. 전화기 앞에 붙어 있는 안내문을 찬찬히 읽어본다.

동전을 넣지 않고 일단 전화 번호를 누른 뒤에, 상대방이 받으면 그때 재빨리 동전을 넣으란다. 동전을 안 넣으면? 나는 상대방 목소리를 들을 수가 있지만 상대방은 내 목소리를 들을 수가 없어서 통화를 할 수가 없단다. 이상하고도 불편한 시스템의 전화다.

그러나 이때까지만 해도 이 나라에는 '이상하고도 불편한' 시스템이 한둘이 아니라는 것을 우리는 까맣게 몰랐다. 우리의 머릿속에 있는 영국은 신사와 안개의 나라, 버버리 체크무늬, 엘리자베스 여왕, 빅 벤과 타워 브리지(Tower Bridge). 그런 것들뿐이었다. 이렇게 몽롱하고 막연한 이미지의 영국과 실제 살면서 부딪친 영국은 얼마나 다른 모습이었는지.

전화통을 붙잡고 실랑이를 벌이는 동안 남편 후배가 나타났다. 코끼리만한 짐 덩어리들을 질질 끌고 후배의 뒤를 따라 주차장으로 갔다. 공항 바깥의 공기는 시리도록 차가웠다. 떠날 때의 서울은 아직 초가을 날씨였지만 영국의 가을은 이미 깊어 있었다. 우리는 후배의 작은 르노(Renault) 자동차에 네 개의 가방을 쑤셔넣었다. 트렁크에 싣고도 모자라 뒷좌석에까지 가득 가방을 실은 후에 남편이 차 오른쪽 조수석의 문을 열고 올라타려고 했다. 그러자 후배가 남편을 잡는다.

"선배님, 거긴 운전석이에요."

"으응?"

우리는 또 잠시 멍청해 있었다. 아하, 여기는 차가 왼편으로 가는구나. 그러니까 차의 운전석이 한국과 반대 방향에 있는 거구나. 미리 알고는 있었지만, 실제로 운전석이 오른편에 있는 차를 보니 참 희한했다. 꼭 다리 달린 물고기를 본 것 같은 느낌이었다. 그게 우리가 영국에서 받은 첫 번째 충격이었다.

영국에서 두 번째로 놀랐던 점은 정말로 비싸디비싼, 차라리 '살인적인'이라는 말이 더 어울리는 영국의 물가 때문이다. 웬만한 중고차 한 대가 1000만 원을 호가했다. 이발소에서 머리를 자르려면 2만 원, 세탁소에서 바짓단 줄이려면 1만 2000원, 런던에서 지하철 한 번 타는 데 2500원… 한국에서는 아예 무시하고 살던 소소한 잡비들이 영국에서는 결코 소소하지 않았다. 아무리 허리띠를 졸라매도 손가락 사이로 모래가 빠져나가듯 돈이 술술 빠져나가는 것 같았다.

중고차뿐만 아니라 새차 값도 천정부지로 비싸다. 현대나 대우 차들은 가격이 저렴하다는 이유로 영국에서 제법 잘 팔리고 있다. 그런데 이 '저렴한 한국차'의 가격이 얼마인지 아는가? 현대 아토스 매뉴얼의 기본 사양이 7000파운드, 1400만 원이다. 이 정도면 영국에서 정말로 싼 차다. 영국에서 2000만 원인 차를 독일에 가면 1500만 원에 살 수 있다고 한다. 세금 때문이다. 그럼 독일에서 차를 사오면 될 것 아니냐고 묻겠지만 유럽에서 유독 영국의 차만 운전석이 오른편에 달려 있기 때문에 그럴 수도 없다.

전화세나 전기세 등의 공공 요금도 한국의 서너 배는 족히 넘는다. 전기값을 아끼느라 방 하나에만 불을 켠 채 살아도 매달 4, 5만 원씩의 전기세가 나왔다. 영국은 북해에서 양질의 원유가 나오는 산유국이다. 그럼에도 불구하고 영국의 기름값은 유럽에서 가장 비싸다. 정말 이해할 수 없는 일이다. 물론 그 기름값의 90퍼센트는 세금이 차지하고 있다.

살아가면서 어느 정도 영국 물가에 적응이 되자 이번에는 영국 사람들의 느려터진 행동 때문에 울화가 치밀어오르기 시작했다. 정말로 영국 사람들은 느리기 짝이 없다. 영국에서 살기로 작정한 외국인은 우선 인내심을 키우는 연습부터 해야 할 것이다.

영국에서 두 번째로 맞았던 겨울에 집의 보일러가 고장났다. 그즈음에는 우리도 영국 사람들의 느린 행동에 어지간히 익숙해져 있었다. 수리하려면 최소한 사나흘은 걸리리라고 생각했다. 그런데 웬걸, 집주인에게 연락하고, 집주인이 다시 에이전트에게 연락해서 에이전트가 수리공을 보내주고, 그 수리공이 제대로 수리를 못해 제2의 수리공이 오고, 제2의 수리공은 부품을 구하지 못해 공장에 주문하고, 주문한 부품이 맞지 않아 새 것으로 교체하고 … 보일러를 고치는 데에 걸린 날짜가 정확하게 20일이었다. 그 동안 집안의 기온은 영하 가까이 내려갔다. 낮에는 도서관으로 피난가고 밤에는 급히 빌려온 난로를 켠 채 부들부들 떨며 잠을 청해야 했다.

화가 안 났느냐고? 물론 머리끝까지, 발끝까지 화가 났다. 하지만 에이전트에게 전화를 걸어 화를 내도, 또 수리공 아저씨에게 하소연해도 소용이 없다. 하나같이 차분하고 친절한 말씨로 "네네, 압니다. 춥겠지만 잠깐만 참아요. 곧 고쳐질 거예요." 하고 이야기하니 웃는 낯에 침 못 뱉는다고, 그냥 참을 수밖에 없다. 3주일 만에 보일러를 고쳤다니까 그 정도면 빨리 고쳤다고 덕담 아닌 덕담을 해주시는 분들까지 있었다. 한국에서라면 어림도 없는 일이다. 어찌 보면 워낙 산업이 없고 새로운 고용을 창출하기 어려워서 일부러 일을 천천히 하는 것 같기도 하다.

이것저것 살림살이들을 사면서 느리디느린 배달 시스템 때문에 분통터졌던 적도 한두 번이 아니었다. 창고형 매장에서 자전거를 샀을 때의 일이다. 5일 만에 배달된 자전거를 보니 남편이 타기에는 좀 큰 자전거였다. 그래서 그 자전거보다 작은 사이즈로 바꾸어달라고 했더니 일단 환불을 하고 새로 사라고 한다. 영수증을 들고 시내의 매장에 가 환불을 했다. 환불한 자전거를 가지고 가는 데 또 3일이 걸렸다. 물건이 되돌아온 것을 확인하는 데 걸린 시간이 3일, 다시 작은 사이즈의 자전거를 사러 갔다. 배달 받는 데 또 4일. 어휴~ 자전거 하나 사기가 이렇게 힘들 줄이야.

그래도 이 매장은 무료로 배달을 해주니 개중 나은 곳이었다. 시내의 중고 가전 제품 가게에서 TV를 한 대 샀을 때는 배달료로 7파운드를 요구하는 바람에 그냥 낑낑

도체스터에서 벌어진 '차고 세일'. 영국인들의 대다수는 근검절약이 몸에 배어 있다. 그들은 한 번 산 물건은 망가질 때까지, 아니 망가진 후에도 고치고 또 고쳐서 쓴다. © Lee Hyungwoo

거리면서 TV를 들고 나와 택시를 잡아타고 와버렸다. 과연 팁까지 합해도 택시비가 더 적게 들었다. 컴퓨터를 살 때는 직원이 와서 설치해주는 출장비를 따로 받고 있었다. 그런데 그 설치 출장비가 무려 40파운드, 8만 원 돈이었다. 그만큼 인건비, 특히 기술 인력에 대한 인건비가 비싼 것이다. 다행히 우리는 남편이 컴퓨터에 일가견이 있는지라 이 출장비는 지출하지 않아도 되었다.

단순 노동 인력이든, 숙달된 기술 인력이든 인건비가 비싸다 보니 영국에서는 웬만한 일은 직접 해야 한다. 주유소에 가면 장애인이 아닌 한 누구나 직접 기름을 넣어야 하고, 집안의 수도관 등이 고장났을 때 집주인이 손봐야 하는 것은 물론이다. 영국 사람들은 집에 문제가 생기면 주말에 시 외곽에 들어서 있는 DIY(Do It Yourself) 매장에서 필요한 부품을 산 후 뚝딱뚝딱 직접 고친다. 대부분은 집주인의 서투른 솜씨 때문에 결국 숙련공을 불러야 하는 처지가 된다지만. 우리 역시 예외가 아니었다. 남편은 집과 자전거의 갖가지 고장을 고치는 데 익숙해졌다. 조금씩 새는 수도관을 부품을 사서 고친다든지, 변기의 나사를 새로 죈다든지 등등. 이 역시 한국에서는 상상도 못할 일이었다.

그런데 희한하게도 우리는 이상하고도 불편한 영국식 시스템에 조금씩 적응해갔다. 적응 정도가 아니라 차츰 이 불편한 시스템이 편하게 느껴지기 시작했다. 우선 '빨리빨리 증후군' 같은 것이 없으니 살아가는 것이 숨가쁘지 않고 여유로워졌다. 슈퍼마켓의 계산대에서 지갑을 찾느라 시간을 끌어도 누구 한 사람 눈총을 주지 않는다. 점원은 오히려 "천천히 찾아요, 천천히." 하고 말해주기까지 한다. 식당에서 차 한 잔을 시켜놓고 두세 시간씩 앉아 있어도 아무도 뭐라 하지 않는다. 느긋한 영국 사람들과 살면서 우리도 그만 느긋해져 버렸다.

무거운 세금과 비싼 물가, 비싼 인건비 등은 영국의 고질적인 문제점들로 꼽힌다. 갖가지 영국병을 뜯어고친 대처 총리도 영국의 물가만은 끌어내리지 못했다. 그러나 많이 버는 사람일수록 세금을 많이 내니 결과적으로 사람들의 생활 수준은 비슷비슷한 편이다. 영국의 세율은 누진세를 적용하며 소득의 40퍼센트까지 세금으로 내게 되어 있다. 대신 소득이 적을수록 세율이 떨어진다. 그래서 영국에서는 가난한 사람이 상대적인 박탈감을 느낄 필요가 별로 없다. 돈이 없더라도 얼마든지 행복하고 편하게 살 수 있는 나라가 영국이다.

정말로 돈이 필요할 때는 정부가 도와준다. '요람에서 무덤까지'라던 영국의 복지 정책은 대처 총리의 개혁 이후로 많이 쇠퇴했지만 그래도 아직 건재하다. 영국 사람은 물론이고 영국에서 6개월 이상 거주하는 외국인들은 무료로 병원 진료를 받을 수 있다. 수술까지도 무료다. 오직 약값만 내면 된다. 영국의 교육과 의료 제도는 최상급 교육과 의료 서비스를 제공하는 대신, 대학 등록금도 의료 보험도 천정부지로 비싼 미국과 완전히 상반된 정책을 고수하고 있다. 외국인까지도 무상으로 의료 혜택을 받는 영국과 4000만 명이 넘는 국민이 의료 보험 없이 살고 있다는 미국, 어느 나라가 더 '살기 좋은 나라'인지는 독자들 개개인이 알아서 판단할 문제겠지만 영국 사람 중에서 미국이 영국보다 더 살기 좋은 나라라고 생각하는 사람은 열 명 중에 한 명도 안 될 것이다.

노약자나 장애인 역시 정부의 배려를 받기는 마찬가지다. 60세가 넘은 모든 노인들은 정부의 연금(Pension)을 받아 생활한다. 영국에서 '펜셔너(Pensioner)'라는 말은 연금을 받는 사람, 즉 노인을 뜻하는 말이다. 장애인에 대한 복지 혜택은 한국과 비교할 수도 없이 높지만 그래도 가끔 신문에는 장애인이 다니기 어려운 인도의 턱을 없애야 한다거나 하는 기사가 꾸준히 나온다. 그러나 정말 중요한 것은 복지 정책을 따지기 이전에 영국에는 장애인에 대한 편견이 없다는 사실이다. 블레어 내각에서 교육부 장관과 내무부 장관을 지낸 데이비드 블런켓은 선천적인 시각 장애인이다. 하지만 사람들은 그가 시각 장애인이기 때문에 업무 능력에 지장이 있다거나, 반대로 그의 장애를 배려해서 장관 자리를 주었다고 생각하지 않는다. 지금은 이혼했지만 비틀스의 전 멤버 폴 매카트니가 한쪽 다리가 없는 장애인 모델 헤더 밀스와 결혼한 것만 보아도 영국 사람들의 장애인에 대한 시각을 잘 알 수 있다.

자식 학자금 마련하느라 허리 졸라맬 필요 없고, 노후 대책 걱정할 필요 없고, 아프면 나라에서 고쳐주는데 무슨 돈이 필요한가? 또 뼈빠지게 벌고 머리 굴려 주식 투자 해봤자 절반 가까이 세금으로 낼 텐데 뭐하러 아등바등 돈을 버나? 그래서 영국 사람들은 월급이 적어도, 또 세금이 무거워도 별다른 불만이 없다. 대신 별 보고 다닐 정도로 열심히 일을 하지도 않는다. 일보다는 가정이, 그리고 회사에서의 성공보다는 개인의 건강과 행복이 훨씬 더 중요하다는 식의 태도로 느긋하게, 외국인인 우리가 보기에는 답답할 정도로 느릿느릿 살아간다.

여윳돈이 남으면 조금씩 모았다가 1년에 한두 번 유럽으로 휴가 가는 것이 최고의 낙이요, 평소에는 정원 가꾸고 동네 펍에 모여 맥주 한 잔 하는 것이 소소한 즐거움이다. 또 정부는 구성원들이 아무리 가난하더라도 인간다운 '삶의 질'을 지키며 살 수 있도록 배려해준다. 영국 사회는 참 이상하지만 알고 보면 합리적인 시스템이다.

새것을 천대하고 옛것을 좋아하는 민족

영국 사람들이 자주 하는 말 중에 "도대체 옛날 방식이 뭐가 나쁘다는 거냐!"라는 말이 있다. 이 말은 새것, 새 물건보다 옛날 것들을 아끼는 영국 사람들의 독특한 성향을 한마디로 압축해서 보여준다. 영국은 과거 속에 살고 있는 나라다. 영국처럼 방방곡곡마다 골동품 가게가 있고 도시마다 커다란 박물관이 있는 나라는 세계 어디에도 드물 것이다. 박물관에는 길게는 몇 백 년 전, 짧게는 지난 70년대에 쓰던 모든 생활 용품들이 깡그리 전시되어 있다.

비싼 물건들도 아니다. 부지깽이, 냄비, 골무, 아기옷, 재봉틀, 신발, 카펫, 통조림 깡통 등등 … 우리가 보기에는 쓰레기로 처리되어야 마땅할 듯한 낡은 물건들이 '골동품'으로 둔갑해 진열장에 자리잡고 있다. 에든버러의 박물관에는 심지어 관까지 전시되어 있다. 왜 이런 것들을 전시해 놓느냐고? 오래 된 것들이니까. 그리고 영국에서는 오래 된 것이 좋은 것이니까.

비단 박물관만 그런 것은 아니다. 웬만한 물건들은 대를 이어가면서 쓴다. 영국의 가정에서는 할머니가 시집올 때 가져온 손때 묻은 가구나 찻잔 등을 아직도 멀쩡하

20대 시절부터 아흔이 넘은 지금까지 한결같이 똑같은 헤어 스타일에 샤넬 라인 주름 스커트와 모자를 고수하고 있는 영국 여왕 엘리자베스 2세.

게 쓰고 있는 광경을 흔히 볼 수 있다. 시골 마을의 펍(Pub)에는 17세기에 만들었다는 타피스트리가 걸려 있다.

신기하게도 영국 사람들은 자동차마저 옛날 것이 더 좋다고 생각하는 경향이 있다. 3년에 한 번 차를 갈아치운다는 사람은 눈을 씻고서도 찾아볼 수 없다. 한 번 차를 사면 10년 동안 타는 것은 기본이다. 20년 이상 쓰는 경우도 드물지 않다. 현대자동차가 수출한 80년대산 '엑셀'을 비롯해서 30년 전에 생산이 중단된 폭스바겐의 딱

정벌레 차(Beetle)나 2차 대전 때부터 쓰지 않았을까 싶은, 나무 문짝을 단 차들이 멀쩡하게 거리를 달린다. 얼마나 보존에 정성을 들였는지 얼마 전에 출고된 차같이 보이는 1930년대산 롤스로이스도 있다. 물론 새차의 가격이 비싸기도 하지만 그보다는 손때 묻은 차를 버리고 '낯설은' 차에 새로 적응하는 것이 싫어서가 아닐까 싶다.

영국의 텔레비전은 영국 사람들의 옛것 선호 경향을 보여주는 바로미터다. 인기 연속극인 '코로네이션 스트리트(The Coronation Street)'는 1950년대에 시작되어 반세기가 지나도록 계속되고 있다. 평범한 중산층 시민들이 살아가는 이야기가 줄거리인 이 드라마는 별반 새로운 내용이 있을 수가 없는데도 불구하고 여전히 높은 인기를 누리고 있다. 가끔은 과거에 인기 있던 단막극들이 재방송되기도 한다. 작은 호텔을 경영하고 있는 가족들이 벌이는 소동을 극화한 70년대의 시트콤 시리즈인 '폴티 타워(Faulty Tower)' 같은 경우는 얼마나 많이 재방송되었는지 대부분의 영국 사람들이 그 내용을 거의 외우고 있을 정도이다. 그럼에도 불구하고 이 드라마는 매년 재방송되고 있고 영국 사람들은 뻔히 아는 내용을 보면서 또 웃어댄다.

서민 대상의 드라마만이 변화 없는 모습을 고수하는 것은 아니다. 영국 사람들이 즐기는 드라마 아닌 드라마, 곧 영국 왕실의 면면도 둘째가라면 서러울 정도로 변함이 없다. 20대 시절부터 아흔이 넘은 지금까지 한결같이 똑같은 헤어 스타일에 샤넬 라인 주름 스커트와 모자를 고수하고 있는 여왕이나 항상 회색의 더블 버튼 수트 차림인 찰스 왕세자의 옷차림도 변화에 둔감한 영국 사람들의 한 단면을 보여준다. 호사가들의 입방아에 따르면 찰스 왕세자는 젊은 시절부터 지금까지 단 한 번도 청바지를 입지 않았다고 한다. 물론 그 아들들인 윌리엄과 해리 왕자는 엄마의 영향인지 곧잘 청바지를 입고 다니지만.

서민들의 패션 감각 역시 왕실과 비슷하다. 영국 사람들이 생각하는 패션의 미덕은 어느 의류 메이커의 선전 문구처럼 "막 사 입어도 일 년 된 듯하고 십 년을 입어도 일 년 된 듯한" 옷이다. 방금 사 입은 듯한, 어딘지 모르게 어색한 옷차림은 아무리 비싸고 좋은 옷이라고 해도 실격이다. 그래서 영국에는 뚜렷한 유행이 없다. 비싼 옷일수록 유행을 타지 않는 기본적인 디자인에 갈색이나 회색, 베이지색 등 튀지 않는 색깔을 고수한다. 영국의 대표적인 의류 브랜드들인 '버버리(Burberry)', '닥스(Daks)', '예거(Jaeger)', 다이애나 비가 즐겨 입었던 '로라 애쉴리(Laura Ashley)', 중저가 의류인 '막스 앤 스펜서(Marcks & Spencer)' 등의 공통점은 유행을 타지 않는 옷이라는 점이다. 그래서 한국 사람들의 눈에 비친 영국 옷들은 한결같이 점잖기는 하지만 약간 촌스럽다.

한국과 일본에서 특히 높은 인기를 누리고 있는 브랜드인 버버리만 해도 10년 전이나 지금이나 별다른 디자인 변화가 없다. 예의 똑같은 체크무늬에 비슷비슷한 트

원래 빨간색이었으니까 지금도 빨간색이어야 한다는 공중 전화 박스,
영국의 상징처럼 되어버렸다. © Lee Hyungwoo

렌치 코트일 뿐이다.(사실 '바바리'로 불리는 트렌치 코트는 비바람이 잦고 냉랭한 영국의 날씨에나 어울리는 옷이다. 영국 사람들은 사시사철 비가 오지도 않고 그리 습하지도 않은 나라인 한국이나 일본에서 온 사람들이 왜 그토록 버버리를 좋아하는지 이해하지 못한다.)

영국 사람들은 매년 떠나는 여름 휴가도 항상 같은 곳으로만 간다. 우리가 생각하기에는 지난해에 오스트리아에 갔으니 올해는 이탈리아에 가고 내년에는 그리스로 … 이런 식으로 매년 휴가 장소를 바꿀 것 같은데 영국 사람들은 그러지 않는다. 찰스 왕세자의 스키 휴가 역시 오스트리아의 시골 마을로 장소와 시기가 정해져 있다.

심지어 영국 사람들은 공중 전화통의 색깔을 바꾸는 것도 참지 못한다. 영국 전화국(BT)이 빨간 색깔의 공중 전화 박스를 첨단 기술의 느낌을 주는 노란색이나 금속성의 녹색으로 바꾸려 한 적이 있었다. 그러나 뜻밖에도 "전화통은 빨간색이어야 한다! 왜냐면 원래 빨간색이었으니까!"라고 하는 영국 사람들의 거센 저항에 부딪쳐서 계획이 백지화되었다. 런던 거리를 달리는 검은색 오스틴 택시가 50년대의 구닥다리 디자인과 색상을 여태껏 고수하고 있는 이유도 마찬가지다. 그게 영국 사람들이 알고 있는 택시 모양이니까. 이쯤 되면 영국 사람들의 변화 거부 성향은 거의 편집증에 가깝다.

요컨대 영국 사람들은 눈에 보이는 것이든 보이지 않는 것이든 간에 변화를 싫어한다. 영국의 격언 중에는

"새로운 현명한 일을 하느니 옛날부터 해오던 바보짓을 하는게 낫다."는 말이 있다. 물건뿐만이 아니라 제도든, 습관이든 무엇이든 영국에서는 '우리 것이 좋은 것이여' 가 아니라 '옛날 것이 좋은 것이여' 이고 그전부터 하던 방식을 따라가는 것이 최선의 해결책이다. 새로운 시도? 있을 수 없다. 평생 동안 토요일 오후면 단골 펍에 가서 늘 앉던 자리에 앉아 같은 종류의 맥주를 마시는 사람들이 영국 사람들이다. 마시는 맥주의 양도 매주 똑같다. 한 잔을 마시는 사람은 반드시 한 잔만, 그리고 두 잔을 마시는 사람은 반드시 두 잔만 마신다.

영국 사람들의 변화에 대한 저항심은 가끔 뜻하지 않은 결과를 가져오기도 한다. 유럽 대부분의 국가들이 참여한 단일 통화 '유로' 에 영국은 가입하지 않았다. 영국 내에서도 유로 참여를 두고 찬반 양론이 분분했지만 역시 영국 통화인 파운드를 포기할 수 없다는 감정론이 우세했다.

모든 제도와 관습의 변화를 거부하고, 하루 일과는 정해진 순서에 맞추어 돌아가며, 물건은 한 번 사면 망가지기 전까지, 아니 망가진 후에도 쓰는 영국 사람들의 습관은 외국인인 우리로서는 이해하기 어려운 구석이 많았다. 섬나라여서가 아닐까, 항상 꾸물꾸물하고 축축한 날씨 탓일까, 혹은 2차 대전 중 배급을 받던 내핍 생활의 습관이 아직도 몸에 밴 탓일까 하고 나름대로 궁리해보았지만 뚜렷한 해답을 찾아내지는 못했다. 정작 영국 사람들은 변화를 거부하는 생활에 너무도 익숙해져 있어서 도리어 자신들의 사고방식이 정상적인 것이라고 우겨댄다. 아니면 예의 "옛날부터 그래 왔으니까 그런 것 아닐까?" 하는, 듣는 우리만 답답한 대답을 할 뿐이다.

그런데 이렇게 꽉 막힌 영국 사람들이 최근 큰 변화를 겪은 적이 있었다. 영국은 1970년대에 커다란 경제 위기를 맞았다. '요람에서 무덤까지'라는 복지 정책을 고수하느라 중산층의 세금 부담이 점점 높아지고 기업과 노조의 대결 양상이 심화되면서 국가 경제가 총체적인 위기를 맞은 것이다. 이것이 흔히 말하는 '영국병'이다. 산업 혁명의 나라, 대영제국의 영광은 사라지고 영국은 노후한 산업만이 남은 나라, 노조가 지배하는 나라로 낙인찍혔다. 1976년에는 선진국이라는 말이 무색하게 외환 보유고가 바닥나 IMF에게 금융 지원을 받기까지 했다. IMF의 구제 금융으로만 따지면 영국은 우리 나라의 '21년 선배'인 셈이다.

1979년에 영국 총리에 취임한 마가렛 대처는 "국가는 국민들에게 젖을 주는 유모가 아니다."라며 과감하게 노동법과 복지 제도를 뜯어고치고 산업 구조를 조정하기 시작했다. 사양세를 걷고 있던 석탄 산업, 조선업 등 제조업 중심의 산업 구조를 서비스업 중심으로 변화시키고 별다른 이익을 남기지 못하는 항공, 철도, 전기, 가스 등의 국영 기업을 민간에 팔았다. 대신 실업자 200만 명이라는 높은 실업률을 끌어내리기 위해 외국 자본의 영국 투자를 적극적으로 유치했다.

산업 구조 조정의 결과로 현재 영국 노동 인구의 75퍼센트가 서비스업과 각종 첨단 산업에 종사하고 있다. 또 세계 100대 기업 중 96개 기업이 영국에 어떤 방식으로든 투자하고 있다. 이들 외국 기업들은 영국 총 고용의 20퍼센트, 그리고 수출량의 40퍼센트를 차지한다. 영국 정부는 외국 자본의 유치에 너무도 열심이라 어떤 때는 국가 전체가 거대한 '투자 유치 회사'로 보이기도 한다.

한국 역시 영국이 중요한 투자 유치 대상으로 삼고 있는 나라이다. 1999년 봄 엘리자베스 여왕이 한국을 방문한 것은 IMF 사태로 중단된 한국 기업의 영국 투자를 다시 이끌어내기 위한 고도의 전략이나 다름없었다. 지금까지 여왕이 방문한 국가 중에서 영국과의 무역 수지가 호전되지 않은 나라는 한 군데도 없었다고 한다. 이념 분쟁이 사라진 국제 사회에서 경제가 가장 큰 관심사가 되면서 '경제 대통령'이니 '세일즈 총리' 등등의 말이 생겨났지만 '비즈니스 여왕'은 아마 영국 여왕이 유일하지 않을까 싶다.

복지 제도에 대한 예산을 지나치게 삭감하고 경쟁을 부추긴, 그리고 자동차를 비롯한 대부분의 기간 산업을 외국에 '팔아 넘겨버린' 대처 총리의 개혁에 대해서는 아직도 찬반 양론이 분분하다. '미국을 흉내낸 원색적 자본주의'라는 비난은 여전히 거세다. 그러나 확실한 것은 개혁의 결과로 영국의 경제가 다시 살아났다는 사실이다. 영국은 연평균 3.5퍼센트라는 서유럽 최고의 경제 성장률을 보이며 프랑스를 제치고 미국, 일본, 독일의 뒤를 잇는 세계 4위의 경제 대국 자리를 회복했다.

전화통 색깔 하나 바꾸는 것도 쉽지 않은 나라 영국에서 전체적인 산업 구조를 다 뜯어고쳐버린 대처 총리의 위력은 정말 대단하다. 가히 '철의 여인'이라고 할 만하다. 그러나 내게 대처 총리보다 더 대단하게 느껴지는 것은 그러한 산업 구조의 변화를 수용한 영국 국민들이다. 노동법을 네 번이나 고치고 복지 혜택을 대폭적으로 삭감한 대처 총리의 과감한 개혁은 국민들의 협조 없이는 이루어질 수 없었을 것이다.

나폴레옹이 전 유럽을 정복했을 때나 히틀러의 광기가 자유 민주주의를 위협했을 때처럼 국가의 위기를 맞으면 영국 국민의 저력은 되살아난다. 보통 때는 답답할 만큼 변화를 거부하고 융통성 없는 태도를 고수하지만 '위기에는 단결하는 것'이야말로 영국 사람들이 '변함없이' 지키고 있는 합리적인 보수성이다.

정원가꾸기에 왜 그렇게 광적으로 몰두하는가

영국 사람들은 가난에 대해 잘 이야기하지 않지만 어쩌다 자신의 가난함을 한탄할 때면 으레 이렇게 말한다. "손질할 정원 한 뼘도 없이 사는 처지"라고. 이 말은 돈이 없어서 좋은 차를 살 수 없다거나 아이를 사립 학교에 보낼 수 없다는 불평 — 실제로 이런 류의 불평을 하는 사람은 거의 없지만 — 보다 훨씬 절박한 것이다. 꽃과 나무를 심고 잔디를 가꿀 정원이 없다는 것은 영국 사람들에게 참을 수 없는 괴로움이기 때문이다.

영국 사람들에게 정원의 존재는 그만큼이나 중요하다. 어찌 보면 집 자체보다 집에 딸린 정원을 더 소중히 여기는 것 같다. 그래서 고급 아파트가 부의 상징인 우리 나라와 달리 영국 사람들은 아파트를 좋아하지 않는다. 런던 같은 대도시를 제외하면 영국의 아파트는 우리 같은 외국인들이나 집을 마련할 처지가 못 되는 떠돌이들이 사는 곳이지 제대로 된 가정이 살 곳이 아니다. 케임브리지에서 우리가 살던 플랫(Flat, 한국의 연립 주택과 비슷) 역시 50여 가구가 사는 제법 큰 단지였지만 아이가 있는 집은 단 한 가구도 없었다. 독신자나 잠시 살다 떠날 처지의 외국인들, 아니면 도저히 정원을 가꿀 힘이 없는 노 영국인들이 좋아하는 정원의 미덕은 '자연스러움'이다.
마치 자연의 일부처럼 편안하게 느껴지는 정원을 영국인들은
최고로 친다.

인들만이 이 플랫에 살고 있었다.

혼히 빅토리아식 하우스로 불리는 2층 구조의 영국식 단독 주택은 집 사이가 떨어져 있는 것이 아니라 벽을 두고 붙어 있다. 옆에서 보면 집들이 일렬로 줄줄이 붙어서 있는 것이다. 이 집들은 '빅토리아식'이라는 이름 그대로 대부분 빅토리아 여왕 시대(1837 ~ 1901)에 지어진 집들이다. 집들을 자세히 보면 지붕 위에 굴뚝이 우뚝 솟아 있는 것을 볼 수 있다. 지금은 쓸모 없는 이 굴뚝들은 석탄을 연료로 쓰던 19세기의 유물이다. 영국 사람들 중에는 할아버지 대부터 살던 집에서 태어나 아직도 그 집에서 살고 있는 사람들이 드물지 않다.

오래 되고 낡은데다 허름한 영국 집들은 갖가지 문제를 안고 있다. 습한 겨울이면 바깥의 찬 공기가 벽을 통해 그대로 안으로 밀려들어오고 벽 하나 사이로 붙어 있는 옆집의 말소리, 화장실에서 물을 내리는 소리마저 라디오 방송처럼 생생하게 들린다. 힘껏 위로 밀어올려야 열리는 창문은 겨울의 찬바람을 막는 데 속수무책이다.

그런데 이렇게 낡은 집의 뒤편으로 돌아가면 웬만한 식물원 뺨치게 잘 가꾸어져 있는 정원이 나타난다. 철마다 피는 꽃들이며 양탄자처럼 가지런히 깎은 잔디, 적당한 그늘을 드리우는 나무와 그 나뭇가지 위에 앙증맞게 걸쳐져 있는 새집, 한쪽 구석의 조그만 연못, 먼지 하나 없는 야외용 식탁과 파라솔…. 집보다 정원을 더 알뜰살뜰 가꾸는 영국 사람들의 습성이야말로 우리가 영국에 살면서 내내 이해할 수 없었던, 그리고 앞으로도 영원히 풀지 못할 수수께끼다. 반대로 영국 사람들은 단독 주택보다 아파트를 선호하는 한국 사람들의 주거 습관을 영원히 이해하지 못할 게 분명하다.

동네를 산책하다 보면 영국 사람들이 정원을 가꾸는 모습을 볼 기회가 있다. 보통 때는 무뚝뚝한 사람들이 정원을 가꿀 때만은 더할 나위 없이 행복하고 만족스러운 표정을 얼굴에 한가득 머금고 있다. 비록 손바닥만한 정원이라도 말이다. 영국에서 셋집을 빌릴 때는 '일 주일에 한 번 이상 정원의 잔디를 깎을 것'과 같은 정원 관리 규칙을 반드시 염두에 두어야 한다. 영국의 백화점에는 여성복 매장보다 더 큰 자리에 정원 용품과 야외용 가구, 각종 집꾸미기 용품 매장이 들어서 있다.

아무리 사소한 일에도 '역사와 전통'을 정립하는 것이 영국 사람들의 속성이다. 정원가꾸기 역시 예외일 수 없다. 영국식 정원가꾸기의 역사는 유구하고 깊다. 르네상스 시대의 정원, 엘리자베스 1세 시대 정원, 빅토리아 시대 정원 등등 시대별로, 지역별로 제각기 다른 정원가꾸기의 표본이 마련되어 있다.

전통적인 영국의 정원에서 가장 중시하는 덕목은 '자연스러움'이다. 오스트리아나 프랑스의 정원이 자로 잰 듯 반듯반듯하게 손질된 나무와 조경을 자랑한다면 영국의 정원은 마치 숲과 같은 자연스러움을 큰 미덕으로 삼는다. 그리고 '정원'은 꽃과 나무는 물론이거니와 연못과 건물, 그 정원에 살고 있는 각종 동물들까지 포함하는 커다란 개념이다. 영국 사람들이 우리가 보기에는 광적일 정도로 정원을 사랑하고 아끼는 것은 이러한 역사 탓도 있겠다.

주말은 영국 사람들에게 '정원과 함께 하는 날'이다. 온 가족이 나와서 흙을 다듬고 가지치기를 하고 묘목을 심고 꽃에 물을 준다. 아버지와 아들은 웃통을 벗어붙이고 열심히 일을 하고 어머니와 딸들은 한옆의 의자에 앉아서 차를 마시면서 한가로이 구경을 한다. 정원가꾸기는 영국 사람들의 삶의 활력소이자 빼놓을 수 없는 '엔돌핀'의 원천인 것이다. 영국 사람들의 특성을 보통 '미지근한 맥주와 축구를 좋아하고 외국인에게 쌀쌀맞으며 수줍음을 많이 타는 사람들'이라고들 표현하는데 우리 생각으로는 거기다가 '그리고 유별나게 정원가꾸기를 좋아하는 사람들'이라는 단서를 붙여도 될 것 같다.

우리가 살던 플랫 앞집에 사시는 폴린 할아버지 부부역시 정원가꾸기를 낙으로 삼고 계시는 분들이었다. 폴린 할아버지의 집은 최소한 150년은 넘어보이는 낡은 목조 주택이다. 우리 집에서 현관을 나서면 바로 마주치게되는 이 집은 집보다도 우선 정원이 먼저 눈에 들어온다. 별로 넓지는 않지만 정성스레 다듬어진 정원이었다. 각종 꽃과 나무들은 물론이고 의자에 파라솔까지 놓여 있다. 이 정원을 보고 있노라면 꼭 작은 숲 속을 거니는 듯한 기분이 들곤 했다.

낡은 집의 뒤편으로 돌아가면 웬만한 식물원 뺨치게 잘 가꾸어져 있는 정원이
나타난다.

칠순을 막 넘긴 정도의 나이로 보이는 풀린 할아버지
는 매일같이 정원에 나와 꽃과 나무에 물을 주고 잔디를
깎고 풀을 뽑고 정원수들을 다듬는다. 매일 정원을 돌보
는 게 쉬운 일이 아닐 텐데 할아버지는 정말 열심이시다.
나무 한 그루, 꽃 한 송이마다 할아버지의 정성이 닿지 않
은 곳이 없다. 뚱뚱한 할머니는 거동이 불편한지 주로 집
안에 계시고 할아버지가 나와서 일을 하신다.

우리가 아침에 집을 나설 때면 정원에서 일하시던 할
아버지가 손을 번쩍 들면서 반갑게 인사를 해주셨다. "뭐

하세요?' 하고 말을 걸면 "장미나무 가지를 치고 있어요. 지금 가지를 쳐줘야 더 잘 자라거든." 하고 자세히 설명해 주시기도 했다. "정원이 너무 예뻐요!" 하고 말하면 수줍게 웃으면서 좋아하셨다.

저녁이면 집안의 조그만 거실에 내외가 오도카니 앉아 있는 모습이 우리 집의 창 너머로 보였다. 비록 낡고 작은 집이었지만 폴린 할아버지 부부의 모습은 쓸쓸하거나 퇴락되어 보이지 않았다. 오히려 은은한 삶의 향기가 느껴졌다. 행복한 삶에 꼭 많은 돈이 필요한 것이 아니라는 것을 가르쳐주는 것만 같았다. 아마 그들은 젊은 시절에 배관공이나 목수 같은 일을 열심히 해서 그 집을 샀을 것이다. 그리고 정원을 가꾸면서 얼마 남지 않은 생의 날들을 즐기고 계시는 것이리라. 언제나 푸르른 그들의 정원에서 또 다른 젊음을 만끽하면서. 비단 폴린 할아버지 부부뿐만 아니라 조그만 정원이 있는 교외의 오두막(Cottage)에서의 생활은 영국 중산층들이 꿈꾸는 이상적인 만년이라고 한다.

정원을 가꾸는 영국 사람들의 행복한 표정을 보면 우리도 정원가꾸기를 해보고 싶어지곤 했다. 하지만 가꿀 정원이 없는 우리는 대신 동네의 여러 정원들을 구경하기를 즐겼다. 봄은 정원 구경에 가장 좋은 계절이다. 봄이 되면 지성으로 가꾸어놓은 정원들에 꽃이 피기 시작한다. 햇빛이 환한 봄날이면 두말할 것도 없이 동네의 정원 구경에 나선다. 혹시 봄에 영국에 오시는 분이 계시다면 이름난 관광지보다 아무 시골 마을에나 찾아가서 주택가의 정원들을 구경해 보시라고 권하고 싶을 정도다. 영국 사람들은 봄 한철만 꽃이 피는 것이 아니라 봄부터 가을까지 여러 가지 꽃이 번갈아 피도록, 또 꽃들의 색깔이 서로 어울리면서 한 가지 색깔의 꽃만 튀지 않도록 세심하게 조경 계획을 짠다. 그래서 어느 계절, 어느 집을 보아도 똑같은 집이 하나도 없다.

여름이 되면 영국 사람들은 잘 가꾸어놓은 정원에 몰려나와 일광욕을 한다. 잔디 위에 담요를 깔고 누워서 책을 보거나 한낮의 오수를 즐기는 것이다. 정원 한구석에 놓인 티테이블에서 오후의 티타임을 즐기기도 한다. 북위 60도 근처에 위치한 영국의 여름 햇빛은 한국처럼 따갑지 않고 부드러워서 일광욕에는 안성맞춤이다. 그리고 한가롭게 햇빛을 쬐는 영국 사람들의 여유로운 모습을 구경하는 것도 산책의 적잖은 즐거움이 된다.

발길을 돌려 강변으로 내려가면 무리지어 핀 수선화가 한들한들 바람에 흔들리고 있다. 두 겹짜리 꽃잎이 풍성한 노란 수선화는 우리 나라의 개나리, 진달래처럼 봄을 알리는 흔한 꽃이자 웨일스의 꽃이기도 하다. 웨일스의 수호 성인인 성 데이비스의 날인 3월 1일이 되면 영국 사람들은 노란 수선화를 가슴에 달고 다닌다.

꽃을 사랑하는 영국 사람들은 특별한 날이나 성인 축일이면 가슴에 꽃을 다는 것을 잊지 않는다. 위에서 이야기한 성 데이비스 데이의 수선화말고도 11월의 '메모리얼 데이'에는 빨간 양귀비꽃을 다는 관습이 있다. '메모리얼 데이'는 두 번의 세계 대전에서 전사한 영국 군인들을 기리는 영국식 현충일이다. 1차 세계 대전이 끝난 날인 11월 11일로부터 가장 가까운 11월의 일요일이 '메모리얼 데이(Memorial Day)'로 이날은 여왕과 총리, 그리고 세계 각지의 영연방 대표들이 모여 참전 기념비에 양귀비 꽃다발을 바치는 엄숙한 기념식을 거행한다.

11월이 되면 거리에는 갑자기 빨간 꽃을 가슴에 단 사람들이 많아진다. BBC의 9시 뉴스를 진행하는 앵커들도 꽃을 달고 나온다. 총리를 비롯한 정치인, 왕족들도 마찬가지다. 그러면 영국의 꽃집들은 11월에 대목을 맞을까? 그건 또 아니다. 이 양귀비꽃들은 생화가 아니라 종이꽃이다. 참전 용사회 같은 군인 단체들이 거리에서 기부금을 내는 사람에게 종이 양귀비꽃을 달아준다. 기부금은 은퇴한 군인들의 복지 기금으로 쓰여진다. 영국 사람다운 합리적인 방식이다. 그밖에 잉글랜드의 수호 성인인 성 조지의 날(4월 23일)에도 장미꽃을 가슴에 다는 관습이 있다.

정원과는 좀 다른 이야기지만 우리가 살던 케임브리지에는 여러 종류의 야생 짐승들이 많았다. 정원을 구경하다 보면 고양이를 비롯한 각종 짐승과 새들을 흔하게 만날 수 있다. 가장 많은 것은 꽃 사이에 나른한 표정으로 웅크리고 있는 뚱보 고양이들이다. 대개 까만색 털을 가진 이 터지기 직전의 뚱보 고양이들은 움직이는 것조차 귀찮은지 낯선 구경꾼이 빤히 쳐다봐도 미동조차 없다. 가을이 되면 떼지어 몰려온 다람쥐들이 잔디밭 위에 굴러다니는 도토리들을 모으러 돌아다닌다. 그리고 '피터 래빗' 처럼 생긴 잿빛 토끼, 오리와 비둘기, 까마귀, 작은 노랑부리 새들도 자주 눈에 띈다.

각종 야생 짐승들과 어우러져 산다는 것은 서울처럼 메마른 대도시에서 살아온 우리에게는 참 기분 좋은 일이었다. 플랫의 잔디밭에서 갈색 다람쥐를 처음 보았을 때의 그 신기함이라니! 하지만 작은 들짐승들과는 달리 새가 많은 건 꼭 좋은 일만은 아니었다. 다른 동물들과 다르게 새들은 갖가지 문제를 일으키기 때문이다. 무엇보다도 건물 유리창을 향해 돌진하는 '새 특공대' 들이 적지 않았다.

어느 비오는 겨울날의 일이었다. 거실의 창 앞에 있는 컴퓨터로 무언가를 쓰고 있는데 갑자기 독수리만한 까마귀가 창을 향해 전속력으로 날아오더니 콰다당 하고 창에 부딪치는 게 아닌가! 순간적으로 너무 놀라 뒤로 넘어져서 한참 동안 일어나지도 못했다. 아마도 창이 크고 투명하니까 새가 유리창이 없는 줄로 착각했던 모양이다. 멍청한 녀석 같으니, 제가 무슨 가미가제인 줄 알았나? 집이 흔들릴 정도로 세게 부딪쳤으니 가미가제, 아니 새는 분명히 죽었을 것 같다. 창에는 배설물 같기도 하고 피 같기도 한 얼룩이 주르륵 흘러 있다. 겁이 나서 도저히 창을 열고 바깥을 볼 수가 없다. 나중에야 1층 화단에 내려가 보니 새의 자취는 보이지 않았다. 다행히 죽지는 않았나보다. 잘 좀 보고 날아다닐 것이지….

그 후로 몇 달 동안은 바깥에서 새가 푸드덕대기만 하면 후다닥 숨는 버릇이 생겼다. 거실의 창 밖에는 새가 앉기에 적당해 보이는 처마가 삐죽 나와 있어서 그 모서리에 새들이 자주 날아와 앉는다. 비둘기나 참새 비슷한 작은 새들은 별신경 쓰지 않지만 독수리만한 까마귀가 앉아 있을 때는 좀 무섭다. '이 녀석 얼른 안 날아가나?' 하는 표정으로 새를 쳐다보면 저도 멀뚱하게 나를 본다. 새와 눈이 마주치는 기분도 참 묘했다.

그뿐만이 아니다. 아침마다 새들이 지저귀는 소리를 들으면서 일어나는 일은 상쾌하지만 그 상쾌한 기분도 밤새 주차해놓았던 차가 새의 폭탄 같은 배설물들을 뒤집어쓰고 있는 걸 보면 천리만리 달아난다. 거기다가 이 새똥들은 금방 딱딱하게 굳어서 잘 떨어지지도 않는다. 특히 여름 햇빛에 굳은 새똥은 일부러 붙인 장식품처럼 딱 달라붙어버려서 아무리 긁어내려고 해도 요지부동이다. 여름이 되면 많은 차들이 새똥으로 얼룩덜룩해진 채 거리를 달린다. 벤츠 같은 고급차도 예외가 아니다. 아마 그 고급차가 정신이 있다면 새똥 폭탄을 맞는 순간 기절을 했을지도 모르겠다. 벤츠에 새똥이라니! 하지만 새는 최신형 벤츠와 구닥다리 미니를 구별하지 못하니 어쩔 도리가 없다. 그야말로 '영국식 버드 스트라이크'인 셈이다.

영국 왕비 카밀라?

1997년 다이애나 왕세자비가 죽은 후, 확실히 왕실의 인기는 떨어졌다. 일단 영국 사람들 대부분이 왕실에 대해 상당히 무관심해졌다. 다이애나가 살아 있을 때는 개인적으로 왕실 애호론자이건 아니건 왕실에 대해 관심을 안 가질 수가 없었다. 영국 사람들이 즐겨 보는 타블로이드지 1면에 다이애나의 사진이 안 실리는 날이 거의 없었으니까 말이다. 왕자들을 학교에 바래다주는 다이애나. 운동하러 가는 다이애나. 새 애인을 만난 다이애나. 휴가 중에 수영복을 입은 다이애나… 열아홉 살의 철없는 나이로 왕실에 들어선 이후 다이애나는 숨이 끊어지는 순간까지 황색 언론과 파파라치들에게 시달려야 했다. 오죽하면 어린 윌리엄 왕자가 "내가 크면 경찰이 돼서 엄마 괴롭히는 아저씨들 혼내줄 거야!"라고 했을까. 그런데 이 말을 들은 동생 해리 왕자가 "형은 나중에 왕이 되어야 하는데 경찰이 되면 어떡해?"라고 물었다는 믿거나 말거나 같은 가십도 있다.

아무튼 왕실의 입장에서 다이애나는 양날의 칼 같은 존재였다. 1995년 찰스와 이혼한 이후로는 사사건건 왕실과 전 남편을 비난하고 다닌 눈엣가시였지만, 아무튼 다이애나 덕분에 왕실에 대한 관심은 항상 하늘을 찔렀으니 말이다. 그런 다이애나가 1997년 파리에서 불의의 교통 사고로 사망하고 나니 파파라치들은 더 이상 쫓을 가십 거리가 없어졌다. 찰스 왕세자야 원래 언론의 관심 대상이 아니었다. 늙어가는 여왕과 필립 공도, 여왕의 나머지 자녀들도 다이애나에 비하면 전혀 매력이 없는 존재들이었다. 그러니 왕실 전문 파파라치들이 김이 빠질 수밖에.

그럼 무려 35년 간 찰스의 연인이자 정부로 지내온 카밀라 파커 볼스는 어찌 되었을까? 찰스와 카밀라는 온 영국 국민의 반대와 법적 난관마저 제치고 결혼에 성공했다. 2005년 4월 9일, 두 사람은 왕실의 성이 있는 윈저 시청에서 결혼식을 올렸다. 결혼식은 영국 왕세자의 결혼이라고 믿을 수 없을 정도로 소박했다. 불과 서른 명 정도의 하객이 참석했고 식은 30분도 안 되어 끝났다. 보통 영국인의 결혼식과 다를 바가 하나도 없었다.

1981년에 치러진 찰스의 첫 번째 결혼식은 이에 비할 수도 없이 화려했다. 3500명의 하객들이 런던의 세인트 폴 대성당에서 열린 결혼식에 참석했으며 전세계에서 무려 7억 명의 시청자가 이 결혼 중계를 보기 위해 TV 앞에 모였다. 신데렐라나 탈 것 같은 마차를 타고 식장으로 온 다이애나는 길이만 12미터에 이르는 초대형 베일을 쓰고 왕실의 왕관을 썼으며 결혼 후 버킹엄 궁의 발코니에서 수많은 사람들이 지켜보는 가운데 새신랑 찰스와 키스를

찰스 왕세자와 나란히 선 카밀라. 이들은 2005년 4월,
무려 35년 간의 ██████ 청산하고 정식으로 부부가 되었다.

나누기도 했다. 그야말로 동화 속에서 막 튀어나온 듯한, 눈이 휙휙 돌아갈 정도로 멋진 세기의 결혼이었다.

그로부터 24년 후에 열린 찰스의 두 번째 결혼은 소박하다 못해 초라했다. 왕실의 정식 결혼식이 아니었기 때문에 BBC는 이 결혼식을 중계하지 않았다. TV 카메라는 윈저 시청 앞에 모인 시민들의 모습을 잠깐 비춰주었을 뿐이다. 카밀라는 웨딩 드레스와 신부의 베일 대신 발목까지 내려오는 아이보리색 드레스를 입었다. 더구나 원래 4월 8일로 예정되었던 결혼식은 하필 교황 요한 바오로 2세의 서거로 하루 연기되었다. 4월 8일에 교황의 장례식이 바티칸에서 열렸는데 찰스 본인이 영국 왕실의 대표 사절로 장례식에 참석해야 했기 때문이다.

찰스와 카밀라의 결혼을 지켜보며 새삼 그런 생각을 했다. 참, 영국인들은 냉정하고 끈질긴 사람들이야. 이 결혼에도 불구하고 찰스와 카밀라에 대한 영국인들의 싸늘한 시선은 누그러들지 않았기 때문이다. 적지 않은 영국인들은 결혼 후에도 카밀라와의 관계를 청산하지 못한 찰스가 다이애나를 불행하게 만들었고, 마침내 그녀를 죽게 했다고 생각한다. 카밀라 역시 이런 국민들의 냉정한 시선을 조금이라도 누그러뜨리려고 다이애나의 헤어스타일을 흉내내보는 등, 나름대로 노력했지만 슈퍼마켓에서 머핀을 맞는 수모만 당했을 뿐이다.

사실 다이애나가 죽은 후에도 찰스와 카밀라는 결혼을 할 수 없는 입장이었다. 카밀라는 파커 볼스 후작과 결혼해서 두 명의 자녀를 낳았다. 천년이 넘는 영국 왕실 역사상 국왕이 아이가 있는 이혼녀와 재혼한 전례는 없다. 찰스의 큰할아버지인 에드워드 8세도 이혼녀인 심프슨 부인과 결혼하려다 내각의 반대로 동생 조지 6세에게 왕관을 넘겨주어야만 했다.

난관은 이것만이 아니었다. 영국의 국교인 성공회는 재혼 자체는 허용하나 전 배우자가 살아 있는 한은 재혼을 못하도록 막고 있다. 찰스야 전 부인인 다이애나가 죽었지만 카밀라 측은 전 남편 파커 볼스 후작(찰스의 친구이기도 하다)이 살아 있어 교회법상 결혼이 불가한 것이다.

물론 그래도 결혼할 수는 있다. 역시 이혼 경력이 있는 찰스의 여동생 앤 공주는 영국 성공회 교회가 아닌 스코틀랜드 장로교회에 가서 두 번째 결혼식을 올렸다. 그러나 찰스는 문제가 다르다. 영국의 국왕은 국교인 성공회의 수장을 겸한다. 다른 사람도 아닌 교회의 수장이 교회법을 어길 수야 없지 않은가. 사랑하는 두 사람이 맺어지는 데 이렇게나 장애물이 첩첩산중인 경우가 또 있을까!

그래도 두 사람은 기다렸다. 끈기 있게 기다리고 또 기다린 결과, "왕위 계승자의 재혼, 더구나 이혼녀와의 재혼은 절대 안 된다!'고 버티던 엘리자베스 여왕이 먼저 항복했다. 왕실이 찰스의 결혼을 위한 교통 정리에 나섰다. 카밀라는 왕세자비의 정식 명칭인 '웨일스 왕자비(Princess of Wales)' 대신 '콘월 공작 부인(Duchess of Cornwall)' 이라는 칭호를 받기로 했다. (영국 왕위 계승자는 공식적으로 '웨일스 왕자(Prince of Wales)' 이자 '콘월 공작(Duke of Cornwall)' 이다.) 그리고 찰스가 왕이 된 후에도 왕비(Queen) 대신 '왕의 배우자(Princess consort)' 라는 호칭을 쓰기로 했다. 물론 카밀라가 전 남편과의 사이에 낳은 아이들은 왕위 계승권을 갖지 못한다.

종교 문제도 교회 대신 시청에서 약식 결혼식을 하는 것으로 해결했다. 대신 찰스와 카밀라는 결혼식을 올린 후, 윈저 성의 성 조지 예배당에서 로완 윌리엄스 켄터베리 대주교 앞에서 죄를 참회하고(!) 교회의 축복을 받았다. 이 '축복식' 이 오히려 결혼식 같았다고 한다. 시청 결혼식에 참석하지 않은 엘리자베스 여왕도 여기에는 모습을 나타냈다. 성공회는 여왕이 찰스의 재혼을 허락하자 엄격하게 교회법을 적용하지 않고 한 발 물러섬으로써 이들의 결혼을 용인했다.

그러나 가장 큰 장애물인 영국 국민들의 시선은 여전히 싸늘하다. 〈더 타임스〉는 결혼에 즈음해서 전국민을 대상으로 한 여론 조사를 했다. 반수 이상의 영국인들이 '찰스는 카밀라와 왕위, 둘 중 하나를 선택해야 한다' 는 의견을 표명했다. 심지어 결혼 1주년을 맞아 〈더 타임스〉가 2006년 봄 실시한 여론 조사에서도 37퍼센트만이 찰스가 엘리자베스 2세의 뒤를 이어야 한다고 대답했고 39퍼센트는 찰스를 건너뛰고 윌리엄 왕자가 왕이 되기를 바란다고 말했다. 다이애나가 죽은 게 벌써 9년 전 일인데도 영국인들은 찰스를 용서하지 못하는 것이다. 에휴~

윈저 성 안에 있는 세인트 조지 예배당. 찰스와 카밀라는 윈저 시청에서 결혼한 후 이 예배당에서 죄를 참회하고 대주교의 축복을 받았다.

끈질긴 사람들 같으니라구.

솔직히 나는 찰스에 대해 동정적인 편이다. 영국에 있을 때부터 '귀만 큰 당나귀' 식으로 찰스를 매도하는 타블로이드지들의 보도를 숱하게 보아온 탓도 있거니와, 찰스와 카밀라가 다이애나의 죽음에 대한 책임은 없다고 보기 때문이다. 다이애나는 파리에서 자신의 애인과 호텔로 가다 교통 사고로 죽었다. 두 사람이 이미 이혼한 후, 저마다의 인생을 살고 있던 때에 일어난 사고인 것이다. 사고 후에 다이애나의 시신을 수습하기 위해 프랑스로 간 사람은 다름아닌 찰스였다.

이 문제의 시작을 따져보면 찰스와 카밀라도 피해자에 가깝다. 두 사람은 1971년 처음 만났지만 왕실의 반대로 결혼을 하지 못하고 헤어졌다. 그러나 각기 다른 사람을 만나 결혼하고 아이를 낳는 와중에서도 35년 간이나 두 사람의 마음은 식지 않았던 것이다. 그들이 처한 상황이 어떤 것이건 간에, 35년 동안 서로에 대한 사랑을 간직하고 있었다면 그거야말로 '진짜' 사랑이라는 생각이 든다.

2005년 결혼할 당시, 두 사람은 각각 56, 57세로 환갑이 가까운 나이였다. 20대에 만난 연인이 60이 다 되어서야 결혼이라는 결실로 맺어졌는데, 아무리 냉정한 사람이라도 이 정도 되면 돌아서야 하지 않겠나 말이다. 두 사람의 결혼식에 들러리로 나선 사람은 찰스의 큰아들 윌리엄과 카밀라의 아들 톰 파커 볼스였다. 딴 사람도 아닌 두 사람의 자녀들이 인정한 이들의 결혼인데 굳이 영국인들이 '마음에 안 든다'고 초를 칠 필요가 있을까.

결혼 후 찰스는 한결 안정된 모습으로 자신의 사업체인 유기농 농장 '더치 홈 팜(Duchy Home Farm)'의 운영에 몰두하고 있다. 코츠월드의 왕세자 영지 하이그로브(Highgrove)에 있는 '더치 홈 팜'은 유전자 조작 식품에 반대하고 유기농 영농의 예찬자인 찰스가 직접 차린 농장이다. 이 농장의 수익금 전액은 찰스가 운영하는 자선재단으로 귀속된다. '더치 오리지널(Duchy Originals)'이라는 브랜드로 판매되는 더치 홈 팜의 130여 가지 상품들은 '유기농 명품'으로 불리며 찰스에게는 '유기농 왕세자' 라는 새로운 별명을 선사했다. 카밀라 역시 찰스와 함께 새로운 유기농 제품을 생산하기 위해 연구를 거듭하고 있다고 한다. 가끔 양떼와 놀고 있는 윌리엄이나 직접 낫을 들고 풀을 베는 데 열중하고 있는 찰스의 모습이 영국의 매스컴을 장식하기도 한다.

언제 찰스가 어머니 엘리자베스 여왕의 뒤를 이어 '찰스 3세' 가 될 수 있을지는 아무도 모른다. 대대로 영국 왕실은 장수하는 집안이며 여왕의 어머니인 엘리자베스 모후는 무려 100세를 넘겨 타계했으니 예순의 찰스가 왕위에 오르려면 얼마를 더 기다려야 할까. 그러나 기나긴 기다림 끝에 사랑을 찾은 찰스는 이제 행복해 보인다. 마침내 사랑하는 여자를 반려자로 맞았으며 아들들은 왕자임에도 불구하고 군대에서 최전방 근무를 자원하는 등, 씩씩한 어른으로 커가고 있다. 수줍음을 많이 타고 오페라와 독서를 좋아하는 이 남자가 왕실의 눈부신 보석과 화려한, 그러나 공허한 형식들을 벗어나 참된 행복을 찾았다고 보는 건 나만의 생각일까. 그나저나 이제는 냉정한 영국 국민들이 마음을 열고 왕세자 찰스와 그의 '오랜, 그리고 유일한 연인' 카밀라를 좀 인정해줬으면 싶다.

사치스런 왕실과 검소한 국민은
어떻게 공존하는가

영국에 오면서 우리가 가장 궁금해했던 것 중의 하나는 과연 왕실이 영국 사람들에게 어떤 의미를 지니는가 하는 점이었다. 왜 이 나라 사람들은 아무런 실속도 없는 왕실의 존재를 계속 인정하고 있는 걸까? 여왕은 영국 사람들에게 정말로 존경받고 있는 걸까 등등. 왕이라는 존재가 국민들에게 어떤 영향을 미치는지가 궁금했던 것이다.

그러나 막상 영국에 와서 놀란 것은 왕실의 영향이며 의미를 따지기 전에 왕실의 어마어마한 화려함 때문이었다. 대부분의 영국 사람들은 가난하다고까지 말할 수는 없지만 결코 잘살지 못한다. 평균의 영국인은 낡고 삐걱거리는 빅토리아풍의 하우스에서 살면서 월급의 30퍼센트 이상을 세금으로 내고 집을 살 때 은행에서 빌린 이자를 갚느라 허덕이며 10년 동안 같은 차를 쓴다. 1년에 한두 번 유럽으로 가는 검소한 휴가가 그들에게는 최대의 사치다. 영국 사람들은 아직도 2차 대전 때 감내해야 했던 쓰라린 내핍 생활을 기억하고 있다. 전쟁중의 배급 생활이 전쟁이 끝난 후에도 절약하는 정신으로 몸에 배어 버린 것이다. 거기다가 워낙 세금이며 전화, 전기 요금, 교통비 같은 공공 요금이 비싸서 여유가 없기도 하다.

© Lee Hyungwoo

타워 오브 런던. 중세 시대에는 감옥으로 쓰이던 곳으로 처녀왕 엘리자베스 1세도 블러디 메리의 집권 시절 여기에 갇혀 있었다. 타워 오브 런던의 까마귀들이 사라지면 영국 왕조가 문을 닫는 다는 전설이 있다.

　　그런 영국인들의 생활에 비해 하는 일도 뚜렷이 없는 왕실은 눈이 핑핑 돌아갈 정도로 부자다. 우선 엘리자베스 여왕 소유의 성만 꼽아도 손가락이 모자란다. 여왕이 주중에 거주하는 런던의 버킹엄 궁, 주말의 거처인 런던 근교 윈저 성, 왕실이 매년 여름 휴가 장소로 이용하는 스코틀랜드의 밸모럴 성, 스코틀랜드 왕실의 궁정이었던 홀리루드 성, 여왕 외의 왕족들이 사는 세인트 제임스 궁, 찰스 왕세자의 거주지 켄싱턴 궁… 그밖에 왕실의 크리스마스용 별장인 샌드링엄을 비롯해서 크고 작은 별장들까지 있다. 하나같이 드넓은 정원에 번쩍번쩍 으리으리한 내부와 골동품 고가구들을 가지고 있는 진짜 궁전이다.

비록 내다팔 수는 없지만 여왕은 영국에서 가장 많은 부동산을 소유하고 있다. 여왕 외의 다른 왕족들도 만만치 않다. 찰스 왕세자가 자신의 개인 영지에서 올리는 수익이 보통 600만 파운드라고 하니, 그중 40퍼센트를 세금으로 냈다고 해도 연 수익이 350만 파운드가 넘는다. 원화로 따지면 70억 원쯤 된다. 보통 영국 남자들이 직장 다니면서 받는 연봉의 100배 이상 되는 돈이다.

땅뿐만이 아니다. 런던 타워에 전시되어 있는 보석들 역시 왕실의 재산이다. 역대 영국 왕의 왕관과 금으로 만든 홀을 비롯해서 빅토리아 여왕이 썼던 인도 황제의 관, 에드워드 8세의 대관식용 왕관 등등 셀 수도 없이 많은 보석들이 박힌 왕관들이 즐비하다. 어린아이 주먹만한 세계 제일의 다이아몬드며 에메랄드가 박힌 왕관들이다. 왕실의 중요한 행사가 있을 때면 여왕은 이런 왕관을 쓰고 신데렐라가 탈 것 같은 금빛 마차를 타고 웨스트민스터 성당으로 간다. 마차 앞뒤로는 100명쯤 되는 기마병들이 열을 지어 호위한다.

참 이해할 수 없는 일이었다. '군림하되 통치하지 않는다'지만 왜 통치자도 아닌 여왕이 이토록 사치스러운 생활을 하는가. 왕실의 재정은 말할 것도 없이 국민들의 세금으로 유지되는 게 아닌가. 왜 딱할 정도로 허리 졸라매고 사는 영국인들이 자신들의 세금으로 왕실이 호의호

식하는 것을 보고만 있을까?

영국인 친구들에게 "왕실이 너희 영국인들에게 왜 필요하니?"라고 물으면 대답은 대략 두 가지였다. 하나는 "왕실이 있든 말든 나랑 무슨 상관이야? 난 그런 데 관심 없어."라는 다소 냉소적인 의견이었다. 관심도 없지만 아주 옛날, 자기들의 할아버지의 할아버지의 할아버지 때부터 있던 왕실이니 또 팔 걷고 나서서 없애자고 할 이유도 없는 거다. 한마디로 '그들은 그들대로, 나는 나대로 살면 된다'는 태도였다.

모든 대학생들이 다 왕실에 부정적인 것은 아니었다. 앤드류라는 대학원생은 "넌 정말 왕실이 영국에 필요하다고 보니?"라는 물음에 "그럼, 필요하지."라고 대답했다. "여왕은 영국을 대표하는 존재야. 외교라든가 여러 부분에서 나라를 상징하는 역할은 총리가 할 수 없는 거라고 생각해." 비단 앤드류뿐만 아니라 예상 외로 많은 대학생들이 그런 생각을 하고 있었다. 그리고 아마 일반적인 영국인들의 생각도 이와 비슷한 것 같았다.

지금은 비록 유럽 귀퉁이의 작은 섬나라로 쪼그라들었지만 19세기의 영국은 '해가 지지 않는 나라'였다. 한때 본국 영토의 100배가 넘던 식민지들은 영국이 1, 2차 대전을 연달아 겪는 와중에 연이어 독립했다. 홍콩까지 중국으로 귀속되어 '홍콩 차이나'가 된 지금, 영국의 해외 식민지는 스페인 남부의 지브롤터와 아르헨티나 남쪽의 포클랜드 섬 등 극소수에 불과하다. 그러나 과거 영국의 식

버킹엄 궁의 정문. 영국 왕실은 이 버킹엄 궁 외에도 윈저 성, 밸모럴 성,
홀리루드 궁 등 영국 전역에 진짜 '궁전'을 소유하고 있다. ⓒ Lee Hyungwoo

민지였던 나라들은 독립 후에도 대부분 영연방(British Commonwealth)의 일원으로 영국의 영향권 아래에 있다.

대영제국의 영화는 오래 전에 막을 내렸지만 아직도 영연방의 숫자는 54개국이나 된다. 인도와 캐나다, 호주, 뉴질랜드, 남아프리카 공화국, 우간다, 가나, 스리랑카, 말레이시아 등등 많은 나라들이 영연방에 속해 있다. 영연방의 대부분이 아프리카의 후진국들이기 때문에 영국으로서는 영연방에 받는 것보다 주는 것들이 많다. 그러니 영연방 국가들은 약간 굽신거리는 대가로 이것저것을 받을 수 있는 영연방을 탈퇴할 이유가 없다.

또 영국 입장에서 보면, 유엔 가입국의 4분의 1 가까이 되는 영연방은 영국이 국제 사회에서 큰소리를 낼 수 있는 든든한 배경이 된다. 한때는 세계를 호령했을지 모르나 이제 영국은 '지는 해'라는 것이 일반론이지만 영국 사람들은 절대 그렇게 생각하지 않는다. 영국 사람들은 영국이 미국과 함께 냉전이 끝난 세계 정치를 이끌어가는 지도적인 국가라고 생각하며 또 그렇게 보이려고 안간힘을 쓴다. 아니, 미국보다 영국이, 미국인들보다 자신들이 더 우월하다는 것이 영국 사람들의 솔직한 마음일 것이다.

'우리 아직 안 죽었다'라는 몸부림을 치기 위해서는 든든한 배경이 필요하다. 한반도보다 약간 큰 섬나라에 불과한 영국이 대체 무얼 믿고 국제 사회에서 큰 목소리를 내겠는가. 그 비결은 바로 전세계에 퍼져 있는 영연방의 존재이다. 영연방 54개국은 영국 입장에서는 잘 관리해야 하는 소중한 우방이다. 그리고 영연방에 속해 있는 국가 중 17개국에서 여왕은 형식상이기는 해도 국가 원수다.(최근 호주에서는 호주의 총리를 대통령으로 삼아 영국의 영향권에서 '완전 독립' 하자는 주장이 거세게 일었지만 호주 국민들은 국민 투표를 통해 영국 왕을 계속 국가 원수로 삼기로 결정했다.)

16세기의 엘리자베스 1세와 19세기의 빅토리아 여왕이 세계에 넘치는 영국의 국력을 과시하는 존재였듯이, 영국인들은 현재의 엘리자베스 여왕이 영국의 전통과 힘, 권위의 상징으로 세계에 비치기를 바란다. 그 때문에 영연방과 그 외 나라들의 외교 순방은 여왕을 비롯한 왕족들의 주요한 임무이다. TV의 왕실 뉴스를 눈여겨보면 거의 언제나 왕족 중 한두 명이 해외에 나가 있는 것을 알 수 있다. 해묵은 군주제를 고이 간직하고 있는 영국의 이미지는 다른 나라들에게 놀랍고도 신기하게 비칠 것이 분명하다. '영국은 뭐가 달라도 역시 달라, 대단한 나라야.' 하는 생각, 그리고 영국과의 무역 수지 호전이라는 수순이 자연스럽게 이어지는 것이다.

이러한 왕실의 선전 효과를 잘 알기 때문에 검소한 영국 사람들이 호화 찬란한 왕실의 생활에 대해 이의를 제기하지 않는 것이다. 하다못해 왕실은 영국의 주요한 관광 수입이기도 하니까. 여왕이 보통 사람들과 똑같이 산다면 왜 수많은 관광객들이 버킹엄 궁의 위병 교대식이나 윈저 성을 보러 영국에 오겠는가.

독일이나 프랑스, 이탈리아같이 우리가 아는 유럽의 나라들이 군주제를 폐지한 탓에 영국 여왕은 독보적인 존재로 보인다. 하지만 알고 보면 꽤 많은 유럽 나라들이 여전히 왕이나 여왕을 모시고 있다. 벨기에, 네덜란드, 스웨덴, 노르웨이, 스페인, 모나코, 덴마크 등의 나라가 입헌 군주제를 채택하고 있는 국가들이다. 이들 나라 왕실의 공통점은 검소한 모습으로 국민에게 '서민적인 왕실'의 이미지를 보여주려 애쓰고 있다는 점이다. 그렇지 않았다가는 당장 국민들이 '세금만 축내는 왕실을 없애자'고 들고일어날 것이 분명하다. 하지만 노르웨이의 해럴드 5세가 '자동차 사용을 자제하자'는 성명을 발표한 다음날 직접 스키를 매고 전철을 기다렸다거나, 스페인의 공주가 서민 아파트에 신혼 살림을 차렸다거나 하는 일화들은 영국 왕실에서는 상상도 못할 일이다. 여왕 폐하께서 어찌 그 지저분한 지하철을!

입헌군주제를 유지하고 있는 다른 국가들에 비해 영국 왕실이 누리고 있는 군건한 지위는 변화를 꺼리는 영국 사람들의 성향과도 관련이 있다. 프랑스, 독일, 이탈리아 등의 국민들은 근대화의 물결 속에서 공화제를 변혁의 상징으로 받아들였다. 그러나 툭하면 '도대체 옛것에 잘못된 것이 무엇인가?'라고 되묻는 보수적인 영국인들은 도저히 왕실 폐지라는 혁신적인 개혁을 받아들이지 못하는 것이다. 누구보다도 영국인들 자신이 그 사실을 잘 안다. 왜냐하면 한 번의 실험을 거쳤기 때문이다.

최초의 영국 왕인 웨섹스의 에버트가 서기 829년에 즉위한 이래 영국 역사에서 단 한 번 왕이 없었던 기간이 있었다. 1649년 올리버 크롬웰이 이끄는 의회군이 찰스 1세를 처형하고 11년간 공화제를 시행했던 것이다. 그러나 영국인들은 '공화국' 영국을 다스렸던 올리버 크롬웰을 결코 위인으로 생각하지 않는다. 오히려 무능한 왕 찰스 1세를 순교자로 기억하고 있다. 의회와의 싸움으로 내전을 일삼고 급기야 프랑스 같은 적국과 내통하기까지 했던 찰스 1세인데도 말이다. 성인에 가까웠던 금욕적인 생활과 '공화국 영국'에 대한 확고한 신념, 불타는 애국심에도 불구하고 크롬웰은 왕을 처형했다는 이유로 영국 사람들에게서 철저히 외면당해 버린 것이다.

크롬웰의 유해는 1660년 사망한 후 무려 300년 간을 무덤 없이 떠돌다 1960년에야 모교인 케임브리지 대학교의 시드니 서섹스 칼리지 채플에 묻혔다. 그러나 현재 시드니 서섹스 칼리지의 채플에서 크롬웰의 무덤을 찾을 길은 없다. 매장은 칼리지의 학장과 목사 등 불과 세 명만이 입회한 자리에서 비밀리에 이루어졌기 때문이다. 300년 전의 일이지만 공화국에 대한 실험은 사라진 크롬웰의 무덤처럼 영국 사람들에게 지워버리고 싶은 역사의 한 장으로 남아 있다. 그리고 실험은 단 한 번으로 족한 것이다. 지구상의 왕들이 다 사라진다 해도 트럼프의 다이아몬드, 하트, 스페이드, 클로버 네 가지 왕과 영국 왕만은 사라지지 않는다는 말은 결코 과장이 아니다.

미국 사람들의 '영국 짝사랑'과
영국 사람들의 '미국 때리기'

당연한 일이겠지만 영국 사람들의 세계관은 우리 나라 사람들과는 아주 다르다. 우리 나라 사람들이 생각하는 세계는 대강 미국, 일본, 중국, 유럽과 호주 정도의 순서로 이루어져 있다. 자신의 직업이나 전공과 관계되었다면야 모를까, 인도나 남아프리카 공화국, 멕시코, 또는 폴란드 같은 나라에 특별한 관심을 갖고 있는 사람은 거의 없을 것이다. 세계 지도를 펴놓고 '볼리비아'를 찾아보라고 했을 때 머뭇거리지 않고 곧장 남미에 자리잡고 있는 볼리비아를 가리킬 수 있는 사람이 몇이나 될까? 요컨대 우리 나라 사람들의 '세계'는 미국, 영국, 일본, 중국, 프랑스, 독일같이 익숙한 몇몇 나라만으로 구성되어 있다는 말이다. 이것은 비단 우리 나라뿐만 아니라 다른 어느 나라라도 마찬가지일 것이다.

물론 영국도 마찬가지다. 영국 사람들이 생각하는 세계는 유럽 대륙, 인도나 남아프리카 같은 영연방 국가, 그리고 미국에 한정되어 있다. 유감스럽게도 영국 사람들은 우리 나라 사람들이 칠레나 아이슬란드를 모르듯이 한국을 모른다. 그저 아시아 어디 중간쯤에 있는 나라겠거니 하고 막연히 생각할 뿐이다.

런던 같은 대도시에 사는 사람들은 버버리나 발리에서 쇼핑해가는 한국 관광객들을 자주 본지라 한국을 부자 나라라고 생각한다. 반대로, 6·25에 참전한 친척 아저씨가 있거나 동네의 누구 아버지가 한국전에서 죽었다더라 하는 이야기를 들은 적이 있는 중년층들은 아직도 한국을 전쟁의 이미지와 연결시켜 기억한다. 또 하나 재미있는 사실은 삼성의 TV나 현대의 자동차들은 영국에서 자주 눈에 뜨이지만, 그 제품들을 사용하고 있는 영국 사람들은 대부분 삼성이나 현대가 한국의 대기업인줄 모르고 있다는 점이다.

한국에 대해 워낙 모르니 영국 사람들은 한국에 대해 좋은 감정도, 나쁜 감정도 없다. 1999년 봄 엘리자베스 여왕 내외가 공식적으로 한국을 나들이했을 때, 영국 신문에 크게 난 기사를 보았더니 "여왕이 한국에서 전설의 명약인 인삼으로 만든 음식을 먹었다더라."는 내용이 실려 있었다. 케임브리지에서 살 때 "한국의 프레지던트 대중 킴이 이곳에 있을 때 나랑 친분이 있었다."고 말하는 대학 교수 부인을 만난 적도 있지만, 인삼이나 김대중 대통령 정도를 알고 있는 영국 사람은 한국에 대해 좀 특별난 관심을 갖고 있는 경우일 것이다.

그렇다면 영국 사람들의 머릿속에 담긴 지도에 그려진 세계는 어떤 모양일까? 그 세계의 중심에는 유럽이 있다. 비록 도버 해협으로 떨어져 있기는 하지만 영국 사람들은 유럽에 대해서는 일종의 공동체 의식을 가지고 있다.

영국은 엄연한 유럽 연합의 일원이다. 그리고 대학을 졸업한 영국 사람들은 대부분 프랑스 사람과 대화할 수 있을 정도의 프랑스어 실력을 갖고 있다.

재미있게도 독일어를 할 줄 아는 사람은 별로 없다. 독일, 스위스, 오스트리아 같은 독일어권 사람들이 워낙 영어를 잘하기 때문에 영국 사람들이 굳이 딱딱한 독일어 발음을 배울 필요가 없다. 하지만 예나 지금이나 콧대 높은 프랑스 사람들은 좀처럼 영어를 배우려 하지 않기 때문에 영국 신사들이 양보심을 발휘해서(?) 프랑스어로 이야기하는 경우가 많다. 토니 블레어 총리는 프랑스 의회에서 유창한 프랑스어로 연설해서 기립 박수를 받기도 했다.

2차 대전에서 적국의 관계였지만 영국 사람들은 독일 사람들이나 이탈리아 사람들에게 특별한 적대감을 보이지 않는다. 정말로 모든 감정의 앙금을 씻어버린 건지, 아니면 마음속의 증오를 숨긴 채 겉으로만 웃고 있는 건지는 알 수 없지만, 영국에 있는 동안 독일이나 이탈리아를 비난하는 영국 사람을 한 번도 본 적이 없다.

이탈리아는 예나 지금이나 영국 사람들이 가장 좋아하는 휴양지이다. 그리고 독일 사람들은 무뚝뚝하고 융통성 없고 성실하다는 면에서 유럽에서도 가장 영국 사람들과 죽이 잘 맞는 민족이다. 영국의 대학에는 독일에서 온 유학생들이 적지 않고 이 독일 친구들은 금방 영국 학생들과 친해진다. 두 세대 전에 엄청난 피를 흘리면서 싸웠던 사이라고는 상상할 수가 없을 정도다. 설령 그때의 감정이 남아 있다 한들 — 틀림없이 남아 있을 거라고 본다. 아직도 2차 대전시의 배급 체제에서 익혔던 내핍 생활을 하고 있는 사람들이 영국 사람들이다. — 점잖은 영국 사람들은 과거의 기억을 끄집어내 독일 사람들을 경원시하지 않는다. 그만큼 영국 사람들은 속마음이나 감정을 다른 사람들에게 털어놓지 않는 사람들이다.

그런데 불과 50년 전의 적국이었던 독일 사람들도 욕하지 않는 영국 사람들이 흥분해서 비난하는 민족(?)이 전세계에 딱 하나 있다. 거기가 어딜까? 바로 미국 사람들이다. 정말 희한하게도 영국 사람들은 예외 없이, 남녀노소와 지식의 유무를 가리지 않고 미국 사람들을 싫어한다. 그냥 마음속으로 싫어하는 정도가 아니라 틈만 나면 손가락질하면서 비웃는 것도 불사한다. 조용하고 남을 험담하지 않는 영국 사람들의 성정에 비추어볼 때 충격적인 일이 아닐 수 없다.

영국 사람들에게 "미국 가서 살고 싶지 않으세요?" 하고 물어보면 백이면 백 모두 "절대 싫어!!" 하는 대답이 돌아온다. 주머니가 궁한 10대들을 제외하고서는 맥도널드로 대표되는 미국식 패스트푸드를 좋아하는 사람은 거의 없다. 대학원 친구들과 함께 덴마크에서 열리는 교환학생 프로그램에 참가했던 적이 있는데 한결같이 "굶으면 굶었지 맥도널드 햄버거는 안 먹어!" 하고 뻗대는 통에 나까지 울며 겨자 먹기로 비싼 피자나 스테이크를 먹어야 했다.

영국 사람들의 미국에 대한 감정은 곧 미국식 영어에 대한 혐오로 이어진다. 영국의 영어는 미국 영어와 달리 'R' 발음을 거의 하지 않고 'A'와 'O' 발음을 분명하게 구분한다. 'T' 발음도 생략하지 않는다. 'Doctor'는 '독터'로, 'Hello'는 '할로우'로 발음하는 식이다. 그래서 영국 영어는 미국 영어에 비해 발음 하나하나가 분명하고 정확하게 들린다. 영국에서 미국식으로 '배터리(Battery)'를 '배러리'라고 하거나 '워터(Water)'를 '워러'라고 발음하면 금방 '어디서 저런 교양 없는 말버릇을 배웠나' 하는 눈총을 받게 마련이다.(영국식으로 발음하자면 위의 두 단어는 각각 '바터리'와 '오우타'에 가깝다.)

내가 처음 영국에 와서 영어를 배웠던 어학원의 강사 스티브도 학생들의 미국식 발음에 질색을 하곤 했다. 자신의 막내동생이 간혹 미국식 발음을 하면 가차없이 "싸구려 미국 영화에서 그런 엉터리 영어 배웠냐?" 하고 엉덩이를 세게 때려 준다면서 식식거리는 것이다. 그 말을 들은 후부터는 혹시 분필이라도 맞을까봐 겁나서 내 발음이 영국식인가에 좀더 신경을 쓰게끔 되었다.

어찌 보면 사소한 일 같지만 영국 사회에서 영어 발음의 문제는 결코 작은 일이 아니다. 오드리 헵번이 출연한 영화 '마이 페어 레이디'에서 볼 수 있듯이 한 사람의 영어 발음은 그 사람의 사회적 지위를 가늠하는 잣대가 되기 때문이다. 특히 상류 사회에 속한 사람들은 영어를 발음하는 방식부터가 다르다. 외국인인 우리가 듣기에도 BBC 뉴스 앵커의 발음과 토니 블레어를 비롯한 정치인들의 발음, 그리고 "3파운드 50펜스예요." 하는 잡화점 점원의 발음은 아주 달랐다. 그런 영국 사람들 보기에 너나할것없이 햄버거를 씹어뱉듯 하는 미국 사람들의 영어 발음은 '영어도 아니다'.

영국 사람들이 미국 사람을 싫어하는 이유는 이밖에도 가지가지다. "시끄러워서 싫어, 대체 미국 애들은 남녀노소 안 가리고 왜 이렇게 목소리들이 크니?" 친구 이블린의 이야기다. 맞는 말이다. 영국 사람들에 비해 미국 사람들의 목소리는 확실히 톤이 높고 크다. 싸움을 하더라도 큰소리 내지 않고 조용조용 따지고 드는 영국 사람들의 성격에 비교해보면 그럴 만도 하다 싶었다.

하지만 시끄러운 걸로 말하자면 유럽의 나라들인 이탈리아나 스페인, 그리스 사람들도 만만치 않다. 어떤 모임이든지 그 안에 이탈리아 사람, 특히 시실리 같은 남이탈리아 사람이 하나만 있어도 다른 사람은 말 한 마디 할 기회를 잡기가 쉽지 않다. 이탈리아어 악센트가 섞여서 잘 들리지도 않는 영어로 얼마나 떠들어대는지, 정신이 하나도 없다. 가끔 이야기하다가 자기 기분에 못 이겨서 숨이 넘어가게 웃어대기도 한다. 영국 사람들이 이런 행동을 한다면 아마 한 마을의 별종이 되고도 남을 것이다.

그리스 사람들의 수다도 이에 못지않다. 내가 영국을 떠나기 전 날, 종강 파티에서 그리스 친구 미르토에게

"안녕, 나 내일 미국 가."라고 작별 인사를 하자 미르토는 놀랐다는 표시로 눈을 한번 크게 뜨더니 그 따발총 같은 말솜씨로 좌라라락~~ 인사를 하기 시작했다. "아니, 너 내일 가니? 정말 내일이니? 이럴 수가? 왜 더 일찍 이야기 하지 않구? 그래도 남편 만나니 기분 좋지? 그 동안 남편 많이 보고 싶었지? 나중에 아테네 오면 꼭 우리 집 오는 거 안 잊었지? 너 우리 집 주소랑 전화 번호 있지? 그거 미국 가지고 가서 잊어버리면 안 되는 거 알지? 너 내 이 메일 주소도 있지? 나중에 또 만날 수 있겠지? 그때는 아 기도 데리고 올 거지?"

이 많은 말을 쏟아내는 데 걸린 시간이 1분쯤 될까? 그 리고 나서 이미 정신이 반쯤 나간 나를 으스러지게 끌어 안고 양볼에 입을 쪽쪽 맞추는 것도 잊지 않는다. 내가 그녀와 특별히 친한 사이였냐 하면 그것도 아니었다. 그 저 클라스메이트였을 뿐이다. 이 정도의 수다는 그리스 사람들에게는 기본이다. 하지만 어떤 영국 사람들도 그 리스 사람들의 '시끄러움'에 대해 투덜거리지는 않았다. 그러니 미국 사람들이 시끄러워서 싫다는 말은 확실히 좀 불공평한 데가 있다.

미국 사람들을 비난하는 데에는 우리 집주인인 코플리 아줌마도 빠지지 않는다. 집을 비워 주면서 우리가 곧 미 국으로 간다는 이야기를 했더니 자기가 아는 누구누구도 미국에서 미국 여자와 결혼해 산다는 이야기를 하다 이 내 미국 사람에 대한 험담으로 빠진다. '예의 범절도 모르고, 단순 무식한데다가, 대체 플리즈(Please)라는 말은 할 줄도 모른다'는 게 비난의 요지다. 유난히 깔끔하고 남에게 흠잡힐 행동은 절대 안 하는 코플리 아줌마도 '미국 때리기'에서는 예외가 아니라니 좀 놀랍다.

거기다가 영국 사람들은 미국 사람들이 '무식하다'고 생각하는 경향이 있다. 잉글랜드 북부의 중세 도시인 요크에 갔을 때의 일이다. 요크의 민속 박물관에 가니 중년의 관리인 아저씨가 친절하게 안내를 해준다. 중세의 거리며 마차, 수공예 상점과 마구간, 좁고 어두운 살림집 등등에 대한 설명을 귀담아들으며 한 방에 들어가니 방안 가득히 소세지처럼 생긴 길다란 물건이 주렁주렁 매달려 있다. 그게 다 양초란다. 신기하다.

"옛날에는 파라핀을 이렇게 매달아 굳혀서 양초를 만들었어요." 아저씨의 설명에 동조하는 뜻으로 우리는 별 생각 없이 대답했다. "아아~ 그렇군요. 우리는 이게 다 소세지인 줄 알았어요." 그랬더니 그 아저씨 왈, "영국 문화를 모르는 사람들은 그렇게도 생각하지요. 특히 미국 사람들은 백발백중 '이게 웬 소세지야? 그러더라구요." 이런 식이다. 드러내놓고 비난은 하지 않지만 은근슬쩍 미국 사람들을 '뭘 모르면서 잘난 체하는 사람들'로 폄하하는 것이다.

좀더 정확하게 말하자면 영국 사람들은 미국의 문화나 가치관을 싫어한다고 할 수 있다. 맥도널드와 코카콜라로 대변되는 미국의 싸구려 문화와 '람보' 같은 무지막지한 미국 영화들이 미국의 거대 자본을 앞장세워서 영국 문화를 침해한다는 것이다. 밤새도록 상점이 열려 있고, 젊은이들이 밤늦게 모여 시끄럽게 논다는 것도 영국 사람들이 미국을 싫어하는 이유 중 하나다.

무엇보다 달러로 상징되는 미국의 자본 제일주의를 영국 사람들은 가장 경멸한다. 미국에서 책을 한 권 출판한다고 하자. 가장 중요한 것은 이 책이 얼마나 많이 팔릴지, 판매 부수로 인한 이익이 얼마나 클지, 영화로 만들어서 판권을 팔 수 있는지 등등이다. 가장 중요한 건 돈이며 그 책의 문학성은 저만치 뒷전이다. 이익의 추구는 미국 사회에서 결코 잘못된 일이 아니기 때문이다.

그러나 영국 사람들은 '제일 중요한 건 돈이다'라는 미국 사람들의 가치관을 받아들이지 못한다. 아직도 영국 사람들에게는 명예나 고귀함, 지성 등등이 경제적 이익보다 중요하다. 예를 들면, 양원제인 영국의 상원 의원은 보수가 없는 명예직이다. 그렇다고 해서 '떡값'이 있는 것도 아니다. 실권은 하원이 다 잡고 있다. 하지만 영국에서 상원 의원은 여전히 최고의 명예다.

만약 미국에서 똑같은 상황이 벌어졌다면 돈도 안 되고 오히려 제 돈을 써야 하는 일을 미국 사람들이 명예롭게 생각했을까? 아마 그렇지 않을 것 같다. 역시 영국 친구인 헬렌의 말에 따르면 미국 사람들은 '유럽 여행을 와도 유럽의 문화를 이해하는 것보다는 여권에 몇 개의 출입국 관리소 도장을 찍었는지에만 관심을 쏟는' 사람들이니까 말이다. 요컨대 '얄팍하고 시끄럽고, 문화와 진정한 삶의 가치에 무지하고 돈만이 최고인 줄 아는' 사람들이기 때문에 미국 사람들이 싫다는 게 영국 사람들의 주장이다.

그러나 나는 표면에 드러난 이런 이유들 외에도 또 다른 이유가 숨겨져 있다고 생각한다. 미국이 어떤 나라인가? 18세기 중반까지 미국은 영국의 식민지였다. 미국이 영국의 손아귀에서 독립한 것은 이제 겨우 200년 남짓, 2차 대전 전까지 미국은 영국의 영향력에서 벗어나지 못한 신생 국가에 불과했다. 땅 덩어리만 컸다 뿐이지 뭐 하나 내놓을 게 없던 나라였던 미국이 두 번의 전쟁을 거친 후에 불쑥 세계의 초강대국으로 자리잡은 것이다. 그리고 이제는 팍스 아메리카나니 세계의 경찰이니 하면서 미국 외의 다른 나라들을 쥐락펴락하고 있는 것이다.

해가 지지 않는 나라였던 과거의 영광은 단념했다 해도 아직 세계의 일등 국가라는 자존심은 잊지 않고 있는 영국 사람들로서는 분통이 터지지 않을 수가 없다. 사촌이 논을 사도 배가 아픈 법인데, 영국 입장에서 보면 미국은 동기인 사촌이 아니라 손아래 조카뻘이다. 허구헌날 속만 썩이다 사표 던지고 나간 박대리가 어느 날 잘 나가는 벤처 기업 사장이 되어 "어이 김과장, 회사 요즘 어때?" 하고 반말지꺼리로 나온다면 기분 좋을 '김과장'은 한 명도 없을 것이다.

미국을 보는 영국 사람들의 심리는 이처럼 시기와 질

투가 뒤섞인 복잡한 것이다. 그래서 표면상으로는 우방 중의 우방이지만 영국 사람들은 미국 사람들을 결코 고운 눈으로 보지 않으며, 클린턴 대통령이 르윈스키 스캔들에 휘말렸을 때도 '참 웃기는 놈들일세' 정도로 지나간 프랑스 언론과는 달리 영국 언론은 시시콜콜 클린턴의 추문을 캐며 내심 고소해했던 것이다.

그런데 또 재미있는 사실은, 미국 사람들은 영국 사람들을 싫어하지 않는다는 사실이다. 적잖은 미국 사람들은 자신의 조상이 웨일스나 아일랜드, 스코틀랜드에서 건너왔다는 사실을 자랑한다. 또 매년 많은 수의 미국 사람들이 영국을 관광하며 영국의 왕실이나 귀족 문화에 대해 은근한 동경까지도 품고 있다. 영국에서 미국식 영어를 쓰면 교양 없는 사람 취급을 받게 마련이지만 반대로 미국에서 영국식 영어를 사용하면 격조 높은 영어를 쓴다고 대접받는다.

물론 영국을 찾는 미국 사람들은 웃는 낯으로 맞아주는 영국 사람들이 사실은 자신들을 싫어한다는 사실을 결코 눈치채지 못할 것이다. 영국 사람들은 속마음을 드러내지 않는 데에 누구보다도 익숙한 사람들 아닌가. 멋모르는 미국 사람들은 자꾸 영국에 와서 윈저 성이며 런던 타워를 구경하고 영국 사람들은 미국 사람들의 행동거지를 꼬투리삼아 사사건건 미국을 비난한다. 미국 사람들의 '영국 짝사랑'과 영국 사람들의 '미국 때리기'는 당분간 소리 없이 계속될 것이 분명하다.

대대로 삶의 여유와 평화를 만끽하는 곳, 펍

영국의 여름 낮은 무척이나 길다. 한여름에는 저녁 열시가 넘어서도 낮의 푸르스름한 기운이 대기에 남아 있다. 저녁을 먹고 설거지까지 끝낸 후에도 바깥이 훤하면 우리는 곧잘 산책을 나갔다. 발걸음은 으레 조용한 주택가를 걸어서 케임 강변에 있는 펍 '파이크 앤드 일(Pike & Eel)'로 향한다.

파이크 앤드 일은 우리 말로 하면 '창고기와 뱀장어' 정도겠다. 별로 시(詩)적이지 않은 이름이지만 전망 좋은 강변에 자리하고 있어서 케임브리지에서 인기 있는 펍 중의 하나로 손꼽힌다. 1층짜리 나무 건물인데 여름에는 건물 안보다도 강변에 열 개쯤 놓여 있는 야외의 테이블에 앉는 게 더 좋다. 해가 저물어가는 강변에서 동동 떠가는 백조나 오리들을 바라보면서 마시는 맥주가 얼마나 상쾌할지 한번 생각해 보시길.

요즈음 한국에서도 심심치않게 쓰이는 '펍(Pub)'이라는 단어의 원조는 영국이다. '퍼블릭 하우스(Public House)'의 준말인 펍은 흔히 선술집이라고 번역되지만 영국의 시골에서는 선술집보다도 사랑방에 가까운 역할을 한다. 펍이 대중화된 것은 대략 150년쯤 전인 빅토리아 여왕 시절부터라고 한다. 그래서 대다수의 펍은 빅토리아 시대의 실내 장식을 그대로 유지하고 있다.

프랑스 사람들이 거의 매일같이 카페에 가듯이 영국 사람들은 저녁 시간을 때우러 펍으로 간다. 매일 저녁 펍으로 간다 해도 딱히 할 일이 있거나 꼭 만날 사람이 있는 것은 아니다. 오히려 별다른 일이 없기 때문에 펍으로 가는 셈이다. 펍에 모인 아저씨들은 맥주를 마시기도 하고 영국식 당구인 스누커를 치거나 아니면 스카이 채널의 축구 경기를 보기도 하면서 그냥저냥 시간들을 보낸다. 집에서 보는 것보다 온 동네 아저씨들이 모여 앉아 보는 축구 경기가 훨씬 더 재미있을 것은 두말할 필요도 없다. 축구 경기가 열리는 주말 저녁이면 동네의 펍들은 아저씨들의 고함 소리로 미어진다. 밤 열 시 너머까지 낮이 계속되는 여름에는 저녁 후의 산책 장소로, 또 오후 세 시부터 밤이 시작되는 겨울에는 미지근한 맥주를 마시며 도란도란 이야기를 나누는 보금자리로 펍은 영국 남자들의 변치 않는 사랑을 받고 있다.

사랑방으로 펍의 역할이 끝나는 것은 아니다. 펍은 중요한 정치 토론장의 역할도 한다. 펍에서는 "자네, 블레어 총리가 얘기한 '제3의 길'이 무슨 말인지 대체 알겠나?" 하는 식의 심각한 토론을 어렵지 않게 들을 수 있다. 그러나 이런 토론이 언쟁이나 싸움으로 발전하는 경우는 거의 없다. '토론'과 '싸움'을 구분할 줄 아는 것은 영국 사람들의 큰 장점이다. 천년에 육박하는 의회 정치의 미덕은 비단 국회 의사당뿐만 아니라 외진 마을의 작은 펍에서도 어김없이 발휘되는 것이다. 가끔 지역의 국회 의원들이 마을을 방문하면 펍은 정식 토론장으로 탈바꿈한다. 미국식으로 말하자면 타운 홀 미팅(Town Hall Meeting)이 열리는 장소가 펍인 것이다.

도시나 시골을 막론하고 영국 사람들이 사는 곳이라면 펍은 어디서나 쉽게 찾아볼 수 있다. 하지만 진짜 펍다운 펍을 찾으려면 시골로 가야 한다. 작은 시골의 동네에 있는 펍에는 시간의 흐름과 상관없는 조촐한 분위기가 살아 있다. "시골 마을에 있는 펍은 그 마을의 심장이나 마찬가지다. 펍이 없어지면 마을도 죽는다."는 말이 있을 정도다. 대신 시골의 펍은 그 동네만의 가족적인 분위기가 강하다. 손님들은 모두 동네의 단골들이다. 이런 펍에서 눈치 없이 단골들의 자리를 차지한 관광객은 주인의 달갑지 않은 눈총을 받게 마련이다.

또 한 가지 재미있는 사실은 이미 '동네 아저씨들의 사랑방' 기능을 상실하고 퇴근 후 한잔 걸치는 장소가 되어버린 대도시의 펍에도 여자 손님은 거의 들어오지 않는다는 점이다. 혹시 런던이나 맨체스터 같은 도시를 방문할 기회가 있다면 골목 귀퉁이에 있는 펍의 손님들을 한번 관찰해보라. 양복 입은 남자들만이 우글우글 모여서 술잔을 기울이는 모습을 볼 수 있을 것이다. 영국은 유럽에서도 가장 여성 취업률이 높은 국가로 손꼽히고 있다. 직업의 종류를 막론하고 여성이 진출하지 않은 분야는 거의 없다. 그럼에도 불구하고 퇴근 후 한 잔 하는 길에 여성들이 동행하지 않는 이유는 무얼까. '펍은 남자들만이 가는 곳'이라는 고정 관념이 지워지지 않고 있는 것이다. 여기서 우리는 다시 한번 변하지 않는 영국 사람들의 보수성을 확인한다.

영국의 문화를 주의 깊게 살펴보면 뿌리 깊은 계급 사회의 유산을 적지 않게 발견할 수 있다. 귀족의 상원 의원 세습제가 폐지되는 등, 귀족들의 영향력이 예전 같지는 않지만 그래도 일반인들은 침범할 수 없는 귀족만의 영역이 아직은 존재한다. 펍에서도 마찬가지다. 1800년대에 문을 연 펍들에는 대개 귀족들을 위한 방이 따로 마련되어 있다. 광대한 토지를 소유한 영국의 귀족들은 도시보다는 시골의 저택에서 살고 있다. 때문에 시골에 있는 펍일수록 귀족을 위한 공간이 필요했던 것이다.

왜 펍과 같은 공간에서조차 귀족과 서민은 같은 자리에 앉을 수 없는 것일까? 귀족과 일반 평민들은 예나 지금이나 물과 기름 같은 존재들인 듯, 섞일 듯 섞일 듯하면서도 좀처럼 섞이지 않는다. 우리 눈에는 이상하게 보이지만 귀족 계급이 워낙 오래 전부터 존재해서인지 귀족의 존재를 자연스럽게 받아들이는 것도 영국 사람들의 한 특징이다.

다시 파이크 앤드 일의 이야기로 돌아가보자. 파이크 앤드 일도 동네 펍의 하나지만 다행히 이곳은 외지인이 적지 않게 오는 곳이라 우리 같은 외국인들도 부담 없이

영국 어디서나 볼 수 있는 작은 펍의 풍경.

맥주 한 잔을 청할 수가 있다. 여느 펍과 마찬가지로 이
곳도 바에 가서 주문을 해야 한다. 펍의 종업원들은 손님
이 마시고 난 빈 잔은 치워주지만 테이블에 앉아 있는 손
님에게 주문을 받으러 가시는 않는다. 그렇다고 해서 웨
이터를 손짓해 부를 필요는 없다. 위스키 병들이 거꾸로
주렁주렁 매달린 바에 기대 서 있으면 사투리를 쓰는 친
절한 웨이터가 "굿 이브닝" 하고서 말을 걸어온다. 날씨
가 좋은 저녁이면 "정말 환상적인 날씨죠?" 하고 묻기도
한다. 역시 날씨는 모든 영국 사람들의 공통된 화제다.
낯선 사람을 만날 때도, 딱히 이야기할 화제가 없을 때도

날씨 이야기를 꺼내면 만사 오케이다.

바에는 여러 가지 맥주의 상표가 그려져 있는 맥주 펌프의 꼭지가 있다. 이 꼭지를 가리키면서 "이걸로 주세요." 하고 주문하면 웨이터가 꼭지를 꾹 눌러서 맥주를 따라준다. 영국의 맥주는 쓴맛이 강하고 약간 진한 색깔인 '비터', '하이네켄' 이나 '버드와이저' 같이 우리가 보통 마시는 맥주인 '라거', 그리고 흑맥주인 '스타우트' 세 가지가 있다. 이중에서 영국 사람들은 영국의 전통적인 맥주인 비터를 제일 좋아한다. 비터는 스타우트와 라거의 중간 정도 되는 투명한 갈색의 쓴 맥주인데 차갑게 마시지 않고 약간 미지근한 상태로 마시는 술이다.

우리는 콜라 같은 색깔에 흰 거품이 얄팍하게 떠 있는 흑맥주 '기네스' 와 라거를 반 파인트씩 주문한다. 한 파인트(pint)는 맥주 500cc 한 조끼보다 조금 많은 574cc의 양이고 그의 반인 하프(half) 파인트는 맥주 한 컵 분량이다. 주문을 받으면 웨이터가 한 파인트 맥주는 한 파인트 컵에, 반 파인트는 또 반 파인트짜리 컵에 정확하게 양을 채워준다. 컵에 반쯤 맥주를 따른 후에는 잠시 기다린다. 거품이 가라앉은 후 나머지 반을 따르는 것이다. 영국 사람들은 맥주 거품을 좋아하지 않는다. 그래서 펍의 웨이터들은 최대한 거품을 적게 하면서 맥주를 따르는 것이다. 맥주 위에 얹혀진 거품을 '왕관' 이라고 부르면서 좋아하는 독일 사람들과는 대조적인 습관이다. 이처럼 유럽 각나라들의 생활 습관에는 비슷한 듯하면서도 미묘한 차이들이 있다. 물론 영국은 영국대로, 독일은 독일대로 자기들의 관습을 철저히 고집하며 다른 나라의 관습을 은근슬쩍 무시한다. 맥주 두 잔의 가격은 2파운드 10펜스. 기네스가 라거보다 30펜스 정도 비싸다. 펍마다 맥주의 가격은 천차만별이다.

우리는 두 잔의 맥주를 들고 강변으로 나온다. 더운 여름날이라도 영국의 저녁은 언제나 서늘하다. 서서히 어둠이 드리우는 저녁의 강에는 백조와 오리들이 무리지어 떠가고 학생들이 노를 젓는 길다란 보트들이 쉴새없이 지나간다. 케임브리지 대학교의 보트 클럽 학생들이다. 낮에는 제각기 수업을 듣고 저녁에 강에 모여서 연습하는 것이다. 이중에는 내년 봄에 템스 강에서 열리는 옥스퍼드 대학교와의 정기 시합에 나갈 선수들도 있을 것이다. 가끔 여학생들이 젓는 배도 보인다. 콕스(Cox, 키잡이)의 구령에 맞추어 배는 날렵하게 강물 위를 전진한다. 그들의 머리 위로 푸르고도 투명한 여름의 어두움이 부드럽게 내리고 있다.

강변의 벤치에 앉아 점점 싸늘해지는 저녁 바람을 맞으면서 술을 마시다보면 왜 세상 사람들이 사기니 소송이니 전쟁을 벌이면서 매일매일을 숨가쁘게 사는지가 문득 궁금해진다. 분초를 다투던 서울에서의 생활도 서울과 케임브리지의 거리만큼이나 아득하기만 하다. 어둠이 완전히 내리고 별들이 하늘에서 빛날 때까지 우리는 꼼짝도 않고 앉아서 강물을 바라보곤 했다. 서늘하고 습한

맥주를 들고 나와 강변에 앉으면, 케임브리지 대학교의 보트 클럽 학생들이
노를 젓는 길다란 보트들이 수없이 지나간다. © Lee Hyungwoo

여름 저녁의 공기가 팔을 감싸안는 듯한 느낌을 만끽하면서. 2파운드 10펜스로 살 수 있는 그 평화로운 느낌을 우리는 얼마나 사랑했었나. 아주 먼 훗날에도 '평화'라는 말을 들으면 우리는 여름 저녁의 케임 강가와 파이크 앤드 일에서 마시던 씁쓸하면서도 미지근한 라거의 맛을 떠올리게 될 것이다.

이렇게 삶의 여유를 만끽할 수 있는 장소이자 영국인들의 사랑방인 펍이 근래 점점 줄어들고 있다고 한다. 지난 90년대에 영국 전역에서 무려 2500개의 펍이 문을 닫았다는 소식은 영국 아저씨들에게 큰 충격을 주었다. 펍이 줄어들고 있는 이유는 점점 강화되고 있는 음주 운전 금지법, 최첨단의 인테리어로 장식된 바(Bar)의 등장, 그리고 구닥다리 풍의 펍을 외면하는 신세대들의 취향 등등이다. 남아 있는 펍들은 살아남기 위해 간이 우체국 업무와 편의점 역할까지 하면서 안간힘을 쓰고 있다.

경제학자들은 80년대에 대처 총리 내각이 맥주 가격을 자율화한 것이 펍의 사양세에 한몫을 단단히 했다고 말한다. 가격 자율화에 따른 경쟁의 격화로 맥주 회사들이 펍을 후원하던 오래 된 관습이 아예 사라져버린 것이다. 이처럼 대처 총리의 강력한 영국병 치유 정책은 곳곳에서 전통을 위협하는 결과를 낳았다. 대처는 11년간 총리로 재임하면서 '노조가 지배하는 나라, 영국'이라는 고질적인 관념을 완전히 타파했다. 독일과 프랑스 등의 유럽 내 선진국들의 성장률이 매년 제자리걸음을 하고 있는 반면, 영국의 성장률은 매년 3퍼센트에 가깝다. 최근에는 프랑스를 제치고 세계 4위의 경제 대국으로 복귀하기까지 했다. 대처 총리가 없었다면 영국은 결코 오늘날의 경쟁력을 회복하지 못한 채 쇠퇴일로를 걸었을 것이다.

대부분의 영국 사람들은 대처 총리의 공적을 인정한다. 하지만 영국 사람들은 대처를 별로 좋아하지 않는다. 지나치게 경제 성장에만 집중하다 보니 영국 특유의 '영국다움'을 잃어버렸다는 상실감 때문인 듯싶다. 하다못해 펍의 사양세를 보도하는 신문 기사마저도 대처 정권의 정책에 대한 은근한 비난으로 끝을 맺고 있다. '인기'와 '정책'의 두 마리 토끼를 동시에 잡을 수 있는 지도자가 드문 것은 지구촌 어디서나 통하는 상식인가보다.

민주주의의 원조인 영국에 귀족이
여태 존재하는 이유

1999년 가을 토니 블레어 내각이 상원 의원의 세습제를 폐지하는 법안을 국회에서 통과시킨 것은 영국사에 또 하나의 명예 혁명으로 기록될 만한 대사건이었다. 귀족들의 입장에서는 새 밀레니엄의 개막과 함께 지난 천년 동안 굳건히 유지되어오던 귀족의 지위가 허물어지는 통한의 순간이었다. 이 법안이 통과됨으로써 영국 상원 의원 1295명 중 세습 귀족 759명은 더 이상 '의원님'이 될 수 없게 되었다. 영국 상원에는 이제 500명 가량의 '종신 귀족'들만이 남았다.

의회 민주주의를 맨 처음 만든 나라인 영국의 국회가 하원과 상원으로 구성되어 있다는 것은 잘 알려진 사실이다. 하원 의원들이 모두 직접 선거를 통해 자신들의 지역구에서 당선된 사람들인 반면, 상원 의원들은 반수 이상이 조상 대대로 의원직을 물려받은 귀족들이다. 간단히 말해서 왕으로부터 귀족 작위를 받은 사람은 귀족인 동시에 상원 의원이 된다. 그리고 귀족 작위가 대물림되는 것처럼 상원 의원 자리도 장자에게로 대대손손 이어진다. 영국에서는 조상만 잘 두면 국회의원이 될 수 있는 것이다. 민주주의의 원조라는 나라에서 이럴 수가 있나!

아무리 과거의 유산을 잘 보존하기로 이름난 나라지만 놀랍지 않을 수가 없다.

상원 의원이 아니라고 해서 세습 귀족들의 작위가 사라지는 것은 아니다. '백작님'은 여전히 대를 물려가며 백작님이다. 조상으로부터 물려받은 영지와 저택도 그대로이다. 하지만 국가 정치에 참여할 수 있는 권한은 더 이상 가질 수 없다. 어찌 보면 영국의 귀족 제도는 20세기와 함께 종말을 맞았다고 할 수도 있다. '상원 의원'은 대단한 명예일 뿐만 아니라 귀족이 실제로 국가의 정치에 관여할 수 있는 통로였기 때문이다.

흔히들 영국 귀족의 상징으로 시골의 넓은 영지와 대저택, 유행을 따라가지 않는 중후한 옷차림, 개를 데리고 나선 한가로운 산책길, 실크 햇을 쓴 영국 신사의 모습 등을 상상한다. 그러나 '귀족을 귀족이게' 하는 가장 중요한 요소는 이러한 겉모습이나 부유함이 아니라 정치에 참여할 수 있는 권리, 상원 의원의 자리다. 왜 이 자리가 그토록 귀족에게 중요한지, 그리고 귀족들이 왜 상원에서 쫓겨나야만 했는지를 한번 살펴보자.

영국은 아직까지 '귀족'이라는 신분제를 인정하고 있는 몇 안 되는 국가 중의 하나다. 과거에는 영국뿐만 아니라 유럽 대부분의 국가에 귀족 계급이 건재하게 살아 있었다. 하지만 프랑스와 독일 등은 혁명을 통해서, 또는 통일 과정을 통해서 신분 제도를 자연스럽게 없앴다. '자연스럽게'라기보다는 유혈 혁명의 와중에 귀족들의 대부분이 처형되거나 다른 나라로 망명함으로써 귀족의 씨가 아예 말라버렸다. 프랑스나 러시아에서는 왕의 권력을 등에 업은 귀족과 가진 것 없는 평민들이 서로 밟고 밟히고, 또 죽고 죽이는 과정을 끝없이 계속해왔다. 이런 나라에서 귀족과 평민 사이는 같은 나라 국민이기 이전에 철천지원수나 다름없었을 것이다.

그러나 유독 영국의 귀족들만은 이러한 전철을 밟지 않고 살아남았다. 그것은 영국 귀족들이 여느 유럽 국가들과는 달리 왕의 절대 권력을 적절하게 견제해서 의회 민주주의를 구축한 장본인들이기 때문이다. 영국 역사상 유일하게 처형된 왕 찰스 1세(재위 1625 ~ 1649)도 평민이 아니라 귀족들과 내분을 계속하다 폐위되었던 것이다. 영국 귀족들의 권세는 왕과 막상막하거나 때로 왕을 능가했다. 일찍이 1215년의 '마그나 카르타(대헌장)'로 왕권을 견제했고 1689년 귀족으로 구성된 의회가 왕 위에 있는 존재임을 명시한 '권리장전'을 발표함으로써 영국의 귀족들은 자신들의 위치를 굳혔다.

동시에 귀족은 왕과 평민 사이를 조율하는 일종의 완충 지대이기도 했다. 그래서 영국에서는 왕이 절대 권력을 휘두르다 무장 봉기한 평민에 의해 쫓겨나는 '혁명'이 한 번도 일어나지 않았다. 영국 역사가 별다른 유혈 사태 없이 물흐르듯 흘러온 것은 시대의 변화에 유연하게 대처해 온 귀족들의 공로가 컸던 셈이다.

하지만 입헌군주제로 왕권이 유명무실해진 지금, 귀족

들은 더 이상 왕을 견제해야 할 필요가 없다. 귀족들의 주된 역할이 사라져버린 것이다. 존재 가치가 없는 제도가 몰락을 향해 가는 것은 당연한 일, 영국 사람들에게 귀족은 고귀한 신분보다는 '조상 덕분에 놀고 먹는 한량들'로 비추어지기 시작했다. 그러자 대세의 흐름을 간파한 엘리자베스 여왕은 1958년 천년 가까이 내려오던 귀족 제도를 대폭 뜯어고쳤다. 공작(Duke), 후작(Marquess), 백작(Earl), 자작(Viscount), 남작(Baron)의 다섯 가지 '세습 귀족' 작위를 더 이상 하사하지 않고 귀족의 명예가 당대에서 그치는 '종신 귀족'으로 귀족 제도를 바꾼 것이다. 이와 함께 귀족은 아니지만 나라에 공헌한 바가 큰 사람들에게 주는 '기사(남자는 Knight, 여자는 Dame)' 작위를 만들어서 매년 두 번씩 훈장주듯 작위를 하사한다.

여왕의 생일과 신년에 맞추어 작위를 마구(?) 주다 보니 영국의 웬만한 유명 인사들은 모두 기사를 뜻하는 'Sir'를 이름 앞에 달고 있다. 폴 매카트니도, 숀 코너리도, 제이미 리 커티스도, 앤드류 로이드 웨버도 모두 기사들이다. 그러나 작위와 함께 실질적인 부(副)와 권력을 주던 과거의 귀족 제도에 비하면 현재의 작위들은 다만 명예일 뿐이다.

왕이 전 국토의 소유주였던 절대 왕정 시대에 작위의 수여는 곧 작위에 해당하는 봉토를 받는다는 것을 의미했다. 영어에서 왕국이라는 뜻의 Kingdom은 곧 '왕(King)'의 '영토(Dom)'라는 두 가지 단어의 합성어이다.

1999년 여왕은 막내아들인 에드워드 왕자가 소피 라이스 존스 양과 결혼했을 때 공작보다 두 단계 낮은 '웨섹스 백작'의 작위를 주었다.

귀족, 예를 들어 공작이 되면 공작(Duke)의 영토(Dom)를 받는다. 그리고 그 영토 안에서 작은 왕으로 군림하는 것이다. 절대 왕정 시대에는 5000명이 채 못 되는 귀족들이 영국 땅의 4분의 3을 소유하고 있었다고 한다. 런던에는 지금도 '남작의 영지(Baron's Court)'나 '백작의 영지(Earl's Court)' 같은 동네 이름이 많이 남아 있다. 귀족들이 왕에게 땅을 하사받던 봉건 시대의 유산인 것이다.

1958년 이후로는 진짜 귀족, 즉 기사 위의 다섯 작위를 받는 경우는 가뭄에 콩나듯 드물어졌다. 대처 전 총리가 11년에 걸친 통치 업적을 인정받아 퇴임 후 남작 작위를

국회의사당 옆에 서 있는 윈스턴 처칠의 동상. 처칠은 영국에서 손꼽히는 귀족 가문인 블렌하임 가의 자제였던 덕분에 낙제에 가까운 성적으로도 해군 사관 학교에 입학할 수 있었다.

받은 정도가 고작이다. 종신 귀족의 숫자가 늘어나면서 기존의 귀족 제도는 점차 변질되기 시작했다.

왕세자가 아닌 왕자가 결혼하면 왕이 공작의 작위를 주던 오랜 전통도 깨졌다. 1999년 여왕은 막내아들인 에드워드 왕자가 소피 라이스 존스 양과 결혼했을 때 공작보다 두 단계 낮은 '웨섹스 백작'의 작위를 주었다. 에드워드 왕자의 형인 앤드류 왕자는 결혼과 동시에 '요크 공작'의 작위를 받았었다. 그래서 영국 언론이 앤드류 왕자를 부르는 공식 명칭은 '프린스 앤드류'가 아니라 '요크 공작'이다.(앤드류 왕자와 이혼한 사라 퍼거슨도 이혼과 상관없이 여전히 '요크 공작 부인' 이다.) 자신이 케임브리지 대학교 졸업생이라는 것을 자랑스럽게 여기고 있는 에드워드 왕자는 '케임브리지 공작' 이라는 작위를 받기 원했지만 여왕은 늦게 본 막내아들의 소원을 무정하게 뿌리쳤다. 에드워드 왕자가 불만을 품지 않았을까? 그래도 아마 어쩔 수 없었을 것이다. 필립 공의 말마따나 영국 왕실은 가족인 동시에 영국을 상징하는 일이 주업무인 '회사' 이기 때문에 '회장님' 인 여왕의 말을 들어야만 하니까 말이다.

비록 전 국민의 1퍼센트에 불과하다지만 귀족들의 삶의 행태를 보면 영국이 과연 진정한 민주주의 국가인지에 약간의 의문을 품지 않을 수 없다. 명가의 자손으로 태어나면 학비만 1년에 3000만 원이 넘는 사립 기숙 학교(퍼블릭 스쿨)에 보내지고, 옥스퍼드나 케임브리지 같은 명문 대학에 진학하며, 아버지가 돌아가신 후 귀족의 작위를 물려받고 상원 의원이 된다. 설령 맏아들이 아니어서 아버지의 작위를 물려받지 못한다 해도 또 다른 명문가의 자녀들과 결혼해서 귀족의 혈통은 계속 귀족만으로 이어지게 마련이다.

귀족의 자제라면 설령 옥스브리지(옥스퍼드와 케임브리지 대학의 합성어)에 입학할 만한 성적이 되지 않는다 해도 걱정할 필요가 없다. 좋은 집안은 퍼블릭 스쿨이나 명문 대학에 입학하는 보증 수표이기 때문이다. 2차 대전을 승리로 이끈 윈스턴 처칠은 블렌하임 공작 가문의 자제다.(윈스턴 처칠의 집안은 영국에서 손꼽히는 명가이다. 18세기의 영국 장군 존 처칠이 블렌하임에서 프랑스 군을 무찌른 후, 블렌하임 공작의 작위를 받았다. 런던 근교에 있는 윈스턴 처칠의 생가 블렌하임 궁은 화려하기가 여왕의 궁전 못지않아 영국을 방문하는 관광객들이 꼭 둘러보는 명소가 되었다.) 명가의 자손으로 태어난 덕에 윈스턴 처칠은 학창 시절 낙제생이었음에도 불구하고 해군 장교가 될 수 있었다. 에드워드 왕자는 영국의 대학 입학 시험 격인 에이 레벨(A -Level)에서 단 하나의 A도 받지 못한 형편없는 성적으로 케임브리지 대학교에 진학했다.

귀족의 자손이라고 해서 다 처칠처럼 성공하는 것은 아니다. 물려받은 재산은 많고 달리 할 일은 없으니 방탕한 길로 빠지는 귀족들의 수가 점점 늘고 있다. 한번은 〈더 타임스〉에 한 젊은 후작의 부고 기사가 크게 실렸길래 웬일일까 싶어서 꼼꼼히 읽어보았다. 기사는 이 후작 나으리의 집안이 최근 계속 마약 문제로 말썽을 일으키고 있으며 당사자인 후작도 감옥을 들락날락하다 40대 초반의 젊은 나이에 마약 남용으로 숨졌다는 사실을 은근히 비꼬고 있었다. 후작님 신분에 감옥까지 가다니, 귀족의 체면이 말이 아니다.

그뿐만이 아니다. 귀족의 '원조' 격인 영국 귀족의 신분은 해외에서도 잘 통용되는가 보다. 90년대 초반 바람둥이로 유명했던 모이니한 백작이 죽었을 때, 몇 명의 필리핀 여자들이 아이를 안고 나타나 저마다 친자 확인 소송을 한다, 상원 의원 직위를 물려받는다 하며 한참 소동을 벌였었다. 이러니 허리띠 졸라매고 검소하게 사는 영국 국민들이 귀족들에게 좋은 시선을 보낼 리가 없다. 진보적인 신문인 〈가디언〉이나 〈인디펜던트〉 지를 몇 번만 보면 영국 사람들이 귀족에게 얼마나 싸늘한 시선을 던지고 있는지를 금방 느낄 수 있다. 단지 조상을 잘 두었다는 이유만으로 국가의 정치에까지 관여하다니, 현대의 민주주의 국가에서 있을 수 있는 일인가! 이런 식의 기류가 신문 기사의 저변에 좔좔좔 흘러내린다.

결국 21세기를 목전에 둔 시점에 블레어 총리가 국민들에게 미움만 사는, 그리고 친보수당 성향으로 사사건건 노동당의 법안에 딴죽을 거는 귀족들을 상원에서 쫓아내기 위해 칼을 뽑아든 것이다. 하지만 역사적 사실을 거슬러 올라가보면 귀족 제도의 개혁은 1958년에 이미 시작된 것이나 다름없다. 영국의 개혁은 절대로 칼로 무쪽 자르듯, 단칼에 이루어지지 않는다. 이번 개혁도 40년에 걸쳐서 조금씩 조금씩 진전된 것이다.

그런데 아이러니컬하게도 블레어 총리가 제출한 '세습 귀족의 상원 의원 자동 취득 및 투표권'을 박탈하는 개혁안을 투표로 통과시킨 장본인은 바로 상원이다. 투표에 참가한 상원 의원들은 대부분 이번 개혁과 상관없이 상원 의원직을 유지할 종신 귀족들이었다. 당사자인 세습 귀족들은 거의가 투표에 참가하지 않았다. 세습 귀족들은 개혁이 곧 시대의 흐름임을 알고 겸허하게 이를 수용한 것이다. 물러날 때를 알고 물러나는 자세가 과연 '신사 중의 신사'인 영국 귀족답다. 이렇게 해서 40년간 준비된 또 한 번의 '명예 혁명'은 명예롭게 성공했다.

이쯤에서 이런 질문이 나올 법하다. "그런데 영국에 살았다는 너는 진짜 영국 귀족을 한 번이라도 만나봤냐?"라는. 귀족 자제들이 많다는 케임브리지에 살 때 귀족 자제들과 스쳐지나간 적은 여러 번 있었으리라. 그러나 내가 귀족이요 하고 팻말을 들고 다니는 것도 아니요, 영국 속담처럼 진짜로 귀족의 피가 파란 것도 아니니(영국 영어에서 'blue-blooded'라는 표현은 '귀족 태생의' 또는 '명문 집안 출신의'라는 뜻을 가지고 있다.) 케임브리지에서 귀족을 골라내기란 도저히 불가능한 일이었다. 케임브리지의 대학생들은 도서관에서 마주칠 때는 하나같이 후줄근하고 낡은 옷차림이었고 포멀 디너에서 만날 때는 또 하나같이 선남선녀였으니 말이다.

정작 내가 '귀족으로 짐작되는'친구를 만난 것은 런던에서였다. 런던시립대학교의 예술 경영 석사 과정에서 만난 애솔이라는 키 큰 남학생. 영연방인 남아프리카 공화국에서 왔고 오페라 극장의 매니저로 일한 경험이 있다는 그는 암만 보아도 다른 영국 남학생들과 많이 달랐다. 청바지를 입어도 그가 입은 모습을 보면 어딘지 모르게 정장풍의 분위기가 났다. 그는 항상 조용하게 웃고 걷거나 앉을 때도 반듯하게 행동했다. 심지어 시끌벅적한 파티에서 춤을 출 때도 단정함을 잃지 않는 묘한 사람이었다. 대부분의 클라스메이트들이 그를 좋아했지만 좀처럼 빈틈을 보이지 않는 태도가 내게는 조금 차갑게 느껴졌다.

내가 그의 출신 성분(?)을 의심하게 된 것은 단순히 옷차림이나 행동거지 때문은 아니다. 결정적으로 그의 말씨는 마치 과거에서 타임머신을 타고 오기라도 한 듯 고답적이었다. 애솔은 절대로 '정말 좋아(Very good)' 라든가 '나 그거 진짜 좋아해(I like it so much)' 같은 '직설적' 인 표현을 쓰지 않았고, 모든 경우를 에둘러 말했는데 어떤 때는 그의 말을 한참 듣고 있다 보면 처음의 논지가 무엇이었는지를 잊어버릴 정도였다. 한번은 그에게 "네 말씨는 좀 특이한 것 같아."라고 말한 적이 있었는데, 뜻밖에도 그는 정색을 하고 요즘 영국 사람들의 말씨가 너무도 거칠고 무례해졌다고 대답했다.(물론 이 말을 할 때조차 그는 '너무' 라든가 '나쁜' 같은 '거친' 표현을 쓰지 않아서 이해하는 데에 애를 먹었다.) 그러는 자신은 요즘 영국 사람이 아니고 옛날 사람이란 말인가? 영국판 청학동 총각이라도 되나?

친구인 이블린에게 "애솔은 꼭 18세기의 상류 사회에서 온 사람 같아."라고 말했더니 이블린은 "정말 귀족이라서 그런지도 몰라." 하고 대답했다. 남아프리카 공화국은 영연방이기 때문에 그곳에 영국 귀족이 살지 말라는 법이 없다는 것이다. 실제로 다이애나 비의 동생인 제

9대 스펜서 백작도 남아프리카 공화국에서 사업을 하고 있다.

그 후로 학교에서 애솔과 마주칠 때마다 "너 혹시 귀족 아니니?"라는 질문이 입안을 뱅뱅 맴돌았다. 그러나 졸업을 할 때까지 애솔에게 물어보지 못했으니 내 의문은 끝끝내 해결되지 못한 채로 남아 있다. 애솔은 정말 귀족이었을까? 작위를 물려받은 귀족이 아니더라도 최소한 귀족의 후예가 아니었을까? 영국 신사(Gentleman)의 원조는 귀족 작위를 물려받지 못한 귀족의 후예들, 곧 신사 계층(Gentry)이라던데, 혹시 애솔도 그런 경우가 아닐까?

사실이든 아니든 간에 영국 귀족에 대해 이야기할 때면 내 마음속에는 항상 애솔이 떠오른다. 그에게서 보았던 기품 있는, 그리고 약간은 차가운 듯한 이미지야말로 진짜 영국 귀족의 모습일 것이라는 내 나름의 확신과 함께.

친구가 되기는 쉽지 않지만
한번 친구가 되면 평생을 가는 영국의 이웃들

좋게 말해서 수줍음을 많이 타고 나쁘게 말하면 낯선 사람에게 쌀쌀맞은 사람들이 영국 사람들이다. 영국의 대학교에 유학온 미국 학생들이 영국 학생들을 비꼬는 말 중에 '나무 위의 새'라는 이야기가 있다. 이 말이 무슨 뜻인가 하면, 미국 학생들은 낯선 학생이라도 처음 만나 서로 소개를 하면 두 번째 만났을 때부터는 상대방을 친구로 생각한다. 미국 학생이 그 전에 인사했던 영국 학생을 만나 반갑게 "야, 오랜만이다, 그 동안 잘 지냈니?" 하고 인사하면, 어럽쇼? 상대방 영국 학생은 미국 학생을 마치 '나무 위의 새' 한 마리 보듯 무심히 보고 고개만 한 번 까닥한 채 지나쳐버린다.

외국인에게 관심이 없는 건지, 아니면 외국인과 말하는 데 익숙하지가 않아서 그런지 대부분의 영국 사람들에게 외국인은 '나무 위의 새'였다. 새와 이야기하는 사람은 없으니 영국 사람들은 외국인에게 말을 걸지도 않는다. 묻는 말에만 대답할 뿐이다. 우리 플랫에 살고 있는 이웃들 역시 보통 영국 사람들이라 우리에게 적당히 친절하고도 무심했다. 이번에는 동양 사람들이 이사왔군, 일본인이겠지? 대강 이런 식의 태도였다.

우리 옆집인 6호에는 연세가 꼭 아흔이신 할아버지가 혼자 살고 계셨다. 걸음도 잘 못 걸으시고 허리도 90도로 구부러진 파파 할아버지였다. 처음에는 할머니랑 두 분이 사시겠거니 했는데 나중에 보니 항상 할아버지 혼자서 드나들고 계셨다. 가끔 자전거를 타고서 외출하시는 모습을 볼 수 있었다. 할아버지는 은퇴하기 전까지 정부 기관에서 일하셨단다. 왜 자동차를 타고 다니시지 않는지 궁금했는데 우연히 아버지의 집에 놀러온 딸을 만난 후에 궁금증이 풀렸다. 차를 운전하다 노령으로 교통 사고를 내셨던 것이다. 법원에서 운전하기에는 너무 연세가 많다는 판결을 받으신 후에는 자전거를 타고 다니시는 것이다. 법원의 판결은 아마 집에 계시라는 뜻일 텐데, 역시 영국 할아버지답게 고집이 세신 모양이다.

상냥한 할아버지였지만 귀가 원체 어두우셔서 이야기를 나누기는 쉽지 않았다. 한 번은 복도에서 마주쳐서 "어디 다녀오세요?" 하고 인사를 했더니 "뭐어라고요오?" 하고 복도가 쩌렁쩌렁 울릴 정도로 크게 되물어 보셨다. 그 후로는 할아버지와 이야기하는 걸 포기하고 말았다. 가끔 열쇠로 6호 현관 문을 대신 열어 드리는 정도가 우리가 이 할아버지께 해드릴 수 있는 일의 선부였다. 그러면 할아버지는 역시 엄청나게 큰 목소리로 "오오~~ 고오마워어요오." 하고 인사하시는 것이었다.

영국의 노인들은 절대로 자녀들과 함께 살지 않는다.

자녀들이 부모와 함께 살려 하지도 않거니와 노인들 스스로도 '남' 에게 얹혀 사는 것을 아주 싫어하기 때문이다. 좀 심하게 표현하자면 보통의 영국 가정에서는 자녀가 결혼하는 것과 동시에 부모 자식 간의 관계가 남남과 마찬가지로 된다. 결혼한 자녀가 부모의 간섭이 싫어서 일부러 다른 지방으로 가는 일도 흔하다고 한다. 1년에 한두 번, 크리스마스와 부활절 휴가에 만나는 것이 결혼한 자녀와 부모 관계의 전부다. 그래서 60세, 또는 65세에 은퇴하는 영국 노인들은 정부의 연금(Pension)을 받아서 사시다가 거동이 어려워지면 양로원으로 가신다. 한국처럼 양로원이 부정적인 의미를 갖고 있는 게 아니어서 노인들 스스로도 양로원으로 가는 걸 선호하신단다.

그런데 옆집 할아버지는 왜 그런지 3층에 있는 집까지 힘들게 오르내리고 식사도 혼자 해결하면서 살고 계셨다. 저녁이 되면 옆집에서는 엄청나게 큰 음악 소리가 들려왔다. 귀가 어두우신지라 그렇게 크게 틀어놓지 않으면 음악이 들리지 않는 것이다. 불행 중 다행으로 항상 클래식 음악만 듣고 계셔서 우리는 별로 괴롭지 않았지만 아마 아래층에서는 대단히 신경쓰였을 것 같다. 하지만 귀 어두운 할아버지께 무슨 재주로 불평을 하랴.

그런데 이 할아버지 때문에 정말 간 떨어질 뻔한 일이 있었다. 5월의 어느 토요일이던가, 아침에 나갈 준비를 하고 있는데 누군가가 찌르릉 하고 집의 초인종을 길게

울렸다. 항상 아홉 시 십오 분에 오는 우체부 아저씨인 줄 알고 별다른 확인도 없이 문을 열었다. 그랬더니 웬걸, 제복에 모자까지 쓴 여자 경찰이 딱 버티고 서 있는 게 아닌가. 앗 이게 웬일이지? 우리가 뭐 잘못했나?

경찰 아가씨는 "옆집 할아버지를 언제 봤는지 기억나느냐?"고 묻는다. 경찰이 갑자기 나타나니 놀란 나머지 안 그래도 서툰 영어가 더더욱 입에서 나오지 않았다. 떠듬떠듬 그저께인가 음악 소리가 옆집에서 났다고 대답하는데 벌써 식은땀이 비질비질 난다. 다른 남자 경찰 하나는 열심히 옆집의 문을 두드리고 있다. 하지만 할아버지는 감감 무소식.

여자 경찰은 심각한 표정으로 옆집 문을 열어야겠으니 우리 집에 혹시 철사 같은 것이 있느냐고 묻는다. 그러고 보니 아랫집의 아저씨도 3층으로 올라오는 계단 참에서 경찰들을 기웃거리고 있다. 할아버지한테 무슨 일이 생긴 건지, 누가 신고를 한 건지 알 수가 없다. 두 명의 경찰은 어안이 벙벙한 채로 서 있는 우리 부부를 보고 우리에게서는 더 이상 도움 되는 정보를 못 얻겠다 싶었는지 다짜고짜 6호 현관문을 부수기 시작했다. 길다란 지렛대 같은 도구로 나무문인 현관의 문틈 사이를 벌리기 시작한 것이다. 그러더니 우리보고는 집에 들어가라고 한다.

경찰이 들어가라고 하는데 멀뚱하니 서 있을 수도 없고 짧은 영어로는 더 해줄 말도 없어서 일단 집으로 들어왔다. 하지만 가슴이 두근거려서 아무 일도 손에 잡히지가 않는다. 혹시 할아버지가 혼자 계시다 돌아가셨다면 … 아이고, 어떡하지?

"간밤에 할아버지가 무슨 일을 당한 게 아닐까?" 남편도 불안한 표정만 지을 뿐, 대답이 없다. 하염없이 거실을 서성이고 있는데 그 와중에도 '우지끈 끼이익' 하고 문을 부수는 소리가 들린다. 보기에는 약해빠진 나무문이 좀체 부서지질 않는지 시간이 꽤 걸린다. 그러다가 '꽈다당' 하는 소리와 요란한 발걸음 소리, 집안으로 후다닥 들어가는 소리가 났다. 더 이상 궁금해서 못 참겠다 싶어서 결연히 문을 열고 나갔다. 옆집의 문은 활짝 열려 있었다. "어떻게 됐어요?" 심호흡을 크게 한 번 하고 여자 경찰에게 용감하게 물어보았다. 어떤 대답을 듣더라도 놀라지 않으리라 하고 미리부터 다짐하면서.

그랬더니 약간 지친 표정의 여자 경찰이 말하길, "안심해요. 할아버지가 집에 없네요."

엉? 아니 그런데 문은 왜 부순 거야? 얼떨결에 "아, 잘됐네요." 하고 다시 집에 들어오긴 했지만 어안이 벙벙할 뿐이다. 왜 멀쩡한 문을 부쉈지? 그리고 저 경찰들은 대체 왜 온 거야? 남녀 경찰 2인조는 다시 부순 문을 뚝딱뚝딱 고치고 나서는 사라졌다. 할아버지는 그 다음날 아침에 멀쩡하게 자전거를 타고서 집으로 돌아왔다. 아마 친구 집에 놀러라도 가셨던가보다. 누구에게 이미 어제 아침의 소동을 들으셨는지, 할아버지는 부서졌던 문에 대

영국의 집들은 이렇게 다닥다닥 붙어 있다. 옆 집의 소음이 그대로 들리는 건 물론이고 위로 밀어 올려서 여는 창도 싸늘한 외풍을 막기는 역부족이다.

해서 일언반구 말도 없었다.

우리는 이 할아버지 외에 바로 아래층인 3호의 수잔이 라는 아가씨와도 안면이 있다. 수잔을 알게 된 계기는 좀 뜻하지 않은 일을 통해서였다. 이사온 지 한 달이 좀 지 났을 무렵, 금요일 저녁에 슈퍼마켓에서 장을 봐서 집으 로 돌아왔다. 그날은 왠지 잠이 오지 않아서 슈퍼마켓에 서 사온 고기를 꺼내어 장조림도 만들고 신문도 보면서 시간을 보내다가 새벽 1시 넘어서야 잠이 들었다.

그런데 그 다음날 아침, 현관에 카드가 한 장 떨어져 있었다. 아래층인 3호에서 온 카드였다. "무사히 이사 잘

하고 집은 다 정리되었는지 궁금합니다."라는 말로 시작
된 카드는 뜻밖의 사연을 담고 있었다. 우리가 밤마다 쿵
쿵거리면서 거실과 침실을 돌아다니는 통에 며칠 동안
수잔이 잠을 잘 수가 없었다는 것이었다. 편지는 다음과
같은 내용으로 계속되었다.

"…이 플랫의 구조가 잘못되어서 그렇게 심한 소음이
생긴다는 것을 저도 이해해요.(나중에 알고 보니 한국처
럼 콘크리트가 아니라 나무로 만든 집이었다.) 하지만 어
젯밤에는 당신들이 새벽 한 시 사십 분까지 소음을 내면
서 걸어다니는 바람에 도무지 잠을 이룰 수 없었습니다.
제발 밤 열 시 삼십 분 이후로는 조금만 조용히 해주셨으
면 해요. 물론 당신들이 모르고 그랬다는 것을 잘 알아
요. 이제 제 고충을 아셨을 테니 조심해 주시리라고 믿어
요. 당신들 이전에 5호에 사시던 분은 한 번도 이런 문제
를 일으켰던 적이 없었습니다…"

예의바르지만 할말 다 한 경고성 편지였다. 이런 경우
심하면 경찰을 부르는 경우도 있다고 한다. 우리는 허둥
지둥 "정말 몰랐다. 미안하다. 다음부터는 조심하겠다."
는 답장을 보냈다. 그리고 밤 열 시부터는 집안에서 거의
기어다니다시피 하면서 지냈다. 그 이후로는 더 이상 카
드가 오지 않았던 걸 보면 그전처럼 심한 소음은 생기지
않았었나보다. 얼마 후에 우연히 3호로 들어가는 수잔을
만나 인사를 하게 되었는데 연약해 보이는 아가씨였다.
수잔도 우리도 그 '카드 사건'에 대해서는 말을 꺼내지

않았다.

이웃해 있는 플랫의 집들말고도 우리가 '이웃'이라고 부를 만한, 그러나 사실 별로 친하고 싶지 않았던 사람이 우리 플랫의 주인인 코플리 아줌마다. 아줌마라기보다는 할머니라고 하는 편이 더 가까울 미세스 코플리는 우리에게 영국 사람들이 얼마나 깐깐한지, 그리고 얼마나 빈틈없는지를 알려준 장본인으로 아마 영원히 잊을 수 없는 인물일 듯싶다. 보기부터가 빼빼 마른 체격에 깔끔하게 세팅한 머리, 거기에다 구김 하나 없게 차려 입은 옷차림과 세련된 장신구들로, 바늘로 찔러도 피 한 방울 안 나올 것 같은 느낌을 주는 사람이었다.

집을 계약하기 위해 처음 만났을 때부터 코플리 아줌마는 만만치 않았다. "우리 남편도 케임브리지의 트리니티 칼리지를 졸업했다."라며 일단 남편의 학벌을 자랑한 후에, "이 집은 비싼 집이기 때문에 연구원이나 방문 교수들한테나 빌려주지 학생들에게는 절대 안 빌려준다, 학생들 빌려줄 바에는 차라리 비워놓는 게 낫다."는 말로 우리의 기를 꽉 죽여놓는 것이었다. 사실 별로 비싼 집도 아니건만….

집과 딸린 가구들은 아줌마 성격을 보여주는 듯, 먼지 하나 없이 깔끔하게 정리되어 있었다. 우리가 가구 딸린 셋집을 구하기는 했지만 가구 외에도 살림살이에 필요한 모든 물건들, 예를 들면 빨랫대와 침대 시트, 부엌칼, 다리미대, 각종 접시, 물컵, 와인잔, 심지어는 반짇고리까지 완벽하게 갖추어져 있었다. 어찌 생각해보면 집세에 비해 좋은 집을 얻은 것 같기도 하고 물건 하나라도 망가뜨리면 우리가 물어주어야 하니 된통 걸린 듯 싶기도 했다.

그런데 셋집에 들어와 산 지 꼭 6개월이 지났을 때 미세스 코플리에게서 전화가 왔다. 금요일 저녁에 집을 방문해서 집이 얼마나 깨끗한지, 특히 오븐과 냉장고, 화장실 등의 상태를 점검해보고 싶다는 것이다. 상당히 예의 바른 어조였다. 언뜻 생각하기에 집주인의 입장에서 점검을 할 수도 있겠다 싶어서 "그럼 금요일에 뵙죠." 하고 전화를 끊었다. 하지만 막상 집 검사를 받기 위해 청소를 하자니 그게 또 쉬운 일이 아니었다. 전날과 당일인 금요일에 하루 종일 집안을 박박 치우고 쓸고 닦고 새로 테이블보를 깔고 청소기를 돌리는 고난을 겪었다. 꼭 초등학교 시절에 교실 청소한 후에 선생님한테 검사받는 기분이었다. 대청소를 벌이자니 별로 크지도 않은 집에 치울 거리는 왜 그리 많은지….

이틀 동안 청소와의 전쟁을 벌인 끝에 금요일 저녁 여덟 시가 되었다. 너무 깨끗해져서 마치 남의 집 같은 거실에서 폭풍 전야의 기분으로 미세스 코플리를 기다리고 있는데 등장한 사람은 코플리 아줌마가 아니라 에이전트인 앤이라는 중년 아줌마였다. 미세스 코플리는 안 왔냐고 물으니 차 안에서 기다리고 있다는 것이었다.

앤은 아예 집을 점검하기 위해 만든 표까지 들고 왔다.

표 안에는 적어도 스무 개는 되어 보이는 항목이 적혀 있었다. 예를 들면, '바닥의 청결', '냉장고 안', '오븐 안과 겉', '전자 레인지의 상태', '거실 벽의 청결', '화장실 변기', '세면대와 욕조' 등등이었다. 아하! 그래서 코플리 아줌마가 안 들어왔구나 싶었다. 아무래도 이렇게 미주알고주알 따져가면서 집을 점검하는데 함께 있기가 거북했으리라. 그런 거북함 때문에 우리와 직접 맞닥뜨리지 않고 에이전트에게 표를 들려서 올려보낸 것이다. 정말 어지간히 빈틈없는 아줌마다.

다행히 이틀 동안 뼈빠지게 청소한 보람이 있어 우리는 '아주 깨끗하다'는 칭찬을 들을 수 있었다. 단 한 가지, 변기 안만 빼고. 변기 안이 덜 깨끗하니 표백제를 들이부어 밤새 놓아둔 후 다음날 아침에 솔로 박박 닦아내라는 것이다. 세상에, 변기 안까지 보리라고는 정말 생각도 못했네. 그래도 변기만 빼고는 다 깨끗하다고 하니 불행 중 다행이었다. 이 집 검사는 우리가 케임브리지를 떠날 때까지 6개월에 한 번씩 계속되었다.

나중에 대학원의 클라스메이트인 이블린에게 코플리 아줌마 이야기를 했더니 혀를 끌끌 차며 그 정도로 무시무시한 집주인은 흔하지 않다고 한다. 런던 토박이인 이블린은 40대 후반의 늦깎이 대학원생이자 독신 여성이다. 영국에는 일을 하다가 뒤늦게 대학원에 입학하는 경우가 드물지 않다. 이블린도 런던 문화 위원회에서 교육 컨설턴트로 일하다 미술관 경영을 배우기 위해서 새로 대학원에 입학한 케이스였다. 우리는 함께 덴마크에서 열린 교환 학생 프로그램에 참가했다가 나이 차이를 뛰어넘어 친해졌고 속에 있는 이야기까지 다 나누는 사이가 되었다.

나는 이블린에게 코플리 아줌마 흉 외에도 영어 못한다고 쌀쌀맞게 굴던 가게 종업원이나 겉으로는 친절한 듯하지만 은근슬쩍 동양인을 홀대하는 영국 사람들에 대한 불평을 해댔고 이블린은 그 모든 불평을 자기 잘못인 듯 사과하며 받아주었다. 이블린과 덴마크의 오르후스 근교에 있는 선사 박물관에 갔다가 해안을 따라 세 시간을 걸어오면서 갖가지 이야기들을 나누기도 했다.

이블린은 영국 사람들의 덕목인 겸손과 정직, 그리고 성실함을 두루 갖춘 친구였다. 그녀는 전혀 화장하지 않은 얼굴에 일찍 세어버린 흰머리를 가지런히 단발로 자르고 유행이 한참 지난 긴 스커트를 입고 다녔다. 그러나 보기보다 훨씬 감성적이었고 좋아하는 미술에 대해 이야기를 시작하면 초심자인 내가 듣기에도 즐겁도록 재미있게 화제를 이끌어나갔다. 그리고 외국인인 내가 행여 영국에서 외로워하거나 위축되지 않도록 항상 격려해주는 것을 잊지 않았다. "넌 영어도 잘하고 적극적이니까 정말 잘할 수 있어." 하고 진심을 담아 나를 격려해주던 그녀의 목소리가 아직도 귓가에 울리는 것만 같다.

독일 사람들과 마찬가지로 영국 사람들은 친구가 되기는 쉽지 않지만 한 번 친구가 되면 평생을 가는 사람들이다. 이블린이야말로 내가 영국에서 만난 가장 좋은 친구이자 멋진 영국인이었다. 그녀는 지난 크리스마스에 런던의 국립 미술관에서 산 크리스마스 카드를 보내주었다. 내가 런던의 많은 미술관 중에서 특별히 국립 미술관을 좋아했던 것을 기억하고 있는 것이다.

영국을 떠난 지금, 내가 영국을 그리워한다면 축축한 날씨와 아름다운 시골길, 오래 된 건물들 때문이 아니라 그곳에 있는 사람들 때문일 것이다. 영국에서 만난 각양각색의 이웃들, 그리고 이블린과의 만남은 영국을 추억할 때마다 맨 먼저 떠오르는 그리운 기억들이다.

2부

영국을
움직이는
힘

영국을 움직이는 힘은 신문에서 나온다

우리는 영국에 사는 동안 항상 이 낯선 나라에 대해 호
기심의 눈을 번득이며 살았다. 오른쪽에 운전석이 있는
자동차부터 기우뚱기우뚱거리면서도 용케 사고 없이 좁
다란 길을 달리는 2층 버스, 항상 비가 오거나 안개가 엷
게 끼어 있는 축축한 날씨, 반드시 귀걸이 목걸이를 하고
분홍빛 루즈를 바른 주름 스커트의 할머니들, 아무런 권
한이 없는데도 불구하고 심심치않게 뉴스에 등장하는 여
왕 등등 영국이란 나라는 하나부터 열까지 한국과 달랐
다. 그리고 그 '다름' 의 이면에는 거의 언제나 전통과 보
수성의 힘이 자리하고 있었다. 과거 '해가 지지 않는 나
라 대영제국' 과 오늘날의 영국을 이끌어온 것은 다름아
닌 이 역사에 근거한 보수성일 것이다.

영국을 지배하고 있는 보수성이 우리 같은 이방인에게
꼭 좋게 작용한 것만은 아니었다. 나름대로 열심히 영국
사회의 한 모퉁이에 끼어들려 애썼지만 외국인인 우리에
게 이 '끼어들기' 는 역부족이었다. 영국 사회는 오랜 세
월을 거치며 견고한 벽처럼 쌓아올려진 곳이었다. 사람
들은 친절했지만 좀처럼 친구가 되어주지 않았다. 영국
국적을 가지고 있고 영국에서 태어난 한 클라스메이트는

부모가 인도인이기 때문에 자신은 결코 '영국 사람'이 될 수 없을 거라고 한탄하듯 이야기했다.

그나마 이 배타적인 사회, 장구한 역사가 구석구석 먼지처럼 쌓여 있는 영국이라는 나라를 우리가 장님 코끼리 만지는 격으로 파악할 수 있었던 것은 신문과 방송, 정확하게 말하자면 〈더 타임스(The Times)〉와 BBC 뉴스 덕분이었다. 영국에 있는 동안 우리는 거의 하루도 빼놓지 않고 BBC 방송의 저녁 아홉 시 뉴스를 시청했고, 적어도 일주일에 세 번은 〈더 타임스〉를 샀다.

영국의 언론, 특히 신문은 왜 영국이라는 나라가 선진국인지, 그리고 영국을 움직이는 힘이 어디서 나오는지를 실감하게 해준다. 어느 나라나 다 마찬가지겠지만 신문을 읽는 것이야말로 그 나라의 특성을 가장 정확하고 빨리 파악할 수 있는 방법이다. 영국 역시 예외가 아니다. 영국을 찾는 이방인들은 〈더 타임스〉나 〈가디언〉 같은 신문을 한두 번 꼼꼼히 살펴보는 것만으로도 이 나라의 실체를 대강 확인할 수 있을 것이다.

영국의 일간지는 정론지와 타블로이드 판으로 나오는 '황색 신문'으로 명확하게 나누어진다. 정론지는 〈더 타임스〉, 〈가디언(Guardian)〉, 〈데일리 텔레그라프(Daily Telegraph)〉, 〈인디펜던트(Independent)〉 그리고 경제지인 〈파이낸셜 타임스(Financial Times)〉가 있다. 이중 〈더 타임스〉는 1785년에 창간되어 4세기의 역사를 자랑하는 세계 최고(最古)의 신문이다. 프랑스 대혁명이 일어나기

4년 전, 우리 나라의 역사로 따지자면 정조 임금의 치세 중에 창간된 신문이다. 이 신문의 초창기 1면 톱기사 중에는 분명히 나폴레옹의 등극이나 넬슨 제독의 트라팔가 해전 승리와 같은 뉴스가 포함되어 있었을 것 같다.

길고긴 역사 동안 〈더 타임스〉는 영국의 정치, 사회에 적잖은 영향을 미쳐왔다. 그중 가장 눈에 띄는 사건은 "사랑을 위해 왕위를 버린다."는 유명한 연설을 남기고 왕좌를 떠난 에드워드 8세의 양위 사건이다. 이 사건 뒤편에 〈더 타임스〉가 있었다. 〈더 타임스〉는 1938년 에드워드 8세가 두 번의 이혼 경력이 있는 미국인 심슨 부인과 결혼하려고 하자 "국왕이 아니었다면 누구나 이상적인 국왕 감이라고 칭송했을 것이다."는 옛 로마 역사가의 말을 인용하며 과감히 "이혼녀와 결혼하려면 양위하시라."는 기사를 내보냈던 것이다. 이 기사를 시작으로 해서 국왕의 결혼 계획에 대한 논란이 커져가고 마침내 볼드윈 총리가 국왕에게 양위를 권고하게끔 되었다. 에드워드 8세는 동생인 조지 6세에게 왕위를 물려주고 윈저 공이 되어 프랑스로 떠났다. 그는 프랑스에서 왕관과 바꾼 연인, 심슨 부인과 결혼할 수 있었지만 죽는 날까지 다시 영국 땅을 밟지 못했다.

국왕이 절대적인 존경과 신망을 얻고 있는 나라인 영국에서 국왕을 양위시킬 수 있는 위력을 가진 존재는 아마 〈더 타임스〉 말고는 없을 것이다. 그렇다고 해서 〈더 타임스〉가 흔히들 말하는 '킹 메이커'인가 하면, 그건 절대로 아니다. 영국 사람들은 〈더 타임스〉를 '신의 목소리' 혹은 '천둥 소리'라고 부른다. 그만큼 공정하고 정확하기 때문이다. 한 언론인의 말에 따르면, 10년 동안 〈더 타임스〉를 보아왔지만 이 신문이 오보를 내보내는 것은 한 번도 본 적이 없었다고 한다.

'신의 목소리'라고 해서 〈더 타임스〉가 누구의 편도 들지 않는 완전한 중립 신문인 것은 아니다. 이 신문은 선거 때마다 보수당을 지지한다. 영국의 신문은 대개 특정한 정당을 지지하며 선거 때마다 지지 정당과 그 정당을 지지하는 이유를 기사로 싣고 있다. 그래서인지 노동당 내각이 집권하고 있는 요즈음 〈더 타임스〉의 위력은 예전만 못한 감이 있다. 그래도 우리는 꾸준히 〈더 타임스〉를 사 보았다. 다른 신문들이 45펜스나 50펜스인 데 비해 유독 이 신문만이 한 부에 30펜스였기 때문이다.

〈더 타임스〉가 영국의 지식층을 대변한다면 〈가디언〉은 진보적인 좌익 정론지로 노동 계층, 젊은 학생층에게 사랑받는 신문이다. 지지 정당은 물론 노동당. 〈더 타임스〉가 '신의 목소리'라면 〈가디언〉은 '양심의 목소리'다.

영국의 신문에 대해 재미있는 말이 있다. "〈더 타임스〉는 영국을 지배하는 사람들이 읽고 〈가디언〉은 영국을 지배하고자 하는 사람들이 읽으며, 〈파이낸셜 타임스〉는 영국을 소유하는 사람들이 읽고 〈데일리 텔레그래프〉는 영국의 옛 영광을 기억하는 사람들이 읽는다." 이 말에서 짐작할 수 있는 것처럼 영국의 신문들은 제각기 독특한 성격을 가지고 있다. 실제로 영국의 5대 조간 신문이 모두 똑같은 1면 톱기사를 내보내는 경우는 거의 없다. 각각의 신문들의 논조는 그만큼 다르고 관심사도 제각각이다.

그런데 이 오래 된 격언 중에 포함되지 않은 신문이 있다. 1987년에 창간된 〈인디펜던트〉다. 이 신문은 이름 그대로 아무런 당파색이 없는 '독립' 신문이다. 이 신문은 오스트레일리아의 신문 재벌 루퍼트 머독이 〈더 타임스〉를 인수할 때, 신문이 재벌의 소유가 되는 것을 반대하며 신문사를 뛰쳐나온 기자들이 창간한 젊은 신문이다. 〈인디펜던트〉는 중립지라는 특성과 함께 상당히 고급스럽고 세련된 논조를 가지고 있다. 그래서 정치 기사를 싫어하는 중산층이나 학생들, 커리어 우먼들이 이 신문을 많이 본다. 대학원 친구들인 헬렌과 이블린은 둘다 〈인디펜던트〉의 구독자였다. 다른 신문들은 어딘지 모르게 정치색이 느껴져 부담스럽지만 〈인디펜던트〉만큼은 그렇지 않다는 것이다.

중립지라서인지 가끔 〈인디펜던트〉에는 다른 신문에서 볼 수 없는 특이한 기사가 실리기도 한다. 98년 가을에는 느닷없이 소설가 복거일이 내세운 "한국의 영어 공용론"이 〈인디펜던트〉의 1면에 보도되었다. 만나는 영국 친구들마다 "코리아도 이제 영어 쓰게 됐니?" "미스터 복이 어떤 소설가니?" 하고 묻는 통에 한국의 영어 공부 열풍과 영어 공용화 논쟁에 대해 설명하느라 곤욕을 치러야 했다. 기사 중에는 "한국의 김대중 대통령도 영어 공부의 중요성을 절감해서 매일 밤마다 영어 문장과 단어를 10개씩 암기한 후에 잠자리에 든다."는 구절까지 있었다. 영국 신문답게 역시 시시콜콜 자세하다.

조간 신문 중 유일한 경제 전문지인 〈파이낸셜 타임스〉는 분홍색 신문 용지에 고급스럽게 인쇄된 신문으로 가격부터 비싸다. 1부에 80펜스씩이나 한다. 런던의 은행과 증권 회사가 밀집해 있는 시티 구역에 가면 이 분홍색 신문을 옆구리에 낀 채 양손에 핸드폰과 서류 가방을 들고 바삐 걸어가는 직장인들을 언제나 볼 수 있다.

〈파이낸셜 타임스〉는 경제 신문답게 97년과 98년에 아시아의 경제 위기를 유난히 많이 다루었다. 세계의 어느 나라 신문보다도 이 신문은 한국의 경제 상황에 대해 냉정하고 비관적인 태도를 견지했다. 읽는 우리로서야 기분 좋을 리 없었지만 그만큼 객관적인 동시에 상황 판단에 보수적인 영국 사람들의 성격을 그대로 입증하는 신문이다.

〈더 타임스〉나 〈가디언〉에 비해 〈데일리 텔레그라프〉는 극단적으로 보수적인 성격의 신문이다. 그야말로 '절대 우익' 신문이다. 대학생들, 특히 사회 과학을 전공하는 학생들은 〈데일리 텔레그라프〉에 대해 '속이 터져서 못 보겠다'고 말한다. 그만큼 보수적이라는 말이다. 하지만 이러한 보수성이 대다수 영국 사람들의 정서에는 잘 맞는지, 이 신문은 5대 정론지 중에서 최대의 발행 부수를 기록하고 있다. 물론 〈더 타임스〉 못지않게 왕실의 동정을 보도하는 데에도 열심이다.

영국은 두 사람 중 한 사람이 매일 신문을 사 본다는 신문 천국이다. 그만큼 영국 사람들이 똑똑하고 세상 돌아가는 정황에 관심이 많다는 뜻일까? 하지만 영국 사람들이 가장 많이 보는 신문은 〈더 타임스〉도 〈데일리 텔레그라프〉도 아닌 〈선(Sun)〉인 걸 보면 꼭 그런 것 같지는 않다. 하루 발행 부수가 400만 부가 넘는 〈선〉은 그야말로 옐로우 저널리즘, 황색 신문의 대명사다. 하루도 빠짐없이 3면에 여자의 누드 사진이 실리고, 무슨무슨 폭로니 뒷조사니 하는 기사들이 신문의 반을 차지한다.

다이애나 왕세자비가 살아 있을 때는 가장 지독하게 다이애나 비의 뒤를 따라다닌 신문이 바로 〈선〉이었다. 모르긴 해도 파리에서 다이애나 비의 벤츠 승용차를 뒤쫓았다는 일곱 명의 파파라치 중에 분명히 〈선〉과 관계 있는 사진 기자도 있었을 것이다. 한 번은 다이애나 비가 애인 휴이트 앞에서 옷을 벗는 장면을 망원 렌즈로 촬영한 것이라는 흐릿한 사진이 〈선〉의 1면에 실려 다이애나 비와 왕실이 노발대발한 적도 있었다. 조사 결과 이 사진은 가짜로 판명났고 그 결과로 〈선〉은 창사 이래 최대의 민사 소송에 휘말렸지만 그 후에도 이 신문은 끄덕없이 왕실 식구들의 뒤꽁무니를 쫓고 있다.

〈선〉보다는 덜하지만 〈미러(Mirror)〉, 〈데일리 메일 (Daily Mail)〉 같은 신문들도 누드 사진과 선정적인 기사에서는 별차이가 없어 보인다. 사실 영국 사람들이 좋아하는 신문은 이런 타블로이드판 신문들이다. 서울의 지하철에서 스포츠 신문을 사 보듯이 런던의 지하철에서 너나할것없이 열심히 들여다보고 있는 신문들은 대개 타블로이드지들이다. 정론지 중에서는 〈데일리 텔레그라프〉만이 100만 부를 넘기고 있다.

영국에서 신문이 많이 팔리는 또 다른 이유는 신문이 '모든 것을 다 담고 있기' 때문이다. 영국의 신문은 잡지에 가깝다. 특히 일요일판 신문은 웬만한 월간지의 분량을 가벼이 넘어선다. 손에 들고 걸어갈 수 없을 정도로 무겁고 두껍다. 우리는 가끔 1파운드라는 거금을 주고 — 일요일판 신문은 주중의 가격보다 비싸다. — 〈더 타임스〉의 일요일판인 〈선데이 타임스〉를 샀지만 그 신문의 절반, 아니 5분의 1이라도 본 날은 하루도 없었다.

주말의 신문은 국내외의 일반 기사 보도는 물론이고 패션과 여행, 교육, 새로 나온 책, 스포츠, 조사 보도 등등 전 장르에 걸쳐서 아주 심층적이고 자세한 보도를 담고 있다. 북한의 식량난 실정을 담은 기사라면 동아시아 전문 기자가 3개월 동안 두만강변에 머물며 취재한 후 기사를 쓴다. 신문 하나만 있으면 굳이 다른 잡지를 사볼 필요가 없다. 무슨 기사든지 신문에 자세하게 나와 있으니까. 그리고 일요일판 신문에는 간단한 잡지까지 부록으로 딸려 나온다.

영국의 신문을 볼 때마다 느낀 점은 깊이 있는 저널리

즘이란 이런 것이구나 하는 감탄이었다. 전체적인 기사의 구성뿐만이 아니라 개개 기사의 수준에서도 영국의 정론지들은 단연 앞서간다. 영국의 신문에는 정확한 정보와 함께 명료하고 균형 잡힌 논평이 있다. 어떤 기사에서도 시간에 쫓겨 마구 써내려간 듯한 흔적은 찾을 수 없다. 칭찬에 인색한 영국 사람들마저 영국의 언론, 특히 정론지들과 BBC 방송의 다큐멘터리에 대해서는 거리낌 없이 '세계 최고'라는 표현을 사용한다. 그만큼 믿을 수 있는 신문들을 매일 볼 수 있다는 것은 사실 흔치 않은 행운이다.

"그게 뭐가 대단하냐? 선진국 신문이면 다 그 정도 수준은 되는 것 아냐?"라고 반문하는 독자를 위해 영국과는 관계없지만 재미있는 예를 하나 소개하자. 우리가 영국을 떠나 필라델피아로 온 얼마 후의 일이다. 필라델피아는 미국에서 다섯 번째로 큰 도시다. 하루는 필라델피아에서 가장 큰 신문인 〈필라델피아 인콰이어러〉지에 북한 관련 기사가 났다. 자연히 관심이 가 자세히 들여다보았는데 세상에, "김정일"이라는 사진 설명 위에 김종필 씨의 사진이 실려 있지 않는가! "노무현"이라는 사진 설명 위에 노태우 전 대통령의 얼굴 사진이 떡하니 들어간 〈LA 타임스〉의 해프닝은 말할 필요도 없다.

시골 도시의 신문도 아닌, 그리고 제3세계 국가의 신문도 아닌 미국의 대도시에서 발간되는 신문마저도 이 지경이다. 장담하건대 영국의 신문에서 이런 일을 찾기란 복권에 당첨되는 일보다도 어려울 것이다. 영국을 떠난 지금도 우리는 매일 아침 〈더 타임스〉를 찾아보는 유난을 떨고 있다. 은근슬쩍 우리를 중독시켜버린 이 신문의 드러나지 않는 보수성에 감탄하면서.

경험과 미덕으로 다스려지는
열악한 교통 시스템

영국의 교통 시스템에 대해서 이야기하려면 역시 런던의 지하철부터 언급해야 할 것 같다. 영국에는 '세계 최초'라는 수식어가 붙은 것들이 많다. 흔히 '튜브(Tube), 지하철의 천장이 둥그런 모양으로 생겨서 이런 이름이 붙었다'라고 불리는 지하철도 그중의 하나다. 런던의 지하철은 세계에서 가장 먼저 개통되었다. 다시 말하자면 가장 오래 된 지하철이다. 1863년에 최초의 지하철이 개통되었다니 과연 오래 되기는 오래 되었다. 그보다 지하철이란 지상 교통이 포화 상태에 이르렀을 때 궁리하는 일종의 대안 교통인데 런던의 교통이 얼마나 복잡했으면 이미 1800년대 후반에 지하철을 뚫을 궁리를 하게 되었을까 하는 생각이 들기도 한다.

아마 런던에 와보신 분들은 런던 시민들이 왜 150년 전에 지하철을 필요로 했던가를 금방 이해하실 수 있을 것이다. 그 좁고 오밀조밀하며 구불구불한 길들이란! 런던의 도로 사정에 비하면 서울의 강북은 양반 중의 양반이다. 강북의 길들은 최소한 똑바로 뚫려 있지 않은가. 런던에서 '똑바른 길'이라면 아마 여왕이 국회로 행차할 때에 이용하는 버킹엄 궁 앞의 '더 몰(The Mall)' 정도에 불과할 것이다.

2층 버스를 타고 달리다 보면 느닷없이 급커브가 나타나기도 하고 5거리, 6거리의 건널목이 사방에서 출현하기도 한다. 아무리 오래 된 도시라 그렇다지만 길들은 왜 그리 하나같이 좁아터졌는지, 버스 두 대가 양쪽에서 지나갈 때면 얼마나 아슬아슬하게 서로를 스쳐지나가는지 모른다. 이럴 때마다 간담이 서늘해진다. 거기다가 런던의 도로는 대부분 왕복 2차선이다. 때문에 한번 한 방향이 막히기 시작하면 하염없이 막힌다. 갓길도 없다.

그러나 이런 와중에서도 런던의 운전자들은 결코 신사도를 잃지 않는다. 런던의 운전자들은 정말로 신사답게, 절대로 바닥나지 않는 인내심과 양보 정신을 자랑하면서 운전을 한다. 혹시 접촉 사고가 나더라도 마찬가지다. 나는 지하철보다는 버스를 좋아해서 항상 버스를 타고 다녔는데 한 번도 운전자들끼리 핏대 올려가면서 싸우는 광경을 본 일이 없다. 단 한 번, 자전거를 타고 가던 사람이 — 그 좁은 길에서 자전거를 타는 사람들이 또 한둘이 아니다!— 2층 버스와 아슬아슬하게 충돌을 면하는 광경을 본 일이 있었다. 화가 난 자전거 운전자가 버스 운전자에게 "백미러 좀 보고 다녀욧!(Look at the mirror!)" 하고 소리질렀다. 버스 쪽의 과실인지 버스 운전사는 묵묵부답. 그리고는 이내 버스도 자전거도 제 갈 길로 횡하니 가버렸다.

런던의 도로 사정이 이처럼 열악하니 서울처럼 약속

시간에 맞추어 가려면 지하철을 타는 게 낫다. 현재 런던의 지하에는 13개 노선의 지하철들이 거미줄같이 연결되어 있다. 시내의 웬만한 곳은 모두 지하철을 타고 갈 수 있다. 그런데 문제는 이 지하철들이 한결같이 너무나 낡은데다가 너무나 더럽다는 점이다. 런던의 지하철은 그 혼잡함과 지저분함과 낡음에서도 가히 세계적이다.

런던의 지하철 노선은 한국처럼 1호선, 2호선으로 구분되는 게 아니라 제각기 이름이 있다. 피카딜리 라인, 빅토리아 라인, 디스트릭트 라인, 센트럴 라인 등등. 한결같이 서울의 지하철에 비하면 낡고 지저분하다. 지하철역의 플랫폼에 서서 지하철을 기다리다 보면 선로 위를 돌아다니는 살찐 쥐가 보인다. 왜 그런지는 모르겠지만 역 안에 쓰레기통이 드물어서 모두들 먹다 남은 초콜릿이나 빵 껍질들을 선로 위에 휙휙 던진다. 그 부스러기를 받아먹고 사는 쥐들인 것이다.

한 가지 재미있는 점은 런던 지하철역에는 에스컬레이터뿐만 아니라 가끔 엘리베이터도 있다는 점이다. 오래된 역에는 거의 틀림없이 엘리베이터가 설치되어 있다. 대형 엘리베이터에 사람들이 우루루 타면 자동으로 문이 닫히고 엘리베이터가 올라간다. 노선이 많고 환승역이 복잡한 영국의 지하철역들은 한국보다 깊숙한 지하에 있다. 그러나 장애인과 노약자들을 배려해서 항상 에스컬레이터나 엘리베이터가 운행되고 있다. 예전에 오스트레일리아 출신의 소프라노인 조안 서덜랜드(Joan Sutherland)

의 자서전에서 "코벤트 가든 역의 엘리베이터가 고장나 오페라 극장에 지각하던 단역 가수 시절"이라는 구절을 읽고 고개를 갸우뚱했던 적이 있는데 런던에 와서 코벤트 가든 역에 설치된 대형 엘리베이터를 보고서야 의문을 풀었다.

지하철 외의 대중 교통 수단으로 '더블 데커(Double Decker)'라고 불리는 빨간색의 2층 버스와 검은색 오스틴 택시가 있다. 둘다 50년이 넘도록 변하지 않는 런던의 상징으로 빅 벤, 왕실 근위병의 곰털 모자 등과 함께 런던의 관광 안내책에 반드시 소개되는 명물들이다. 더블 데커는 차 대신 합승 마차를 타고 다니던 시절, 마차 이용 손님이 너무 많아 마차의 지붕 위에까지 좌석을 만들어 손님을 태우던 데에서 유래한 것이라고 한다. 특히 2층의 맨 앞자리에 앉아 적당히 흔들려 가면서 런던의 풍경을 관광하는 맛이 삼삼하다. 가로수가 무성한 여름날에 더블 데커를 타면 길가에 면한 가로수 가지들이 버스의 2층 창문에 부딪쳐서 무수한 푸른 이파리들을 흩날린다.

요즈음은 한국의 버스처럼 버스를 탈 때 운전자에게 목적지를 말하고(목적지에 따라 요금이 달라지기 때문에) 요금을 지불하는 신형 더블 데커가 많아졌지만, 구형 더블 데커에는 아직도 버스 차장이 있다. 차장은 새로 탄 손님들에게 목적지를 묻고 목에 건 통의 손잡이를 차르륵 차르륵 돌려 버스표를 끊어준다. BBC 방송의 아나운서들이 쓰는 영어가 영국의 표준어라면, 이 차장들의 영어야말로 전형적인 런던 사투리, 즉 '코크니(Cockney)'라고 불리는 사투리다. 런던 사투리라지만 오히려 더 알아듣기 어려울 때도 있다.

놀랍게도 구형 더블 데커에는 문이 없다. 버스 뒤편에 구멍이 뻥 하니 뚫려 있어서 버스가 정류장 근처에서 적당히 속력을 줄이면 뛰어내리거나 뛰어서 탄다. 정류장이 아니더라도 버스가 신호를 받아 정지해 있을 때에 뛰어내려도 된다. 누구도 뭐라고 하는 사람 없고, 또 그런 방식으로 타고 내리다가 누가 다쳤다는 말 역시 들어본 적 없다. 다들 적당히 하고 있는 듯하지만 경험으로 안전한지 위험한지를 터득하고 있는 것이다. 대단한 사람들이다. 이런 모습을 볼 때면 영국 사람들이 어떻게 헌법 없이 천년 넘게 국가를 운영하고 있는지, 왜 영국 철학자인 프란시스 베이컨이 '경험론'을 주창했는지 이해될 듯도 하다.

운전을 잘한다면, 그리고 영국 특유의 좌측 통행 방식에 익숙하다면 직접 차를 운전해서 다니는 것도 나쁘지 않다. 앞서 말한 것처럼 런던의 길은 무지무지하게 복잡하고 꼬불꼬불하지만 운전자들이 워낙 얌전하게 차를 몰기 때문에 생각만큼 어렵지는 않다. 혹시나 길을 잘못 들어 1차선에서 3차선으로 빠져야 할 경우가 생기더라도 차창 바깥으로 손만 한번 흔들면 다들 군소리 없이 길을 양보해준다.

내 친구 이블린도 가끔 차를 운전해서 학교에 왔다. 이블린의 집은 런던 근교인 바킹(Barking)에 있었다. 그 먼 거리에서 차를 몰고오는 게 대단하게 여겨져서 "너 길눈이 밝은가보구나." 하고 물어본 적이 있었다. 그랬더니 이블린의 대답이 걸작이다. 자기가 런던 토박이긴 하지만 아직도 모르는 길이 태반이라는 것이다. 하지만 런던에서 길을 찾는 데는 한 가지 전제 조건이 있단다. 서울에서처럼 광화문에서 예술의 전당에 가려면 남산을 지나 한남대교로 빠져서 다시 서초동으로 … 하고 머릿속에서 대강 갈 길을 정하는 게 아니라 서쪽이면 서쪽, 동북쪽이면 동북쪽 하고 목적지의 방향만 숙지한 뒤 그 방향으로 하염없이 차를 몰고간다는 거다. 그게 차라리 빨리 목적지에 닿는 방법이라나. 그만큼 런던의 길들은 복잡하기 짝이 없다. 케임브리지에서 런던으로 차를 몰고갔던 한 유학생은 런던 시내에서 고속도로로 빠져나오는 길을 찾지 못해 결국 비싼 런던의 호텔에서 하룻밤을 묵고 왔단다. 이블린의 방법을 사용했더라면 차라리 빨리 길을 찾았을 텐데….

영국에서 운전을 할 때 특히 주의해야 할 점은 횡단 보도 아닌 곳에서도 보행자가 길을 건널 기미만 보이면 차는 무조건 정지해야 한다는 점이다. 이 점은 교통 법규에 명시되어 있기도 하거니와 모든 운전자들이 철저하게 준수하고 있기 때문에 혼자 신나게 달리다가는 교통 경찰의 표적이 되어 딱지 떼기 딱 좋다. 런던의 보행자들이 아무 데서나 휙휙 길을 건너다니는 것도 보행자 우선이

교통량이 많은 런던에서는 거의 사라졌지만 소도시나 시골의 사거리들은 대부분 이 라운드어바웃 구조로 되어 있다.

라는 영국의 교통 법규 때문이다.

또 하나는 사거리에 설치되어 있는 라운드어바웃 (Roundabout)이다. 날로 교통량이 증가하고 있는 런던에서는 거의 사라졌지만 런던 외의 지방에서는 어디서나, 심지어 국도의 교차로에서도 라운드어바웃을 만나게 된다. 라운드어바웃은 신호등이 있는 사거리 대신 있는 둥그런 모양의 도로이다. 라운드어바웃에 들어가는 차들은 모두 오른편에서부터 진입한다. 자신의 오른편에서 달려오는 차가 없으면 라운드어바웃에 들어가서 빙그르르 돌다가 나오고 싶은 방향으로 나오면 된다. 한번 들어가면 자신이 찾는 방향이 나올 때까지 몇 번이고 뱅글뱅글 돌아도 상관없다.

처음으로 차를 몰고 라운드어바웃에 들어갈 때는 눈앞이 아찔했다. 만약 내가 라운드어바웃 안에서 돌고 있는데 왼편 도로에서 차가 들어와버리면 그대로 그 차와 내 차가 충돌해버릴 게 아닌가. 그러나 신기하게도 라운드어바웃에서는 전혀 사고가 날 위험이 없었다. 모두들 조심하기도 하거니와 차들이 진행하는 흐름을 타서 적당히 양보하며 무리 없이 나오고 들어가기 때문이다. 서울에서 오래 운전을 했다는 한 유학생은 영국의 도로에서 가장 운전하기 편한 부분이 바로 라운드어바웃이라고 말했다. 영국의 신사도가 도로 위에 구현된 시스템이라고 하겠다.

앞서 말한 것처럼 영국의 도로에서는 차들이 왼쪽으로 달린다. 처음 영국에 와본 사람들은 너나할것없이 운전석이 오른쪽에 달린 차를 보고 놀란다. 이런 차로 운전해도 잘 보이느냐는 엉뚱한 질문을 하기도 한다. 그러나 정작 위험한 것은 운전할 때가 아니라 길을 건널 때이다. 오른쪽을 먼저 돌아보고 건너야 하는데 자꾸 차가 오지도 않는 왼쪽만 돌아보며 길을 건너는 것이다.

영국에 온 지 얼마 되지 않았을 무렵, 무심코 길을 건너다가 바로 옆에서 달려오는 차를 발견하지 못하고 소스라치게 놀란 일이 몇 번 있었다. 그 후로는 길을 건널 때마다 "자, 오른쪽 보고, 그 다음, 왼쪽!" 하면서 훈련을 거듭했다. 그러나 습관의 힘이란 생각보다 무서운 것이어서 오른쪽으로 고개를 돌릴 때마다 뒤에서 누가 잡아당기는 듯 불안하다. 영국 사람들도 자신들의 보행 관습이 외국인들에게는 위험하다는 것을 알고 있다. 관광객이 많은 런던의 횡단 보도에는 양쪽 길가에 '오른편을 보시오(Look Right)→'라는 글자가 큼지막한 화살표와 함께 씌어 있다.

왼편으로 된 영국의 도로 시스템은 운전자에게도 이만저만 불편한 것이 아니다. 차를 운전하려면 왼손으로 기어를 변속해야 한다. 오른손잡이에게 불편하기 짝이 없는 구조이다. 또 대륙으로 차를 가지고 나갈 때도 영국 차들은 국내에서와 반대 방향으로 달리는 불편을 감수해야만 한다. 외국에서 쓰던 차를 영국으로 가지고 올 때도 마찬가지다. 그러나 영국 사람들은 이 시스템을 바꿀 생각은 눈꼽만치도 없는 것 같다. 영국이라고 해서 유달리 왼손잡이들이 많을 리는 없을 텐데, 혹시 자동차 운전을 좋아하는 엘리자베스 여왕이 왼손잡이이기 때문은 아닐까?

영국 도로 시스템의 기원은 차 아닌 마차가 다니던 시절로 거슬러 올라간다. 마차의 왼편에 앉은 마부가 오른손으로 채찍을 휘두르면 마부 오른편에 앉은 손님이 걸리적거렸기 때문에 마부가 오른쪽에 앉기 위해서 마차의 통행 방향이 도로 왼편으로 되었다는 것이다. 만약 이 이야기가 맞다면 지금은 당연히 차의 통행 방향을 바꾸어야 한다. 요즘은 마차보다 차가 단연 많지 않은가. 과거에는 오른손잡이인 마부의 편리함을 고려해서 길을 설계했던 '똑똑한' 영국 사람들이 왜 지금은 오른손잡이 운전자들의 편의를 무시하고 있는가. 도로 시스템을 고치려면 그 비용이 만만찮게 들겠지만 다른 유럽 나라들과 반대 방향의 도로 시스템을 고수함으로써 드는 간접 비용도 있을 것이다. 더구나 국경 개념이 날로 희박해지는 유럽연합(EU)의 상황을 생각해보면 언젠가는 고치는 것이 속 편할 것 같은데 영국 사람들은 꿈쩍도 하지 않는다.

결론은 하나다. 영국 사람들은 뭐든지 바꾸는 것이 싫은 것이다. 20년을 쓴 중고차이건 200년이 지난 도로 시스템이건 간에 '개혁'을 받아들이지 못하는 것이다. 이러한 성향에 더해 '그래도 역시 영국하고 유럽은 뭐 하나라도 달라야지.' 하는 영국 사람들의 가치관이 합쳐져서 더더욱 도로 문제는 고쳐지기 어려운 것이다. 결국 이방인이 적응하면서 살 수밖에. 그나저나 영국 와서 길 건널 때는 조심 또 조심합시다.

교수 학생 할것없이 모두가 애용하는
교통 수단, 자전거

영국에 도착한 후 첫 다섯 달 동안 우리는 차 없이 살았다. 케임브리지 교외에 있는 캐번디쉬 연구소까지 나는 차 대신 자전거를 타고 오갔다. 10월 1일에 첫 출근을 시작한 후 2월 말에야 중고차를 한 대 샀으니 겨울이 한창일 때 자전거로 출퇴근을 한 셈이다.

자전거는 케임브리지의, 아니 영국의 당당한 교통 수단 중 하나다. 심지어 런던 같은 대도시에서도 차와 자전거가 함께 달리는 모습을 흔하게 볼 수 있다. 하지만 나는 안전을 생각해서 차가 달리는 도로보다는 자전거 전용 도로를 택해 빙 둘러가고는 했다. 차가 옆구리를 쌩쌩 스쳐가는 중에 자전거를 타고 가는 것은 솔직히 좀 무서웠다. 거기다 케임브리지의 도로 교차로는 대부분 사거리가 아니라 라운드어바웃인데, 자전거를 타고 차와 함께 라운드어바웃으로 진입한다는 게 도저히 엄두가 나지 않았다.

아침이면 3층인 집에서 자전거를 낑낑 둘러매고 내려와서 신나게 페달을 밟고 달리기 시작한다. 캐번디쉬 연구소까지는 자전거로 30분 정도 걸리는 길이다. 주택가를 지나서 교회 옆의 공동 묘지, 목장, 공원, 시내, 트리니티 칼리지, 다시 공원, 황무지를 지나면 캐번디쉬 연구소가 보이기 시작한다. 두꺼운 장갑을 끼고 있지만 시린 겨울 바람에 손은 꽁꽁 얼어붙고 얼굴은 빨갛게 상기된다. 등은 땀으로 비라도 맞은 듯이 흥건하게 젖는다.

자전거를 타고 출퇴근을 하게 된 사연을 인터넷에 올린 적이 있었다. 그러자 한국에 있는 친구들은 엄동설한에 자전거를 타고 한 시간씩 오가야 하는 내 처지를 좀 불쌍하게 생각하는 것 같았다. '박사까지 받은 사람이 영국 가서 그 고생을 하다니, 역시 외국살이가 고달프긴 한 모양이야. 쯧쯧….'

한국 친구들에게 약간의 위안이라도 되었다면 할 말이 없지만 자전거 타고 출퇴근하는 일이 그들의 생각처럼 고달픈 일만은 아니었다. 영국의 겨울은 한국처럼 엄동설한이 아니어서 오히려 자전거를 타고 다니기에는 안성맞춤이다. 또 매일매일 조금씩 변해가는 주위의 경치를 보는 것도 상쾌한 일이다. 낭만적인 자전거 여행이랄까.

지저스 칼리지 옆의 공원인 '지저스 그린(Jesus Green)'을 지나는 길은 특히 즐겁다. 마치 초록빛 양탄자처럼 깔끔하게 손질된 잔디 위로 서리가 하얗게 내려 있고 공원을 X자로 가로지르는 도로 위엔 낙엽이 풍성하다. 길 양옆으로는 높이가 십 수미터는 될 키 큰 나무들이 두 줄로 나란히 서 있다. 마치 CF의 한 장면처럼 낙엽이 날리는 길 위로 자전거를 타고 달려간다. 주위는 아침의 안개로 온통 아스라한데 오렌지빛 가로등이 그 사이를 뚫고 부옇게 빛을 내기도 한다. 잔디밭 위에는 커다란 까마귀들이 미동도 않고 묵묵히 서 있다. 이 글을 쓰는 지금도 그 풍경이 눈앞에 아슴푸레하다. 전혜린이 말했던 "회색빛 포도와 레몬빛 가스등의 뮌헨" 분위기 그대로이다. 나 역시 영국을 그리워한다면 오렌지빛 가로등과 안개 때문일 것이다.

그렇지만 저녁에 집에 올 때는 상황이 마냥 낭만적이지만은 않다. 어둑해진 공원에서는 낙엽 때문에 길을 구별할 수가 없다. 밤이 긴 영국의 겨울 저녁은 유난히 깜깜하다. 설악산이나 지리산에서 보던 먹물을 푼 것 같은 어둠이다. 생각해보라, 깜깜한 설악산에서 자전거를 탄다면 그게 즐겁겠는가. 괜시리 공포 영화의 장면들이 떠올라 애꿎은 페달만 밟고 또 밟지만 집으로 가는 밤길은 아침보다 훨씬 더 멀게만 느껴진다. 아침에 지나갈 때는 마냥 평화롭게 보이던 교회 옆 오래 된 공동 묘지도 저녁에는 머리끝이 쭈뼛하도록 무섭다. 게다가 목장을 지날 때는 소와 말의 배설물 위로 달리지 않도록 조심해야 한다. 만약 그 위로 달리면…, 뒤처리가 좀 골치 아프기 때문에.

처음 자전거를 타기 시작할 때는 영국의 도로 진행 방향이 한국과 반대라는 것이 좀처럼 적응되지 않아서 힘들었다. 또 자전거를 타는 사람은 좌회전이나 우회전을 할 때마다 손을 90도로 쫙 뻗어서 차들에게 수신호를 해주어야 한다. 일종의 방향 지시등(?)을 켜는 셈이다. 이

런던의 도로를 자전거로 달려가는 런더너. 위험한 길임에도 불구하고 런던
시민들은 자전거를 타고 2층 버스와 오스틴 택시 사이를 요리조리 달려간다.
© Lee Hyangwoo

수신호도 초보자에게는 쉽지 않다. 좌측으로 갈 때는 왼손을 들면 되니 별걱정이 없다. 문제는 우회전을 할 때다.(한국에서의 좌회전이나 마찬가지다.) 오가는 모든 방향의 차들에게 신경쓰면서 오른손을 핸들에서 떼서 한참 동안 들고 있어야 한다. 왼손의 힘만으로 자전거를 조절해야 하는 것이다. 아이고, 비틀거리는 내 자전거….

그런데 케임브리지의 도로를 달리다 보면 겨우 예닐곱 살 정도 되어 보이는 꼬마들도 자전거를 타는 모습을 종종 볼 수 있다. 그 꼬마들도 역시 수신호를 주면서 도로를 달리고 있다. 물론 부모들이 같이 자전거를 타고 뒤나 앞에서 가고 있지만. 이렇게 어릴 때부터 훈련을 받으니 영국 학생들은 자전거를 아주 능숙하게 탄다. 마치 곡예하듯 요리조리 케임브리지의 좁은 길을 달려간다.

자전거 타기가 꼭 낭만적이지만 않았던 것은 자전거를 장만할 때부터 짜증스러웠던 일이 적지 않았기 때문이기도 하다. 비교적 저렴한 가격으로 물건을 파는 창고형 매장에서 100파운드를 주고 튼튼해 보이는 산악형 자전거를 샀다. 배달받는 데에 생각보다 시간이 많이 걸리기는 했지만 그래도 이때까지는 별문제가 없었다. 그런데 자전거를 포장된 상자에서 꺼내 보니 아무것도 달려 있지 않은 것이다. 자전거를 세울 때 쓰는 스탠드도, 바퀴 앞뒤에 달려 있는 흙받이도 없다. 그냥 맨몸의 자전거만 달랑 있다. 스탠드도 꼭 필요하지만 케임브리지에서 흙받이가 없는 자전거는 '자전거'라고 할 수도 없다. 달리다

보면 흙이 머리 위까지 튀는 지경이니까.

결국 스탠드와 흙받이, 그리고 안전을 위해 헤드라이트, 헬멧, 야광띠, 자전거 자물쇠 등등을 사는 데 추가로 거의 80파운드를 지출해야만 했다.(자전거를 타는 사람이 헬멧을 쓰지 않거나 밤에 헤드라이트를 켜지 않으면 자동차의 위반 딱지와 똑같은 딱지를 뗀다.) 자전거 값만큼 또 나간 셈이다. 영국에는 '배보다 배꼽이 더 크다'는 속담 없나? 만약 그런 속담이 있다면 자전거에 딱 맞는 이야기일 텐데. 웬만하면 흙받이 정도는 좀 달아주면 좋으련만 영국에서는 찬물 한 잔도 공짜가 아니다. 이럴 때면 슬그머니 한국이 그리워지기도 한다.

한국 도시들의 실정에 비추어 보면 믿기지 않겠지만 런던이나 케임브리지, 옥스퍼드, 요크처럼 영국의 오래된 도시에서는 자전거가 차의 좋은 대안이다. 중세 시대에 형성된 케임브리지 시내는 모든 도로들이 좁고 구불구불하다. 그래서 케임브리지 시 당국은 대중 교통이나 장애인의 차, 시내 거주자들의 차를 제외한 다른 차들이 시내로 들어가는 것을 아예 금지하고 있다. 실제로 짐을 실은 트럭이 슈퍼마켓에 짐을 부리려고 주차할 때면 좌우 양방향이 모두 막혀서 차는 물론이고 자전거도 사람도 지나갈 수가 없을 정도이다. 이 마당에 차까지 출입하면 시내는 난장판이 될지도 모른다. 주차할 장소도 시내에는 물론 없다.

그러면 시내로 출퇴근해야 하는 사람들은 어떻게 할

까? 다른 몇 가지 방법이 없는 것은 아니지만 자전거를 타고 가는 게 가장 빠르고 편리한 방법이다. 대학생들은 물론이고 교수들도 양복 입고서 자전거를 타고 다닌다. 내 지도 교수인 파인 박사(Dr. Payne)도 자전거를 타고서 출퇴근했다. 버스를 이용하는 방법도 있지만 버스는 매일 타기에는 비싼데다가, 비싼 것은 둘째치고 버스가 안 오면 20분, 30분 기다리기는 기본이다. 버스 기다리다 울화통 터지고 직장에 지각하기 딱 좋다. 그래서 버스는 할머니, 할아버지나 버스 타기를 무지무지하게 좋아하는 사람, 또 유모차를 끌고 가는 아기 엄마 정도만 이용한다. 택시 요금이 더욱 비싸다는 것은 말할 필요도 없다. 더구나 케임브리지 같은 시골에서는 길거리에서 택시를 잡을 수가 없다. 택시 회사에 전화를 걸어 택시를 불러야만 한다. 그렇게 하느니 그냥 자전거 타고 횡하니 달려가는 게 낫다.

문제는 잘 달리던 자전거가 가끔 길에서 고장이 날 때가 있다. 체인이 빠져 너덜너덜해진다든가 바퀴의 바람이 빠진다든가 하는 잔 고장들이다. 한국 같으면 동네 자전거포에 끌고갔겠지만 인건비 비싼 영국에 살다보니 웬만한 고장들은 직접 고치게끔 되었다. 하루는 집에 오는 길에 자전거 체인이 빠졌다. 쏜살같이 달려도 무서운 공동 묘지를 자전거를 끌고 지나와야 했다. 집에 와서 손에 기름을 묻혀가며 30분을 씨름한 끝에 마침내 고쳤다.

그런데 자전거가 애를 먹이려고 작정했는지, 그 다음

차 한 대가 겨우 지나다닐 만한 길도 자전거는 천하무적이다. 이러한 도심 사정 때문에 영국의 많은 도시들에서 자전거는 중요한 교통 수단이 된다.

날 학교에 가다가 이번에는 바퀴 튜브가 펑 터지는 것이다. 어휴~~ 내 신세야. 한숨을 푹푹 쉬면서 또 학교까지 자전거를 끌고갔다. 이번에는 무슨 재주로 고치나. 다행히 학교 구내 매점에서 자전거 튜브를 팔고 있었다. 2.5 파운드를 주고 중국제 튜브를 사서 공사에 착수, 이곳저곳의 실험실에서 장비를 빌려다가 마침내 고쳤다. 이제는 어지간한 자전거 고장은 직접 고칠 자신이 있다. 영국에 살면서 공부도 공부지만 뜻하지 않게 여러 가지 기술을 많이 익힌 것 같다.

하루에 사계절을 경험할 수 있는
못말리는 영국 날씨

영국에 오기 전후해서 우리는 영국의 날씨에 대한 경고를 굉장히 많이 들었다. 여름이 아예 없다, 가죽옷은 절대 못 입는다(항상 비가 오니까), 1년 중 9개월은 겨울이다, 너무 습하고 으슬으슬해서 류머티즘에 걸릴지도 모른다, 겨울에는 절대로 해를 볼 수 없다 등등. 그래서 우리는 영국 날씨가 어떤지 한번 보자는 나름의 각오를 하고 비행기에 올랐다.

그러나 웬걸, 9월 중순 영국에 도착해보니 약간 습하고 쌀쌀한 날씨는 서울의 가을과 별반 다르지 않았다. 한국 날씨와 비교하자면 10월 말에 비가 왔다가 그쳤을 때 정도의 기분이라고나 할까? 날씨가 우울증에 걸릴 정도로 심각한 문제가 될 것 같지는 않았다. 그해 겨울까지 이런 온화한 날씨는 계속되었다. 겨우 이 정도 가지고 그렇게 들 겁을 줬나 싶었다.

오히려 겨울은 한국보다 훨씬 덜 추웠다. 겨울 내내 눈이 온 건 단 한 번뿐이었다. 공원의 잔디는 겨울이 되자 더욱 푸르러졌고 2월이 되자 벚꽃이나 개나리 같은 갖가지 봄꽃들이 활짝 피기까지 했다. 우리는 "영국이 춥다고들 하는데 사실은 하나도 안 추워요." 하고 쓴 크리스마스 카드와 편지를 한국에 보냈다.

그러나 이때까지 우리는 영국 날씨의 본성에 대해 너무도 모르고 있었다. 이 해의 겨울은 다만 때아닌 이상난동일 뿐이었다. 아니, 이해 겨울처럼 계절과 상관없이 변하는 날씨야말로 영국 날씨의 '매운 맛'이었다. 3월이 되자 '맛 좀 봐라'는 듯이 본격적인 날씨의 심술이 시작되었다. 3월 중순부터 4월 중순까지 한 달 동안 거의 하루도 빠지지 않고 비가 왔다. 기온도 어떤 날은 18도였다가 그 다음날은 10도, 또 그 다음날은 2도 하는 식으로 널뛰듯이 바뀌었다. 오히려 4월이 되니 줄창 2도 아니면 3도였다.

놀랍게도 영국은 1년 365일 동안 평균 190일 이상 비가 온다. 영국의 비는 많이 오지도 않고 그렇다고 안 오지도 않는, 짙은 안개 같은 수준이다. 비가 온다기보다 물기가 허공에 가득 고여 있다가 흘러내리는 느낌이다. 무척 축축하다가 어느 순간 소리도 없이 부슬부슬 비가 온다. 그러다가 또 슬그머니 그치고 다시 축축한 날씨가 된다. 하루 종일 이 사이클이 계속된다. 물론 해는 구경도 할 수 없다.

영국 신사의 차림새가 버버리 코트에 장우산을 든 모습이라지만 정작 비가 올 때 우산을 꺼내는 사람들은 거의가 외국인들이다. 토박이들은 비가 와도 우산을 쓰지 않는다. 어차피 비가 퍼붓는 것도 아니고 또 그나마 금방 그칠 텐데 뭣하러 귀찮게 우산을 꺼내는가 말이다.

잔뜩 흐려 있는 영국의 하늘. 1년의 대부분이 이런 날씨다.
© Lee Hyungwoo

그래서 비가 와도 모두들 무심한 표정으로 나다니거나 주머니에서 모자를 꺼내 쓰는 정도다. 나이 드신 아주머니나 할머니들은 모자 대신 비닐로 만든 보자기를 쓰신다. 굉장히 편리해 보여서 나도 하나 사 쓰고 싶었지만 어디서 파는지를 알지 못해 끝까지 못 쓰고 말았다.

항상 비가 오니 바깥에 나가기 싫은 건 물론이고 집안에서의 생활도 문제가 많아졌다. 한국에서 가져온 '물먹는 하마'에는 물이 가득 출렁거리고 창문턱에는 어느새 시커먼 곰팡이들이 피었다. 아이고, 집주인 아줌마가 곰팡이 피지 않게 잘 관리하라고 했는데 이걸 어쩐담. 거실의 히터 앞에는 언제나 마르지 않는 빨래가 널려 있다. 부활절 휴가 동안 영국의 중부는 50년 이래 최악의 홍수 사태를 맞았다. TV 뉴스에 비치는 침수된 집이며 도로들의 광경은 안 그래도 날씨 때문에 우울한 우리 마음을 더 침침하게 만들었다. 그런데 나중에 알고 보니 이 홍수도 매년 봄이면 연례 행사처럼 영국 어디선가 생기는 일이었다.

아, 영원히 봄은 안 오는 걸까. 5월까지 오들오들 떨면서 두꺼운 점퍼와 스웨터를 입고 목도리를 둘둘 만 채 다녔다. 여름은 고사하고 봄이라도 좀 왔으면. 비단 우리들뿐만 아니라 우리가 만난 모든 외국 학생들이 하나같이 영국의 날씨에 고개를 설레설레 젓고 있었다. 아침에 만나면 인사 대신 "오늘도 또 비오네.""그러게 말야, 어제 왔는데 또 오네." 이런 말을 주고받았다.

그중에서도 프랑스나 이탈리아, 스페인처럼 지중해 연안 나라에서 온 학생들은 거의 영국의 날씨를 증오하고 있었다. 프랑스에서 온 이본느는 영국 날씨는 다 좋은데 바람 불고, 비 오고, 춥지만 않았으면 좋겠다는 불평을 입에 달고 다녔다. 불쌍한 이본느. 영국 날씨 중에 바람 안 불고, 비 안 오고, 춥지 않은 날은 1년 중 3개월도 안 되는데.

영국의 속담 중에는 "영국에서는 하루에 사계절을 경험할 수가 있다."는 말이 있다. 그만큼 하루 사이에도 변화무쌍하게 날씨가 바뀐다. 그 때문인지 TV의 일기 예보는 하루 날씨를 아침 날씨, 정오 날씨, 오후 날씨로 나누어 예보한다. 어떤 날은 아침, 정오, 오후, 저녁 네 번으로 나누어서 예보할 때도 있다. 이 세 가지나 네 가지 날씨가 다 각각 다르다. 아침에는 개었다가 점심나절에 비가 오고 오후에는 흐리고 저녁에는 바람이 분다.

희한한 것은 또 그렇게나 변화무쌍한 날씨임에도 불구하고 일기 예보가 정확하게 들어맞는다는 사실이다. TV의 일기 예보 아저씨가 "내일 오후에는 날씨가 맑을 예정입니다." 라고 말한 날에는 아무리 아침 날씨가 잔뜩 찌푸리고 있다고 해도 오후에는 해가 나는 것이다. 영국 기상청은 슈퍼 컴퓨터를 가지고 있는 걸까? 하지만 영국 기상청도 완벽한 것만은 아니다. 1952년에 엘리자베스 여왕이 대관식을 올릴 때도 다들 날씨가 걱정이었다. 그래서 택일은 점쟁이가 아니라 영국 기상청의 몫이 되었고 기상청은 가지고 있는 모든 관측 기록을 다 종합해서 7월의 가장 비가 적게 올 확률의 날을 골라잡았다. 그런데 그날은 비가 왔다.

우리가 영국의 변덕스런 날씨를 몸으로 체험한 날은 한두 번이 아니다. 아침에 화창하게 갠 하늘을 보고 가벼운 옷차림으로 집을 나서면 꼭 점심나절에 비바람이 몰아쳐서 비를 쫄딱 맞게 만드는가 하면, 우중충한 날씨라 일부러 우산을 챙겨 나온 날 오후에는 여름같이 더운 날씨로 변하는 것이다.

4월의 어떤 토요일의 일이다. 아침을 먹으며 창 밖을 보니 화창하고 부드러운 햇살이 가득한, 전형적인 영국의 봄 날씨였다. 그래서 근교의 찻집에 가서 차를 마시고 시골길이라도 산책해볼까 하는 계획을 세웠다. 그런데 막상 바깥으로 나오니 좀 전의 맑은 하늘은 어디론가 사라지고 어느새 구름이 잔뜩 끼어 있었다. 근교 드라이브는 일찌감치 포기하고 학교 도서관으로 직행했다.

하지만 토요일, 그것도 봄의 토요일에 어두컴컴한 도서관에 앉아서 책을 뒤적이는 것은 영 답답한 일이다. 결국 책을 덮고 집으로 오는데 다시 날씨가 좋아져 있었다. 즉석에서 계획 변경, 교외의 큰 쇼핑몰로 향했다. 여기서부터 일이 꼬이기 시작했다. 플랫의 주차장에 다 들어간 차를 다시 빼서 시 서쪽의 쇼핑몰로 갔다. 영국도 미국과 마찬가지로 시 외곽에 대규모 쇼핑몰이 속속 들어서고 있어서 웬만한 쇼핑을 하려면 교외로 나가야 한다.

쇼핑몰의 야외 주차장에 차를 대는데 또다시 날씨가

변하는 것이다. 차를 주차하는 그 짧은 시간 동안 삽시간에 하늘이 바뀌더니 빗소리가 차창을 때리기 시작했다. 이내 창 밖이 보이지 않을 정도로 무섭게 비가 쏟아졌다. 그날따라 차 안에는 우산도 없었다. 주차장에서 쇼핑몰까지의 거리를 가늠해보니 뛰어가는 사이에 다 젖어버릴 것 같았다. 괜시리 감기라도 걸리면 골치 아프지, 한국 사람이 영국 감기 걸리면 잘 낫지도 않는다던데 하고 툴툴거리며 주차시킨 차를 그대로 출발시켜 집으로 왔다.

아니, 그런데 이럴 수가! 집의 주차장에다 차를 대는데 다시 새파란 하늘에서 쨍하니 해가 뜨는 게 아닌가. 알프스에 올라간 나폴레옹의 똘마니가 된 것 같았다. 나폴레옹 따라서 힘들게 알프스의 산봉우리에 올랐더니 나폴레옹이 갑자기 "야들아, 아무래도 이 산이 아닌가벼…." 해서 죽어라 올라갔던 산에서 내려와 다른 산으로 올라갔더니 나폴레옹이 고개를 갸웃하면서 "야들아, 아무래도 아까 그 산이 맞는개벼…." 해서 다들 기절했다는 우스개…. 나폴레옹이 영국에 못 왔었으니 망정이지 만약 영국에 왔었다면 알프스 대신 영국 날씨에 대한 얘기가 생겼을지도 모른다.

이리저리 서너 번을 왔다갔다했더니 이제는 더 나갈 기력도 없어졌다. 아예 외출을 포기하고 거실의 창가에 앉아서 책을 읽기로 한다. 하지만 그 사이에도 날씨의 변덕은 계속되었다. 책 서너 페이지 읽는 동안 비가 쏴아아 오다가 다이내믹하게 구름이 갈라지면서 햇빛이 쨍하니 드러난다. 마치 종교 영화 속에서 신이 나타나는 장면 같다. 그러더니 한 10분쯤 후에 다시 비가 무섭게 쏟아지다가 이번에는 무지개가 멋지게 등장했다. 부엌의 창으로 보는 하늘은 파란데 거실의 창에서는 빗줄기가 죽죽 그어지고 있다. 아아~ 정말 두 손 다 들었다. 변덕도 이 정도 되면 수준급이다.

비가 올 때는 비만 오는 게 아니다. 섬나라답게 꼭 바람이 함께 분다. 비오는 날이 아니라 개인 날에도 항상 바람이 분다. 모처럼 맑은 날씨에 하늘을 쳐다보고 있자면 저만치 있던 구름이 맹렬하게 날아와 쏜살같이 사라지는 것을 볼 수 있다. 한국의 구름보다 최소한 서너 배는 빠르다. 다 바람 탓이다. 그러나 그냥 구름만 날려보내는 이런 바람은 양반이다. 겨울에 한번 바람이 불기 시작하면 그 단속이 또 골치 아파진다. 집안이 삐걱삐걱 흔들린다. 집 앞의 나무가 우지끈 부러지고 길거리의 간판이 휘이익~ 소리를 내며 날아간다. 멀쩡한 문짝이 덜커덩 떨어져버리기도 한다. 어떤 때는 걸어가던 사람이 뒤로 저만치 밀려나간다.

바람에 대해서는 재미있는, 아니 무시무시한 실화가 있다. 어느 겨울날 영국의 재난 대비 프로그램인 '긴급구조 999(영국의 긴급 전화 번호는 999번이다)' 가 바람에 관련된 사고 특집을 방송했다. 그중 스코틀랜드의 한 가정에서 일어난 사고는 정말 믿어지지 않았다. 바람이 아주 대단하게 불던 겨울밤의 일이었다. 밤늦게 2층에

1년 중 200일 이상 비가 오는 나라가 영국이다. 그래서 영국인들은 비가 와도 우산을 잘 쓰지 않고 비를 맞으며 다닌다.

있는 아들의 방에 올라갔던 아주머니가 방의 창문이 열린 것을 보았다. 창을 닫으러 창가로 갔던 아주머니가 그만 때마침 불어온 돌풍에 휘말린 것이다.

아주머니는 휘익 창 밖으로 날아가 마치 중세의 마녀처럼 한참을 날아가다 땅바닥으로 떨어졌다. 듣기에 따라서는 우스울지도 모르겠지만 화면으로 보기에는 정말 무시무시했다. 칠흑 같은 어둠 속으로 빨려들어가는 모습이 마치 지옥으로 끌려가는 것처럼 보였다. 소스라치게 놀란 아들은 전화로 999 구조대를 불렀다. 당연히 뛰어나가 어머니를 구해야 하겠지만 아들은 집 밖에 나가기는커녕 창가로 가지도 못한 채 벽에 바싹 달라붙어 있어야 했다. 안 그러면 자신도 바람에 날아가버릴 테니까. 다행히 아주머니는 부상만 입은 채 긴급 구조대에 의해 무사히 구출되었다.

겨울이 되면 이 사람도 날려보내는 바람이 사나흘에 한 번씩은 불어닥친다. 영국의 겨울 날씨는 최저 기온이 영하 1, 2도에 불과하지만 바람 때문에 상당히 춥게 느껴진다. 북부의 스코틀랜드 지방이 추운 것도 기온 자체가 낮아서가 아니라 스코틀랜드 북부의 고원 지대인 하일랜드(Highland)에서 불어닥치는 바람 때문이다. 거기다가 겨울이면 오후 세 시에 해가 진다. 네 시면 이미 깜깜한 밤중이다. 그리고 사흘 중 이틀은 비가 온다. 해를 볼 수 있는 날은 손으로 꼽을 정도다. 하루 종일 흐리다가 그냥 어두워지는 날이 다반사이다.

우리가 영국에서 두 번째로 맞은 겨울은 이렇게 '정상적인' 영국의 겨울이었다. 하나도 안 춥다고 썼던 지난해의 편지들을 다 취소하고 싶었다. 창 밖에는 오래 된 공포 영화에서나 볼법한 풍경이 펼쳐진다. 무거운 회색 하늘 위로 날아가는 까마귀 떼와 낡은 교회의 음산한 종소리. 그러고 보니 코난 도일이나 아가사 크리스티처럼 영국에 뛰어난 추리 소설 작가가 많은 이유를 알 듯도 싶다. 이토록 길고 우울한 겨울밤을 보내려면 추리 소설만큼 좋은 게 또 있겠는가. 엘가나 델리어스와 같이 영국 출신 작곡가들의 음악이 한결같이 조용하고 약간 음울하게 느껴지는 점이나 터너, 콘스타블과 같은 영국 풍경화 가들의 그림이 잿빛 톤을 주조로 하고 있는 점도 날씨의 영향이 적지 않을 것이다.

영국 사람을 만났을 때 가장 적당한 화제는 날씨 이야기라는 말처럼 영국의 날씨에 관한 이야기는 끝이 보이지 않을 정도로 무궁무진하다. 마지막으로 하나만 더 하자. 헝가리 출신의 명지휘자인 게오르규 솔티(George Solti)가 영국 로열 오페라의 음악 감독 자리를 제의받고 고민 끝에 선배 지휘자인 브루노 발터(Bruno Walter)에게 상의했다고 한다. 발터는 "영국 사람들은 친절하고 성실하기 때문에 영국에서 음악 활동을 하는 일은 대단히 추천할 만하지만 다만 한 가지 날씨가 문제일 것."이라고 대답했다. 혈기 왕성한 동유럽인인 솔티로서는 이해할 수 없는 대답이었다. 그는 '이 노인네가 음악에 대해서 질문했는데 왜 엉뚱하게 날씨 타령이람. 날씨가 나쁘면 얼마나 나쁘다고.' 라고 중얼대며 영국으로 왔다.

그러나 발터의 말이 맞았다. 솔티는 자신의 자서전에서 "영국은 모든 것이 다 좋다. 하지만 날씨만큼은 정말 사람을 미치게 만든다."고 토로하고 있다. 솔티는 영국 여자와 결혼하고 새로 영국 국적을 취득할 정도로 영국이라는 나라와 영국 사람들을 사랑했지만 결국 영국을 떠나 미국으로 갔다.

5월 중순쯤 되는 어느 날 아침. 창을 열면 바람이 달라졌다는 느낌이 든다.
이제의 싸늘한 바람이 아니라 오렌지꽃 향기가 나는 듯한 산뜻한 바람이다.
© Lee Hyungwoo

케임브리지에서 보낸 영국의 봄, 여름, 가을, 겨울

중세 이후로 마치 시간이 정지되어 있는 듯한 케임브리지이지만 이곳에도 어김없이 사계절은 찾아온다. 5월 중순쯤 되면 길고긴 겨울이 갑작스럽게 물러가고 봄이 시작된다. 바로 어제까지 싸늘한 바람이 불던 거리에 따스한 기운이 느껴지면서 봄이 성큼 다가오는 것이다. 아무런 예고도 없다. 정말 단 하루 만에, 마치 연극에서 막이 바뀌듯이 싸아악 겨울에서 봄으로 바뀌어 버리는 것이다.

영국의 사계절은 대중이 없다. 2월에 갑자기 봄꽃들이 활짝 피는가 하면 8월 한여름에 급작스럽게 기온이 떨어질 때도 있다. 한국에서는 여름이면 아무리 장마철이라도 대략 20도가 넘는 더위가 지속된다. 또 겨울이라면 이상난동이든 삼한사온이든 간에 적당히 추운 날씨가 계속된다. 약간 덜 춥거나 아니면 많이 춥거나의 차이가 있을 뿐, 겨울에는 항상 춥고 여름에는 항상 더운 것이 우리가 알고 있는 정상적인 사계절 날씨다.

그러나 영국에서 이런 사계절의 구분은 별의미가 없다. 7, 8월에도 추운 날은 섭씨 3, 4도까지 떨어질 정도로 춥고, 1, 2월에도 갑자기 날씨가 변덕을 부리는 날에는 삽

시간에 15도까지 올라가기도 하기 때문이다. 그 때문에 영국에서는 8월에 파카를 입거나 12월에 반팔 셔츠를 입는 게 전혀 이상한 일이 아니다. 실제로 영국 사람들은 추위를 안 타기 때문에 겨울에도 아무렇지도 않게 여름 옷을 입고 다닌다. 그래서인지 영국의 옷들에는 별다른 유행이 없다. 겨울에도 옷가게의 마네킹들은 소매 없는 원피스들을 입고 있다.

영국의 공식적인 봄은 4월 중순쯤 찾아오는 부활절과 함께 시작된다. 부활절을 전후해서는 지방마다 갖가지 축제들이 많이 열린다. 예수 그리스도의 부활과 함께 만물이 소생하는 것을 축하하는 성격의 축제들이다. 또 3월 말에 템스 강에서 열리는 옥스퍼드 대학교와 케임브리지 대학교 간의 보트 경주도 봄을 알리는 유명한 행사다. 하지만 3월이 지나고 4월이 지나도 날씨가 여전히 차가운 걸 어쩌랴. 거리에 나서면 으스스한 바람이 옷깃을 파고든다. 달력은 봄을 알리지만 아직 진짜 봄은 오지 않은 것이다. 진정한 봄은 5월이 되어야 비로소 시작된다.

5월 중순쯤 되는 어느 날 아침, 창을 열면 바람이 달라졌다는 느낌이 든다. 어제의 싸늘한 바람이 아니라 오렌지꽃 향기가 나는 듯한 산뜻한 바람이다. 드디어 6개월이 넘는 긴 겨울이 가고 봄이 온 것이다. 어제까지 겨울 코트를 입고 다니던 학생들이 어느새 반팔 티셔츠며 짧은 옷차림으로 변해 있다. 고풍스러운 칼리지의 안뜰에는 벚꽃이나 개나리가 활짝 피어난다. 이때쯤이면 거리의 좁은 페이브먼트를 오가는 학생들의 발걸음이 바빠진다. 케임브리지의 학생들에게 봄은 곧 다가오는 기말 시험을 의미하기 때문이다. 6월 초에 학생들이 시험을 치르고 나면 케임브리지의 한 해 학사 년도가 마감되고 학생들의 무도회인 '메이 볼'이 칼리지별로 열린다.

화사한 햇빛이 내리쬐는 봄날이면 마음이 분주해진다. 겨우내 묵은 집안의 먼지를 털어야 하는 것이다. 온 집안의 창문을 활짝 열고 청소기를 돌린 후 빨래를 넌다. 우리집뿐만 아니라 집집마다 창문을 열고 잔디를 깎고 빨래를 바깥 정원에 내다 너느라 분주한 모습이다. 주말이면 온 가족이 다 나와서 정원의 흙을 고르고 새로 꽃모종들을 심기도 한다. 부엌의 커다란 창으로 그런 풍경들을 바라보면서 한결 느긋해진 기분으로 커피를 마신다. 오랜 겨울이 지난 후 찾아온 봄의 향기를 만끽하면서.

지도를 보면 영국, 즉 '그레이트 브리튼 섬'은 북위 50도와 60도 사이에 걸쳐져 있다. 런던이 북위 52도 정도에 위치해 있으니 서울보다 15도 이상 북쪽이다. 그 때문인지 몰라도 케임브리지의 봄 햇빛은 서울의 봄 햇빛보다 창백하고 맑다. 따갑다기보다 마치 싸아한 페퍼민트 향 같은 햇빛이다. 그런 햇빛을 받으며 잔디밭을 거니는 것은 짧은 케임브리지의 봄에 즐길 수 있는 최고의 즐거움이다. 이렇게 기분 좋은 봄이 한 달 정도 지나면 여름이 다가온다.

영국의 여름은 짧지만 강렬하다. 대략 6월 말부터 8월 중순까지, 두 달 정도 여름 날씨가 계속된다. 보통 6월에 런던 근교의 애스콧(Ascot)에서 열리는 경마와 함께 여름이 시작된다. 여왕을 비롯한 왕족들이 반드시 참석하는 애스콧 경마는 영국 상류 사회 사람들에게 빼놓을 수 없는 중요한 행사다. 디자이너들의 화려한 옷에 멋진 모자를 쓴 여자들과 모닝 코트를 입은 남자들이 200년 전에나 탔을 법한 마차를 타고 경마를 보기 위해 애스콧으로 모여든다. 경마도 경마지만 이 신사 숙녀들의 옷차림이 대단한 구경거리다. 영국 상류 사회의 위세를 알 수 있는 연례 행사다. 그리고 윔블던에서는 유명한 국제 테니스 대회가 열린다. TV에서 애스콧 경마와 윔블던 테니스 대회를 중계해줄 때쯤이면 영국 사람들은 이제 여름이군 하고 계절이 바뀐 것을 실감한다.

사시사철 지긋지긋하게 내리는 비도 여름에는 그 기세가 수그러든다. 환한 햇빛, 건조하고 적당히 더운 날씨가 영국 여름의 특징이다. 아무리 더운 날도 기온은 30도를 넘지 않는다. 그리고 약하게나마 바람이 불기 때문에 반팔 옷을 입으면 한여름이라도 아침저녁으로는 서늘한 기운이 느껴진다.

이런 여름이면 영국 사람들이 빼놓지 않는 중요한 일과가 있다. 바로 일광욕! 남녀노소를 불문하고 영국 사람 치고 여름에 일광욕을 하지 않는 사람은 거의, 아니 하나도 없다. 햇빛이 쨍한 여름 날, 거리에 나가 보면 그렇게 재미있는 구경거리가 없다. 흔하디 흔한 잔디밭마다 사

에드워드 왕자의 부인인 소피 라이스 존스. 얼굴을 자세히
보면 눈가에 '까마귀의 발'이라 불리는 주름이 보인다.

람들이 살을 내놓고 촘촘하게 누워 있는 것이다. 교회 앞
마당이며 집의 정원 등등, 공원처럼 넓은 곳은 물론이고
손바닥만한 잔디밭에도 반드시 일광욕을 하고 있는 사람
들이 있다.

　남자들은 웃통을 벗어부치고 있고 여자들은 비키니를
입고 있거나 탱크탑에 반바지, 또는 긴 치마를 아슬아슬
하게 걷은 채로 누워 있거나 엎드려 있다. 무라카미 하루
키의 표현대로라면 '태양 전지들의 충전을 겸한 예배 모
임'이다. 물론 영국 사람들은 이런 말을 들으면 기분이
좋지 않겠지만 하루키 말대로 영국 사람들이 일광욕을

하는 모습은 상당히 진지하다. 짧은 여름 중에 일년 동안 쬐어야 할 햇빛을 저축해놓아야 한다는 듯이.

이 '한여름의 일광욕 현상'은 영국 방방곡곡마다 마찬가지다. 런던의 하이드 파크처럼 드넓은 잔디밭들도 모조리 태양을 즐기는 사람들로 덮인다. 영국의 햇빛은 한여름에도 따갑지 않고 부드러워서 일광욕하기에는 안성맞춤이다. 우리도 한번은 늦여름 점심나절에 잔디밭에 누워서 잠깐 잠이 든 적이 있었는데 참 괜찮은 기분이었다.

그런데 영국 사람들의 피부는 이렇게 약한 햇빛에도 견디지를 못한다. 갈색으로 그을리기 위해 선탠을 하지만 자외선 차단제를 바르지 않으면 금방 피부가 벗겨져 버린다. 그래서 영국의 일기 예보는 여름에 '선번 리스크(Sunburn Risk)'를 가끔씩 예보해준다. 즉, 이 지역의 햇빛이 오늘 아주 강하니 거기에 대비하라는 뜻이다. 여름에는 아이들이 피부암에 걸리지 않게 꼭 모자를 씌워 내보내야 한다는 뉴스를 본 적도 있다.

피부 이야기가 나왔으니 말인데 우리는 흔히 백인들의 피부가 가장 예쁠 것이라고 생각한다. 그러나 정작 백인인 영국 사람들의 피부색은 그리 예쁜 색깔이 아니다. 희고 창백하기는 하지만 뭐랄까, 좀 시들시들해 보이는 빛깔이다. 냉장고에 일주일 이상 처박혀 있던 시든 채소를 연상시킨다. 그래서 다들 더욱 열심히 선탠을 하는 것 같다. 그리고 작은 얼룩 같은 점이 다닥다닥 박혀 있다. 얼굴의 주근깨 같은 것이 어깨나 팔까지 퍼져 있는 것이다. 길을 가다가 앞에 가는 여자의 드러난 어깨 피부를 보면 대부분 그러한 얼룩으로 덮여 있어서 조금 징그럽다는 생각이 들기도 했다.

거기다 영국의 수돗물에 다량 함유된 석회질 때문인 지, 아니면 원래 피부가 약해서인지 20대 초반만 지나면 남녀를 불문하고 얼굴에 쪼그르한 주름이 잡히기 시작 한다. 서른만 넘으면 벌써 주름이 온 얼굴에 가득해진다. 방사형으로 퍼지는 눈가의 주름이 특히 심하다. 이 눈가 의 주름을 영국 사람들은 새의 발 모양처럼 생겼다고 해 서 '까마귀의 발(Crow' s Feet)' 이라고 부른다. 원래 영국 여자들 중에는 예쁜 여자가 드물지만 특히 피부만 놓고 보자면 한국이나 일본 여자들이 훨씬 낫다. 영국 사람들 은 동양 여자들의 나이를 잘 구별하지 못하는데 그것은 아마도 동양 여자들이 영국 여자들에 비해 팽팽한 피부 를 가지고 있기 때문인 것 같다.

다시 계절 이야기로 돌아가자. 여름은 영국의 전원이 가장 빛나는 계절이다. 여름의 주말 오후에 시골길을 따 라 드라이브하는 기분은 무어라고 설명할 수가 없다. 가 도가도 산 하나 없는 완만한 평원과 밀밭, 초록 물감을 흩 뿌린 듯한 풀밭과 그 풀밭 위에 북슬북슬하게 퍼져 있는 흰 양떼들. 모든 숲과 들판에 푸른빛이 가득하다. 영국의 여름 해는 좀처럼 지지 않는다. 한여름에는 밤 열 시가 넘어서도 완전히 어두워지지 않는다. 그렇다고 스웨덴이나 핀란드처럼 백야가 지속되는 건 아니지만, 밤늦게까지 투명한 낮의 기운이 남아 있는 것이다.

문제는 이 빛나는 여름이 너무도 짧다는 데 있다. 8월 중순만 지나면 날씨가 싸늘해지고 9월부터는 완연한 가을이다. 이때부터 11월까지 서서히 추워지면서 가을이 깊어간다. 칼리지의 뒤뜰인 백스의 숲은 자욱한 안개 속에서 서서히 황금빛으로 변한다. 여름 내내 관광객들로 흥청거리던 케임브리지의 거리는 언제 그랬냐는 듯 진지한 분위기로 되돌아온다. 관광객 전용인 2층 버스들이 어딘지 모르게 풀죽은 듯한 모습으로 어슬렁어슬렁 좁은 거리를 오간다.

10월이면 케임브리지 대학교의 새로운 학기가 시작된다. 어릿한 느낌의 신입생들이 거리에서 눈에 띄고 저녁이면 '신입생 환영회'를 하느라 칼리지 안의 펍들은 발 디딜 틈이 없다. 대체로 영국 학생들은 얌전한 편이지만 10월의 밤에는 술에 취해 고성방가를 하는 학생들도 가끔 볼 수 있다. 케임브리지 대학교의 학생들은 가을이 되면 자신의 칼리지 문장이 수놓아져 있는 길다란 목도리를 매고 다닌다. 대학 내의 칼리지가 서른하나이니 서른한 종류의 목도리가 있는 것이다. 아침이면 이 칼리지 목도리를 맨 학생들이 자전거를 타고서 강의를 들으러 가는 모습을 케임브리지 어디서나 만날 수 있다.

영국의 가을을 대표하는 단어가 있다. 안개. 특히 11월에는 이틀에 한 번 꼴로 안개가 낀다. 아주 두터운, 마치

가을을 맞은 케임브리지의 칼리지 풍경. 영국의 신학기는 10월에 시작된다.

우유 같은 불투명한 안개다. 습한 공기가 대지 위로 무겁게 가라앉는다. 숲이나 강 근처에서는 숨막힐 정도로 짙은 흙 냄새가 난다. 한낮의 햇빛도 부연 안개에 가려 있다. 이런 날 차를 몰고 가다 보면 갑자기 두터운 안개 사이로 사람이나 자전거의 모습이 불쑥 나타나곤 한다. 운전하기에는 극단적으로 나쁜 상황이 연출된다.

안개가 끼는 날이면 TV의 일기예보 아저씨는 꼭 '안개 주의보'를 서너 번 반복해서 말해준다. "운전하시는 분들, 시계가 아주 나빠집니다. 주의하세요." 하고. 그래서 안개가 낀 날이면 영국 사람들은 다들 일찍 퇴근해버린다. 학생들도 평소보다 빨리 집으로 돌아간다. 버버리 코트나 모직 반코트를 입은 영국 아저씨들이 코트 깃을 올리고 빠른 걸음으로 걸어간다. '드디어 겨울이 시작되는군' 하고 중얼거리면서.

10월의 마지막 날인 '할로윈 데이(Halloween Day)'와 11월 5일의 '가이 포크스 데이(Guy Fawkes Day)'는 둘 다 겨울이 오는 것을 기념하는 영국의 명절이다. 이제는 사탕을 얻으러 다니는 아이들의 행렬은 별로 눈에 띄지 않지만 할로윈을 전후해서는 늙은 호박을 파서 그 안에 등불을 켜놓는 관습은 여전하다. 그리고 아이들은 공터에서 폭죽을 터트린다. '가이 포크스 데이'를 기념하는 폭죽이다.

영국에만 있는 명절인 '가이 포크스 데이'는 제임스 1세 시대에 의사당을 폭파하고 왕을 암살하려던 '가이 포크스' 일당이 붙잡힌 것을 기념하는 날이다. 영국의 왕권 수호 기념일인 셈이다. 이제 그런 역사적 의미는 희미해지고 저녁에 폭죽을 터뜨리며 겨울이 오는 것을 기념하는 날로 변하고 말았다. 11월 5일까지 대략 일주일 간 밤마다 창 밖에서 시끄럽게 폭죽이 터져댄다. 이런 폭죽과 함께 길고긴 영국의 겨울이 시작되는 것이다.

영국의 겨울은 지루하다. 길고 축축하고 낮은 아주 짧다. 한겨울에는 낮이 여섯 시간밖에 안 될 때도 있다. 사람들은 창가에 두터운 커튼을 치고 따뜻한 차를 마시면서 길고긴 겨울을 지낸다. 눈이라도 좀 오면 좋으련만,

추워봤자 영하 2, 3도가 고작인 탓에 겨울 내내 한 번이라도 눈을 보기가 쉽지 않다. 차가운 겨울비만 주룩주룩 내릴 뿐이다. 기온은 별로 떨어지지 않지만 그렇다고 춥지 않은 것도 아니다. 날씨가 워낙 습한 탓에 뼛속까지 시린 추위가 만만치 않다.

이 음울한 겨울에 단 하나의 즐거움이 있다면 그것은 크리스마스다. 두말할 나위도 없이 크리스마스는 영국 최대의 명절이다. 11월 중순부터 모든 사람들이 오로지 크리스마스를 기다리면서 사는 것 같다. 거리마다 장식등과 크리스마스 트리들이 반짝거리면서 빛난다. 케임브리지 대학교 킹스 칼리지의 채플에서 크리스마스 이브에 열리는 크리스마스 캐롤 예배는 BBC 방송을 통해 전국으로 중계된다. 그리고 25일에는 여왕의 '특별 담화'가 방송된다.

이 두 가지 행사는 매년 빠지지 않고 반드시 진행되지만 정작 영국 사람들은 크리스마스가 지난 후 쇼핑을 하고 휴가를 떠날 일에만 골몰한다. 크리스마스 다음날인 선물 주는 날, 즉 복싱 데이(Boxing Day)부터 전국의 상점들이 일제히 대대적인 세일에 들어가기 때문이다. 대개의 영국 사람들은 크리스마스부터 새해 첫날까지 열흘 정도의 겨울 휴가를 간다. 떠들썩한 크리스마스와 차분한 새해 첫날을 보내고 나면 또다시 한 해가 시작되는 것이다.

영국에 영국 음식점이 없는 이유

영국 음식이 정말로 맛이 없다냐는 질문을 받으면 우리는 별로 할 말이 없다. '그런 것도 같고 아닌 것도 같다'고 대답하면 성의가 없다고 생각하겠지만 정말로 대답할 말이 없는데 어쩌랴. 영국에서 몇 년을 살았지만 우리가 먹은 음식은 거의가 한국 음식이나 중국 음식, 이탈리아 음식이었다. 영국 음식이 맛이 있고 없고를 따지기 전에 영국에는 딱히 먹을 만한 음식이 없다는 게 정확한 표현일 것이다.

굳이 프랑스나 이탈리아처럼 먹는 것을 중요하게 생각하는 나라들에 비교하지 않더라도 유럽 안에서 영국처럼 음식 문화가 빈약한 나라는 없다. 우선 영국의 길거리에는 음식점이 눈에 띄지 않는다. 어쩌다가 음식점 간판이 보이면 십중팔구 인도 음식점이나 중국 음식점, 스파게티나 피자 전문점, 터키 요리인 허름한 케밥집, 그도저도 아니면 맥도널드다. 과연 영국에도 '영국의 전통 요리'라는 것이 있는지?

관광 안내책에는 스코틀랜드의 하기스(Haggis), 잉글랜드의 도버 솔(Dover Sole) 등이 소개되어 있다. 하지만 음식점의 메뉴에서 이런 요리를 찾아보기란 쉽지 않다.

영국 요리를 먹어보지 못한 것은 외식을 별로 하지 않은 탓도 있지만 그보다는 파는 곳이 없어서이다. 영국 사람들에게조차 인기 없는 영국 요리의 앞날이 심히 걱정되지 않을 수 없다.

그렇다면 영국 사람들이 좋아하는 음식은 어떤 것들일까? 영국 사람들은 대부분 외식을 할 때 인도나 중국 음식점으로 간다. 젊은 세대들은 피자나 미국식 패스트푸드를 선호하고 일본 요리를 찾기도 한다. 만약 인도가 영국의 식민지가 아니었다면 영국 사람들의 음식 문화는 심대한 타격을 입었을지도 모른다. 중국 음식점 역시 영국 도시의 웬만한 거리에는 다 하나 이상 버티고 서 있다. 하지만 중국 요리점은 영국 외에 세계 어느 도시의 거리거리에도 다 있으니 비단 영국에만 특별히 중국 요리점이 많다고 할 수는 없을 것 같다.

물론 '영국 요리' 중에서 여전한 인기를 누리고 있는 메뉴도 없지는 않다. 샌드위치와 피쉬 앤드 칩스(Fish and Chips)는 영국 사람들의 점심 식사로 꾸준한 사랑을 받고 있다. 샌드위치나 피쉬 앤드 칩스는 '요리'라기보다는 '스낵'이라고 불러야 마땅하겠지만. 샌드위치에 대해서는 영국이 확실히 종주권을 가지고 있다. 샌드위치라는 이름부터가 영국의 4대 샌드위치 백작이 지은 것이다. 영국 사람들이 1년 동안 먹은 샌드위치를 한 줄로 세우면 지구에서 달까지 한 번 왕복하고도 남는 거리가 될 정도라고 한다. 그런데 정확히 말하면 샌드위치가 처음 나온 때는 고대 그리스이고, 카드광이었던 샌드위치 백작은 '구운 빵'에 고기와 채소를 끼워 먹은 최초의 인물이었다나?

본고장의 샌드위치라고 해서 딱히 특별한 것은 없다. 슈퍼마켓에서 파는 샌드위치들은 햄치즈 샌드위치, 또는 토마토와 달걀을 넣은 샌드위치, 참치나 연어 샌드위치 등등으로 우리 나라의 제과점 샌드위치 메뉴에 비교해볼 때 하나도 새로울 게 없다.

프랑스나 이탈리아에서는 영국처럼 샌드위치를 만들 때 식빵을 쓰지 않고 바게트 빵을 쓴다. 딱딱한 바게트 빵을 반으로 쪼개서 그 사이에 마요네즈와 머스터드를 바르고 야채나 생선 등의 재료를 넣는다. 둘을 비교하자면 바게트 빵 샌드위치가 훨씬 맛있다. 이탈리아의 시골로 여름 휴가를 갔을 때 호텔에 부탁해서 샌드위치 도시락을 쌌던 적이 있었는데 이 샌드위치도 영국산에 비할 바가 아니게 맛있었다. 이탈리아 할머니가 아무렇게나 후딱후딱 만든 샌드위치가 영국 사람들이 꼼꼼하게 넣을 것 다 넣고 만든 '작품 샌드위치'보다 더 맛있는 것이다. 코앞에 유럽 대륙이 있으니 우리 같으면 가서 요리 기술이라도 배워 오련만 영국 사람들은 딱히 개선의 노력도 하지 않고 계속 밋밋한 샌드위치를 먹고 있다.

가장 대표적 영국 요리라고 할 만한 피쉬 앤드 칩스는 대구, 가자미 등 흰살 생선을 기름에 튀겨서 소금, 식초를 뿌려 먹는 간단한 요리다. 여기에 우리가 '프라이드 포테이토'라고 부르는 — 영국에서는 '칩스(Chips)'라고 한다. ― 감자 튀김을 곁들여 먹는다. 영국 사람들은 감자 튀김을 먹을 때 우리처럼 케첩에 찍어 먹지 않고 소금을 뿌려 먹는다. 피쉬 앤드 칩스는 영국의 관광 안내책에 "영국의 서민적인 풍모를 알 수 있는, 아주 감칠맛 나는 요리"로 소개되어 있다. 사실은 특별히 맛있다고 할 수도, 그렇다고 해서 아주 맛없다고 할 수도 없는 그저 그런 음식이다. 별다른 간이 없어서 좀 심심하기도 하고 기름이 뚝뚝 떨어지는 커다란 생선살을 몇 입 먹다보면 기름 냄새에 질리게 마련이라서 우리는 잘 먹지 않았다.

피쉬 앤드 칩스는 영국의 블루 칼라와 서민층에게 특히 인기 있는 요리다. 북쪽으로 올라갈수록, 다시 말해서 스코틀랜드 쪽으로 갈수록 피쉬 앤드 칩스의 맛이 좋아진다고 한다. 오후의 거리에서는 10대들이 길모퉁이나 잔디밭에 앉아 피쉬 앤드 칩스를 먹고 있는 광경을 곧잘 볼 수 있다. 펍의 저녁 메뉴에 빠지지 않는 요리이기도 하다. 이 전통적인 메뉴가 근래 햄버거에 밀려 사양세라는 소식이 가끔 신문에 실려 영국의 보수적인 아저씨들을 우울하게 만들고 있다.

케임브리지 대학교에서 영문학을 공부하는 한 친구에게 "왜 영국 음식은 그렇게 맛이 없어요?" 하고 물어보니 그 친구가 자기도 들은 이야기라면서 이런 해석을 들려주었다. 유럽의 음식점들이 자신 있게 내놓는 메뉴는 대개 농가나 가정집에서 오랜 전통을 이어온 홈메이드 (Home-made) 요리들이다. 그런데 영국은 유럽의 다른 어느 나라보다 빨리 산업 혁명이 일어나고 도시가 발달했다. 영국의 농민들은 18세기 초부터 산업 혁명의 바람을 타고 도시로 이주하기 시작했다. 대도시에서 남녀노소 가리지 않고 돈 벌러 나서다 보니 농가의 전통적인 메뉴 따위가 실종될 수밖에 없었다. 그래서 유럽 안에서도 유독 영국 요리만이 맛이 없게 되었다는 것이다. 재미있는 해석이다.

문화의 차이겠지만 영국 사람들이 좋아하는 음식 중에는 가끔 이해할 수 없는 것들이 있다. 예를 들면 키드니 파이(Kidney pie). 소나 돼지의 콩팥으로 만든 파이인데 영국에서는 제법 인기 있는 요리 중 하나다. 슈퍼마켓의 고기 코너에서 거무죽죽한 콩팥이 냉동되어 있는 걸 보면 속부터 메슥메슥해질 지경이었다. 희한하게 냉동된 모습만 보고서도 역한 냄새를 충분히 짐작할 수 있었다.

위에서 잠깐 말한 스코틀랜드의 하기스도 이런 종류다. '하기스'라는 예쁜 이름과는 딴판으로 양이나 염소의 내장 안에 고기를 잘게 썰어 놓은 '양 순대'가 이 요리의 내용물이다. 주로 겨울에 먹는 보양식인데 스코틀랜드 사람들도 아이들한테는 이 요리의 재료를 안 가르쳐 준다. 아이들이 물으면 "하기스는 '하기스'라는 동물의 고기로 만들어졌단다, 얘야." 하고 말해준다고 한다. 이 요리도 우리 정서에는 도저히 안 맞는다. 가끔 슈퍼마켓의 고기 코너에 나와 있는데 생긴 모양부터가 순대의 서너 배는 되게 두꺼워서 보는 것만으로도 고역이었다.

영국에서 요리를 할 때 특별히 주의한 점은 영국산 쇠고기를 먹지 않는 것이었다. 광우병 때문이었다. 90년대 중반 영국의 축산업을 강타한 광우병 파동을 해결하기 위해 영국의 농수산부는 광우병에 걸릴 위험이 있는 모든 소들을 다 도살하는 등 최선의 노력을 기울였다. 한때 학교의 급식에서조차 모든 쇠고기 요리가 사라졌을 정도로 영국의 광우병 파동은 심각한 것이었다. 광우병에 걸린 쇠고기를 먹은 사람은 뇌에 이상이 생기기 시작해서 결국은 죽게 된다고 한다. 한마디로 영국판 에이즈인 셈인데 특히 뼈에 붙은 '갈비' 부분의 고기가 위험하다고 한다.

이 광우병 파동은 현재는 많이 사그라들어서 대부분의 유럽 국가들이 영국산 쇠고기에 대한 수입 금지 조치를 해제한 상태이다. 영국의 농수산부 장관은 "쇠고기를 먹다가 병에 걸릴 위험은 길 가다가 교통 사고를 당할 확률, 또는 땅콩을 먹다가 질식사할 확률보다 더 낮다."고 TV에 나와 장담했다. 장관이나 찰스 왕세자가 직접 쇠고기 요리를 시식하는 모습이 방송되기도 했다. 하지만 우리 입장에서는 그래도 꺼림직해서 손이 가지 않았다.

지역 문화 센터에서 만난 엘리자베스라는 영국 아줌마와 이런저런 이야기를 하다 쇠고기 대신 먹을 고기가 없느냐고 물으니 양고기를 먹어보라고 했다. 잘만 요리하면 쇠고기와 똑같다는 것이다. 슈퍼마켓에 가서 보니 날고기 상태의 양고기는 과연 쇠고기와 비슷해 보였다. 하지만 요리한 양고기는 좀 이상야릇한 누린내가 난다. 재미있는 사실은 그 냄새가 개고기에서 나는 냄새와 똑같다고 한다. 실제로 런던 남쪽에 있는 한인 타운의 식당에서는 양고기로 '영양탕'을 끓인다.

영국에 별다른 먹을 거리, 식도락을 즐길 만한 근사한 요리가 없다는 사실에 대해서는 영국 사람들도 고개를 끄덕이며 수긍한다. 그만큼 별다르게 내세울 메뉴가 없고 특별히 맛있는 조리법도 없으니까 말이다. 하지만 별다른 재료나 조리법 없이도 할 수 있는 요리라면 이야기가 달라진다. "영국에서 맛있는 식사를 하려면 아침 식사를 세 번 먹어보라."는 말이 있다. 베이컨과 소시지, 토스트, 계란, 토마토, 버섯 등으로 차려지는 영국식 아침 식사는 상당히 근사하고 맛있다. 평범한 재료로 차리는 평범한 식사지만 위의 요리들을 커다란 접시에 푸짐하게 담고 홍차나 커피, 과일 주스를 곁들여 서비스하기 때문에 점심나절까지 배가 든든하다. '영국식 아침 식사'는 유럽 대륙에서도 맛있는 아침 식사의 대명사처럼 되어 있다.

영국식 아침 식사를 먹어보려면 영국 어디에나 있는 B&B에 가면 된다. 이름난 관광지보다는 시골의 B&B에서 더 정성껏, 그리고 더욱 전통적 방식으로 차려진 아침 식사를 먹을 수 있다. 우리도 요크 인근의 '게스트 하우스'라는 소박한 B&B에서 영국식 아침 식사의 진수를 맛보는 행운을 얻었다. 바삭하게 구운 베이컨과 커다란 티포트에 가득 담아 내오는 홍차, 꿀과 과일, 요구르트를 섞은 시리얼 등등 감동적이기까지 한 상차림이었다. 이 아침 식사에 반해서 마음씨 좋게 생긴 주인 아주머니에게 꼭 다시 오겠다는 약속을 했지만 아직까지 그 약속을 지키지 못하고 있다. 10년 후에라도 좋으니 다시 들르라던 아주머니는 장미꽃이 풍성하게 꽂힌 아침 식탁에서 사진을 찍어대던 우리를 기억하고 있을지….

'음식 문화가 빈약한 나라 영국'과 '맛있는 영국식 아침 식사'는 언뜻 생각하기에 모순된 말처럼 들린다. 아침 식사는 맛있게 차려내는 사람들이 왜 맛있는 음식을 만들지 못한다는 말인가. 하지만 이 모순 속에는 영국 사람들의 성향이 숨어 있다. 맛있고 멋있는 요리로 이름 높은 프랑스나 이탈리아 사람들은 유럽에서도 가장 예술성을 인정받는 민족이다. 그에 비하면 영국 사람들의 예술성은 어떨까? 냉정하게 평가하건대, 영국 사람들은 예술적인 창조성이 뛰어난 사람들은 아니다. 예술을 사랑하고 즐기지만 직접 무언가를 만드는 데는 서툰 것이 영국 사람들의 공통된 특징이다. 똑같은 팬케이크라도 프랑스에 건너가면 얇은 밀가루 반죽에 과일이나 채소, 꿀 등을 넣어 맵시있게 감싼 '크레페(Crepe)'가 되는데 영국에서는 예나 지금이나 두툼하고 밋밋한 팬케이크에 불과하다. 영국 사람들이 맛있는 요리를 만들지 못하는 것은 영국에 걸출한 작곡가나 화가가 드문 것과 연관이 없지 않을 것이다.

그러나 위에서 말한 것처럼 영국식 아침 식사는 별다른 재료나 요리법이 필요 없다. 소시지를 알맞게 굽거나 토마토를 예쁘게 자르는 데에는 재주보다 정성이 필요하다. 이렇다 할 재주는 없지만 작은 일에도 성실하고 꼼꼼한 영국 사람들은 영국을 대표하는 요리 대신 '영국식 아침 식사'의 명성을 탄생시킨 것이다.

영국 사람들이 식사 후의 디저트로 즐기는 푸딩 역시 영국이라는 나라의 특성과 연관된 '영국식 음식'이다. 북해에 위치한 영국에서 과일이 나는 기간은 짧은 여름 동안뿐이다. 지금이야 온갖 종류의 과일을 유럽과 중동에서까지 수입해오지만 과거에는 과일을 구하기가 쉽지 않았을 것이다. 그래서 영국 사람들은 과일로 만든 저장 음식, 잼이나 젤리 종류를 유난히 좋아한다. 푸딩도 과일을 오랫동안 보관하기 위해 만들어진 음식이다. 딸기나 사과, 건포도, 복숭아, 무화과, 레몬 등등 갖가지 종류의 과일을 익혀서 빵 속에 넣은 것이 영국식 푸딩이다. 영국에서 먹을 수 있는 푸딩의 종류는 무려 60여 가지나 된다고 한다.

푸딩이라고 하면 물컹한 젤리를 연상하겠지만 과일과 빵, 생크림으로 만든 영국의 푸딩은 우리의 시각으로 보면 과일 케이크에 가깝다. 특히 딸기 푸딩의 달콤한 맛은 일품이다. 1980년대 이후로 푸딩을 영국의 전통 음식으로 키우자는 일종의 '푸딩 바람'이 불어서 더욱 맛있는 푸딩이 많이 개발되고 있다고 한다. '서섹스 폰드 푸딩' 같이 각 지방의 특산물 푸딩이나 '서머 푸딩'처럼 여름에 즐겨 먹는 푸딩도 있다.

멋진 영국식 아침 식사가 제공되는 B&B. 시골로 갈수록 근사한 B&B가 많다.

그러나 한 가지 주의해야 할 점! B&B의 아침 메뉴에 가끔 포함되는 '블랙 푸딩(Black Pudding)'이라는 건 함부로 먹으면 안 된다. 이 푸딩은 달콤한 푸딩이 아니라 소의 핏물로 만든 소시지 종류이기 때문이다. 마찬가지로 '요크서 푸딩(Yorkshire Pudding)'이라는 것은 로스트 비프를 오븐에 구우면서 떨어지는 쇠기름을 굳혀 만든 이상야릇한 요리다. 블랙 푸딩이나 요크서 푸딩은 하기스처럼 영국의 긴 겨울에 즐겨 먹는 전통 영양식들인데 런던보다 시골에서 쉽게 먹어볼 수 있다. 단, 맛은 절대 장담 못한다.

영국의 음식 이야기를 하면서 마지막으로 빠트려서는 안 될 메뉴가 '차(Tea)'일 것 같다. 차에 관한 화제는 영국 사람들이 날씨 다음으로 좋아하는 이야기 거리다. 만약 처음 만난 영국 사람과 적당하게 할 이야기가 없을 때, '저도 차를 즐겨 마십니다만 …'하고 말머리를 꺼내면 그 사람은 반색할 게 틀림없다. 그리고나서 얼 그레이라든가 포트넘 앤드 메이슨의 차라든가 지방에 따라 달라지는 애프터눈 티의 종류 등에 대해 한참을 떠들 것이 분명하다. 영국 사람들은 상당히 수줍음을 타는 것 같지만 막상 자기가 좋아하는 화제가 나오면 갑자기 수다스러워진다. 그리고 영국 사람치고 차에 대해서 이삼십 분 이야기하지 못할 정도로 차에 대한 지식이 없는 사람은 거의 없다. 그만큼 영국 사람들의 생활은 차와 밀접하게 연관되어 있다.

요즈음 커피의 수요가 많이 늘었다고는 하지만 보통의 영국 사람들은 하루에 세 번 정도는 반드시 차를 마신다. 아침 식사와 함께 한 번, 오전의 티타임에 한 번, 그리고 오후의 티타임에 다시 한 번 차를 마신다. 이중에서 오전과 오후의 티타임은 영국 사람들에게 하나의 불문율처럼 되어 있다. 어떤 직장에서도 오전 11시 전후, 그리고 오후 4시 전후의 티타임은 꼭 지킨다. 심지어 2차 대전 중에도 영국 병사들은 탱크 위에 앉아 티타임을 즐겼다고 한다.

아마도 술이 아닌 '마실 거리'에 대해 이토록 열광하

는 민족은 전세계에서 영국 사람밖에 없을 것이다. 영국 영화 '노팅 힐(Notting Hill)'을 보면 서점 주인인 전형적인 영국 남자 윌리엄(휴 그랜트)이 미국의 대스타 애나(줄리아 로버츠)에게 제대로 하는 유일한 말은 "차라도 한 잔 할래요?"밖에 없다. 처음 만났을 때도, 울고 있는 애나를 달랠 때도, 심지어 화가 나서 집을 뛰쳐나가는 애나를 붙잡으려 할 때도 윌리엄이 하는 말은 겨우 "차라도 한 잔…."이다.

영국의 거리에는 여러 종류의 차와 예쁜 포트, 그리고 차를 마시기 위한 각종 도구들을 함께 파는 가게들이 적지 않게 눈에 띈다. '웨지우드'나 '로열 달톤' 같은 고급본 차이나 찻잔들을 비롯해서 '위터드' 같은 대중적인 차와 찻잔 메이커까지 다양하다.

런던 피카딜리 거리에 있는 '포트넘 앤드 메이슨 (Fortnum & Mason)'은 300년의 역사를 자랑하며 현재도 영국 왕실에 차를 납품하는 가게다. 언제나 일본 관광객들로 북적대는 이 가게의 종업원들은 18세기의 복장을 차려 입고 구식 저울에 차를 달아 판다. 만약 당신이 런던 관광 중에 이 가게에 들르게 된다면 반드시 빨간 깡통에 들어 있는 '스트로베리 티'를 사시라! 어쩌면 당신은 이 차의 맛이 그리워서 다시 영국에 가게 될지도 모른다.

옛날 방식을 좋아하는 영국 사람들은 차를 마실 때도 전통적인 예법을 지킨다. 뜨거운 물을 사용해 도자기 포트에 차를 우려내고 잔 역시 더운물로 데운 후에 차를 따

300 년의 역사를 자랑하며, 지금까지도 영국 왕실에 차를 납품하는 포트넘 앤드 메이슨.

른다. 1인분의 포트에는 보통 두 잔 반의 찻물이 들어간
다. 첫 잔에서 차의 신선한 향을 즐기고, 두 번째 잔에서
본격적으로 차를 마시는 후에, 마지막으로 남은 반 잔의 진
한 차에 우유를 따라 마시는 것이 제대로 영국차를 마시
는 방법이다. 아무것도 넣지 않은 차는 블랙 티, 우유를
넣은 차는 화이트 티라고 부른다. 화이트 티는 차맛에 익
숙하지 않은 외국인들의 입맛에는 약간 비릿하게 느껴지
지만 마시면 마실수록 고소해진다. 화이트 티를 좋아할
만큼 되면 영국에서 어지간히 오래 살았다는 뜻이라는
말을 들은 적도 있다.

오후에 마시는 애프터눈 티는 스콘과 잼, 생크림이 곁들여져 차림새가 풍성하다.

차를 마실 때는 차만 달랑 마시는 것이 아니다. 아침의 티타임에는 차 외에 비스켓 종류가 같이 나온다. 오후에 마시는 애프터눈 티의 차림새는 한결 풍성하다. 차와 함께 스콘(Scone)이라고 불리는 딱딱한 빵, 그리고 잼과 생크림이 서비스된다. 간단한 샌드위치가 곁들여지기도 한다. 케임브리지 대학교의 도서관 티룸에서 먹었던 애프터눈 티의 담백하고 깊은 맛은 지금 이 글을 쓰고 있는 동안에도 입안에 군침이 돌게 만든다. 진하거나 화려하지는 않지만 은근한 차의 맛이야말로 가장 영국적인, 영국의 국민성을 대표하는 맛인 듯싶다.

문화의 향기를 따라 가보는 런던 중심가

런던에 대해서 글을 쓰려니 런던에 대한 여러 가지 이미지들이 떠올라 머릿속을 혼란스럽게 한다. 지저분한 지하철과 꼬불꼬불한 도로들, 2층 버스, 뮤지컬, 빅 벤의 종소리, 신호등 안 지키기로 유명한 런던 사람들, 위병 교대식… 런던을 설명할 이 글 역시 중구난방이 되어버릴 것 같은 불길한 느낌마저 든다.

고대 로마인들이 '론디니움' 이라는 이름으로 템스 강 하류에 건설한 런던은 2000년의 오랜 역사 동안 비계획적인 도시로 성장했다. 그래서 오늘날의 런던은 유럽에서 가장 큰 도시인 동시에 무질서 그 자체인 도시다. 사시사철 회색빛 날씨에 우중충한 색깔의 오래 된 건물들… 런던의 첫인상은 '거대한 회색빛 도시' 였다. 심지어 런던의 공기마저도 회색빛을 띠고 있는 것 같았다.

솔직히 말하자면 런던은 관광 도시로서는 별로 눈에 띄는 매력이 없다. 내가 가보았던 유럽의 어떤 도시들보다도 런던은 삭막하다. 우아한 여인같이 매혹적인 파리나 황금빛 햇살에 싸인 채 빛나는 로마까지는 되지 못하더라도 유럽에는 얼마나 매력적인 도시들이 많은가. 어디선가 왈츠의 선율이 들려오는 듯한 빈, 깔끔한 흰색 시트처럼 정갈한 코펜하겐, 아기자기한 브뤼셀, 적요하고도 아름다운 베른, 가우디의 건축으로 둘러싸인 바르셀로나 등등 유럽의 도시들이 제각기 가지고 있는 독특한 표정들에 비하면 런던은 볼품없고 무뚝뚝하기만 하다.

그럼에도 불구하고 영국 사람들은 "런던에 싫증나면 인생도 끝난다!"고 말한다. 런던에는 유럽 대륙에서는 찾을 수 없는 런던만의 '분위기'가 있기 때문이란다. 그 분위기란 대체 무엇일까?

한 번 이렇게 설명해보자. 런던에 온 사람들은 대개 세 가지 사실에 크게 놀란다. 첫째는 런던에 사는 사람들이 예상 외로 다국적이라는 사실이다. 두 번째는 엄청나게 복잡한 도시와 그 와중에서 잽싸게 길을 건너다니는 런던 사람들의 모습이 평소 생각해왔던 '점잖고 느긋한 영국 신사'와는 너무 다르기 때문에 놀란다. 그리고 마지막으로는 저녁마다 벌어지는 갖가지 종류의 공연과 도시 각지에 자리한 극장, 박물관, 공원의 숫자들에 놀란다. 이 '놀라운 사실'들이 곧 런던만의 독특한 분위기라고 말할 수 있다.

영국 시민들보다 더 많은 외국인이 거주하는 도시가 런던이다. 런던의 양대 산업인 금융과 영어 교육이 둘다 외국인을 필요로 하는 산업이기 때문이다. 통계에 따르면 런던에 거주하는 다섯 가정 중 한 가정이 영어 외의 외국어를 사용하는 가정이라고 한다. 굳이 이런 통계 숫자를 내밀지 않더라도 런던의 지하철을 한 번만 타보면 이

도시가 얼마나 큰 다인종, 다민족 사회인지를 금방 알 수 있다. 머리에 터번을 두른 인도인들과 스페인, 포르투갈 등의 남유럽인들, 아프리카인들, 동양인들 사이에 백인들이 섞여 앉아 있다.

전세계의 인종들이 토박이 런던 신사 숙녀들과 어깨를 나란히 하고 활기차게 좁다란 길을 걸어간다. 흥청거리는 런던, 복잡한 교통과 사람들로 북적이는 런던은 급속히 성장하고 있는 영국의 경제 상황을 그대로 설명해주는 바로미터다. 날이 갈수록 런던은 영국다운 점잖음을 잃고 국적 불명의 국제 도시가 되어간다고 불평하는 소리들도 있다. 맞는 말이다. 런던에서 영국 신사의 예절이나 영국 사람들의 친절을 만나기란 점점 힘들어진다. 그러나 런던은 오래 된 도시인 동시에 활기에 넘치는 젊은 도시이기도 하다. 항상 런던의 구석구석에 흘러넘치는 문화의 향기는 런던을 젊게 해주는 가장 큰 원인이다. 그 문화의 향기를 따라 런던 중심가를 거닐어보자.

런던의 중심가인 피카딜리 서커스(Piccadilly Circus)에 서서 사방을 바라본다. 한가운데의 에로스 상을 중심으로 해서 큰길들이 사방팔방으로 뻗어나가 있다. 이곳은 런던의 모든 길들이 출발하는 지점이다. 원래 자선의 천사상으로 만들어졌지만 지나치게 관능적인 모습 때문에 에로스라는 별명을 얻은 '샤프트베리의 천사상'은 아예 본명을 잃고 에로스라는 이름으로 불리고 있다. 에로스 상 주위의 계단에는 항상 젊은이들이 옹기종기 앉아서

피카딜리 서커스 한가운데 서 있는 에로스 상.

누군가를 기다린다. 런던의 젊은이들은 이곳에 앉아 있으면 누구나 아는 얼굴을 금방 만난다고 한다.

피카딜리 서커스를 중심으로 샤프트베리 에비뉴, 리젠트 스트리트, 피카딜리 스트리트, 헤이마켓 스트리트 등 큰길들이 사방팔방 뻗어 있다. 런던 관광은 이 지점에서 시작하는 것이 가장 좋다. 그러나 런던을 처음 방문한 사람들에게 피카딜리 서커스는 마치 거미줄같이 엉켜 있는 미로로만 보이게 마련이다. 길 곳곳에 서서 얼굴을 찌푸린 채로 지도를 펼쳐 들고 있는 사람들은 모두 관광객들이다. 하지만 걱정할 필요 없다. 피카딜리 스트리트에서 어느 방향으로 걸어가도 대개는 사진으로 낯익은 관광 명소들과 만나게 되니까!

제일 먼저 국립 미술관 쪽으로 가보자. 넬슨 제독의 상이 높다랗게 솟아 있고 그 주위에 항상 비둘기들이 날아다니는 트라팔가 광장 앞에 국립 미술관(National Gallery)과 국립 초상화 미술관(National Portrait Gallery)이 나란히 자리잡고 있다. 영국의 미술관들은 모두 무료 입장이다. 유명한 대영 박물관도 마찬가지다. 런던의 미술관은 시민들의 휴식 공간이자 학생들의 교실이다. 미술관 한 켠에는 할머니 도슨트 한 분이 단체로 온 초등학생들을 들라크르와의 그림 앞에 올망졸망 앉혀둔 채 낭만주의 미술에 대해 설명하고 있다. 런던의 아이들은 어릴 때부터 이런 방식으로 문화를 접하면서 큰다.

특별한 배움이 없이도 런던에서는 누구나 예술과 친숙해질 수 있다. 앞서 말한 대로 영국 사람들은 대부분 대학에 진학하지 않은 사람들이지만, 그들은 우리가 '고급 예술'이라고 부르는 미술에 친숙하다. 어린 시절부터 공원이나 놀이터처럼 미술관에 드나들며 그림과 조각들을 예사로 보아왔기 때문이다. 가끔은 입장료를 받는 특별 전시회들이 열리는데 인기 있는 전시회의 경우에는 자정까지 인파가 몰려드는 경우가 드물지 않다.

런던에는 재미있는 박물관들도 많다. 빅토리아 앤드 알버트 박물관(Victoria & Albert Museum)은 19세기의 영국 문화를 꽃피운 빅토리아 여왕과 그 부군 알버트 공이

런던의 주요 공연장들. 템스 강 북단으로 바비칸 센터와 로열 오페라 하우스, 위그모어 홀 등이 있고 남단에는 로열 페스티벌 홀이 있는 사우스 뱅크 센터가 있다.

함께 모은 소장품들을 기초로 만들어진 세계 최대 규모의 장식품 전문 박물관이다. 런던 북쪽의 러셀 스퀘어(Russel Square)에 있는 대영 박물관(British Museum)도 빼놓을 수 없다. 엘진 경이 그리스의 파르테논 신전에서 무지막지하게 뜯어온 엘진 마블, 나폴레옹이 아프리카 원정에서 발견한 로제타석, 기원전 1100년에 만들어진 인디아의 시바 여인상 등등이 대영 박물관이 자랑하는 소장품들이다. 그런데 가만히 보면 대영 박물관의 소장품들은 한결같이 영국이 아닌 외국에서 들여온 유물들이다. '해가 지지 않는 나라 대영제국'의 조금은 떨떠름한 유산인 것이다. 대영 박물관 3층에는 한국관이 문을 열었다.

'웨스트 엔드'라고 불리는 런던의 소극장가. 뮤지컬 '오페라의 유령',
'메리 포핀스', '레미제라블'의 광고 네온사인이 보인다. © Lee Hyungwoo

CLASSIC MUSICALS

미술관뿐만이 아니다. 어떤 종류의 공연이든지 런던에서는 다 볼 수가 있다. '오페라의 유령', '레미제라블', '라이언 킹' 같은 뮤지컬과 로열 셰익스피어 컴퍼니의 셰익스피어 연극, '프린지(Fringe)'라고 불리는 웨스트엔드의 실험적인 연극들, 런던에 상주하는 5대 오케스트라 ─ 런던 필하모닉, 로열 필하모닉, 필하모니아, 런던 심포니, BBC 심포니 오케스트라 ─ 의 연주회와 고악기를 사용하는 정격 음악 연주회, 오페라, 실내악, 재즈, 독주회들이 곳곳에서 열린다.

오케스트라든, 연극이든 간에 런던의 공연 단체들은 '런던 시민'이라는 제한된 숫자의 관객을 두고 서로 경쟁을 벌여야 한다. 놀랍게도 런던에 본거지를 두고 있는 대부분의 공연 단체들은 가난하다. 5대 오케스트라 중 가장 장사를 잘한다는 런던 심포니의 한 해 순이익이 4만 파운드, 8000만 원을 겨우 넘을 정도였다. 얼마 되지 않는 정부의 보조금은 관객들이 가장 많이 찾는 공연 단체 위주로 지급된다. 그래서 공연 단체들은 관객을 불러모으기 위해 필사적인 노력을 한다. 그 결과 공연의 수준은 향상되고 관객의 수준 역시 그를 따라 올라간다. 런던에 최고 수준의 공연과 비평가 못지않게 날카로운 관객이 있는 이유는 바로 무제한의 경쟁 때문이다. 자본주의의 맹점을 비판한 마르크스의 《자본론》이 태어난 도시 런던에서 오늘날 공연 단체들은 철저히 자본주의적인 경쟁을 벌이고 있는 것이다.

'오페라의 유령'을 장기 공연하고 있는 웨스트앤드의 '여왕 폐하 극장'.

피카딜리 서커스에서 채링 크로스 로드(Charing Cross Road) 방향으로 조금만 걸어가면 런던의 대학로 격인 레스터 스퀘어(Leicester Square)를 만난다. 거리 곳곳에서 젊은이들의 공연이 벌어지고 있다. 온몸에 금칠을 한 채 꼼짝 않고 서 있는 인간 동상, 어느 나라의 민속 음악인지 모를 정체 불명의 타악기 소리, 재즈 연주 등등이 합쳐져 언제나 떠들썩한 광장이다.

레스터 스퀘어에는 각종 연극 전용 극장들이 몰려 있다. 상업적인 뮤지컬들이 판치고 있지만 '웨스트 앤드'라고 불리는 런던의 소극장가는 여전히 실험적이며 지칠

줄 모르는 생생한 젊음의 열기로 넘쳐난다. 런던에서 호평을 얻은 배우는 어디서든 성공할 수 있다. 가끔 줄리엣 비노쉬, 니콜 키드만, 키아누 리브스, 유완 맥그리거 등 정상급 영화 배우들이 주급 250파운드라는 푼돈을 받고 웨스트 엔드의 소극장 무대에 서기도 한다. 세계 최고 수준의 관객 앞에서 자신의 연기력을 검증받겠다는 시험인 셈이다. 줄리엣 비노쉬와 니콜 키드만은 관객들의 환호와 신문의 호평을 받고 기분 좋게 프랑스와 미국으로 돌아갔다. 그러나 키아누 리브스는 '무대에 있는지 없는지도 모르겠다'는 최악의 평을 감수해야만 했다.

레스터 스퀘어에서는 런던의 젊음이 생생히 느껴진다. 딱히 볼거리는 없을지 모르지만 자유롭고 활기찬 분위기만으로도 가볼 만한 가치가 있다. 마치 루브르 박물관의 모나리자 앞에서보다 센 강변을 거닐며 더욱 파리의 분위기를 만끽할 수 있듯이. 레스터 스퀘어 근처에는 동성애자들이 우글거리는 소호(Soho), 그리고 음식점들이 즐비한 런던의 차이나 타운이 있다.

발걸음을 북쪽으로 돌려 옥스퍼드 스트리트로 향한다. 옥스퍼드 스트리트와 리젠트 스트리트, 그리고 본드 스트리트는 런던 제일의 쇼핑 거리다. 샤넬, 구치, 베르사체, 버버리 등 값비싼 브랜드들이 거리 양쪽으로 즐비하다. 큰길인 옥스퍼트 스트리트를 따라 계속 걸어가면 흰 대리석 문인 마블 아치가 보인다. 이곳에서부터 유명한 공원인 하이드 파크(Hyde Park)가 시작된다.

공원 안에 호수가 있고 말을 타고 달릴 만큼 넓은 하이드 파크는 여름이면 태양빛을 즐기려는 사람들로 가득 찬다. 사람들은 잔디밭 위에 누워 일광욕을 즐기면서 책을 읽거나 샌드위치와 커피를 먹는다. '파바로티의 하이드 파크 음악회' 같은 야외 음악회가 열리기도 한다. 하이드 파크는 런던 시민에게 여러 모로 없어서는 안 될 소중한 공간이다. 휴일이면 사람들은 이곳에 햇빛을 즐기러, 피크닉을 하러, 음악을 들으러, 잔디밭을 걷거나 조깅을 하러 모여든다. 레스터 스퀘어가 활기찬 젊음으로 가득 차 있다면 하이드 파크는 런던 시민의 여유로운 분위기가 느껴지는 공간이다.

하이드 파크 근처에 있는 케이크 모양의 대형 공연장 로열 알버트 홀(Royal Albert Hall)에서는 매년 여름마다 그 이름도 유명한 음악 축제 '프롬스(The Proms)'가 열린다. 걸어다니면서 음악을 들을 수 있는 콘서트를 뜻하는 '프롬나드 콘서트'의 준말인 프롬스는 지난 1995년에 100주년을 맞았다. 매년 여름 두 달 동안 열리는 프롬스에서는 베를린 필하모닉, 빈 필하모닉을 비롯해서 에프게니 키신, 알프레드 브렌델, 케네디, 요요마 등 일급 연주자들과 오케스트라들이 총출동하다시피 한다.

그런데 이 쟁쟁한 연주자들의 공연 입장료는 겨우 3.5 파운드(7000원)에 불과하다. 어이없을 정도로 싼 입장료다. 대신 프롬스가 열리는 동안 로열 알버트 홀의 1층 의자들은 모두 치워진다. 프롬스의 관객들은 서서, 또는 바

분홍빛 케이크 모양인 로열 알버트 홀 전경. 매년 여름 이곳에서는 두 달 간 '프롬스'가 열린다. © Lee Hyangwoo

닥에 털썩 주저앉아서 음악을 듣는다. 언뜻 생각하기에 소란스러울 것 같지만 프롬스의 분위기는 놀랄 만큼 진지하다. 반면, 잘츠부르크 페스티벌이나 독일 바이로이트 페스티벌의 입장료는 3, 40만 원을 호가한다. 프롬스에 비하면 이 페스티벌들은 소수의 유한 계층을 위해 열리는 축제인 셈이다.

프롬스의 절정은 마지막 날의 마지막 공연이다. 매년 BBC에서 생중계해주는 이 '프롬스 라스트 콘서트'의 주인공은 연주자들이 아니라 관객들이다. 엘가의 '위풍당당 행진곡'을 필두로 영국 음악들이 연주되는 가운데 고깔 모자를 쓰고 뺨에 유니온 잭을 그린 관객들은 깃발을 흔들고 휘파람을 불어댄다. 지휘자도 오케스트라가 아니라 관객들을 보며 지휘봉을 휘두른다. 관객들은 입을 모아 영국 국가인 '신이여 여왕을 보호하소서(God Save the Queen)'와 제2의 영국 국가 격인 '오, 브리타니아'를 목청껏 부른다. 영국을 빼놓으면 세계 어느 곳에서도 클래식 음악회가 이렇게 감격과 흥분의 도가니로 들끓어 오르는 장면은 볼 수 없을 것이다.

누구나 부담 없이 표를 살 수 있는 저렴한 가격과 일급의 출연자들, 매년 연주되는 새로운 현대 음악들, 그리고 아수라장 같은 마지막 날 공연까지 합쳐진 프롬스는 가장 영국적인, 그리고 오직 영국에서만 맛볼 수 있는 진지하고 자유로운 클래식 음악의 축제. 음악을 사랑하지만 돈이 없는 유럽의 젊은이들은 너나할것없이 프롬스를 찾아 런던으로 모여든다. 아예 프롬스에서 장내를 정리하는 아르바이트 따위를 하면서 70회가 넘는 모든 공연을 깡그리 섭렵하고 가는 이들도 있다.

런던 시립 대학교에서 예술 비평을 공부했던 나에게 문화 도시 런던은 최고의 학습장이었다. 학생증만 내밀면 최고급 공연들을 불과 6.5파운드로 볼 수 있었던 도시, 프롬스에 취해서 시간 가는 줄 몰랐던 눈부신 여름날들. 그래서 나는 유럽의 도시들 중 어디가 가장 좋았느냐고 묻는 친구들에게 항상 이렇게 대답한다. "파리도 아름답고 로마나 빈도 좋아. 하지만 단 한 곳만 고르라면 가장 멋있는 곳은 런던이야."라고.

영국이면서 영국이 아닌 곳, 스코틀랜드

우리가 영국을 떠나기 전 마지막으로 갔던 여행지는 에든버러였다. 남편이 미국으로 근무지를 옮기게 되어 그 동안 살던 영국을 떠나자니 아쉬운 게 한두 가지가 아니었다. 그중에서도 비싼 기차 요금과 숙박비 때문에 제대로 영국을 구경하지 못한 것이 가장 마음에 걸렸다. 영국에서 사는 동안 유럽의 나라들은 적지 않게 다녀왔으면서도 정작 영국 안에서는 별로 가본 곳이 없었다. 나중에 크게 후회할 것만 같아 지도를 펼쳐놓고 '가볼 만한 곳'을 곰곰이 궁리하기 시작했다. 가장 가고 싶은 곳은 백파이프와 '브레이브 하트'의 고향 스코틀랜드였다.

하지만 스코틀랜드의 수도 에든버러에 가려니 비싼 교통비가 문제였다. 런던에서 에든버러까지 가는 왕복 비행기표 값은 한 사람당 15만 원 정도. 파리 왕복보다도 더 비싼 셈이다. 자동차를 운전해서 가는 방법도 있었지만 산악 지대인 에든버러 가는 길은 대관령 가는 길 못지 않게 험하다고 한다. 이미 17만 킬로미터를 달린 우리의 고물차가 그런 험로를 버틸 수 있을 것 같지 않았다.

그런데 한 고참 유학생의 말씀, "무슨 소리야? 학생 할인표 사서 기차로 가면 되지. 2주일 전에 끊으면 왕복에

타탄 체크의 킬트를 입고 백파이프를 힘차게 부는 모습
은 영국과는 또다른 느낌을 준다.

한 40파운드밖에 안할 걸?" 앗, 그런 수가 있었구나. 부
리나케 기차역으로 달려갔더니 정말 학생 할인으로 예매
하면 왕복 기차표가 꼭 40파운드였다. 얏호! 쾌재를 부르
며 그 길로 왕복 기차표를 샀다. 지난 겨울 중부의 중세
도시인 요크에 갔을 때 수염이 성성한 할아버지들이 광
장에 모여 백파이프를 불던 모습이 떠올랐다. 바람에 다
탄 체크의 킬트(스코틀랜드 남자의 전통 복장인 스커트
를 말한다. 흔히 '타탄 체크'라고 불리는 스코틀랜드 특
유의 체크무늬는 12세기부터 생겨난 스코틀랜드의 클란
(Clan). 일종의 부족들이 저마다 가문을 나타내는 독특한

체크무늬 모직물을 직조해서 옷을 만들어 입으면서 생겨났다. '맥도널드(MacDonalds)', '더글러스(Douglus)' 등은 유명한 스코틀랜드의 클란 이름들이다.)를 휘날리며, 뺨을 둥그렇게 부풀려 백파이프를 힘차게 부는 할아버지들의 모습이 주던 그 이국적 느낌…. 스코틀랜드는 분명 잉글랜드와는 또 다른 세계이리라.

케임브리지에서 에든버러까지 가는 직행 열차는 없다. 일단 피터버러까지 완행 열차로 가서, 피터버러에서 다시 에든버러 행 급행 열차를 갈아타는 여정이다. 그런데 런던에서 에든버러까지 여섯 시간이 걸린다는 이 급행 열차 이름이 참 재미있다. '플라잉 스코트맨(Flying Scotman).' '스코트맨'은 스코틀랜드 사람이라는 뜻이니 날아가는 것만큼 빨리 스코틀랜드로 간다는 뜻일까? 런던의 킹스 크로스 역에서 출발해서 피터버러, 요크, 뉴카슬을 거쳐 에든버러로 가는 이 열차는 독일 비행기의 공습이 감행되던 2차 대전 중에도 단 한 번의 예외 없이 매일 아침 열 시에 킹스 크로스 역을 출발했던 자랑스러운 역사의 기차란다. 요즘은 출발 시간이 아침 열 시 삼십 분으로 늦춰졌다. 기차의 역사? 어찌 보면 별것 아닌 일에까지도 영국 사람들은 어김없이 역사성을 부여한다. 그리고 이런 '사소한 일들'이 모여 유장한 영국의 역사를 이룬다.

차창 밖으로 드넓은 잔디밭과 그 위에서 풀을 뜯는 양 떼들이 보인다. 산이 없는 잉글랜드의 전형적인 풍경이다. 그러나 뉴카슬을 지나니 슬금슬금 구릉과 산들이 나

에딘버러 성. 높은 구름 위에 세워진 이 성에 올라가면 에든버러 시내가 한눈에 내려다보인다.

타나기 시작했다. 제법 험한 산세와 바다를 면해 있는 깎아지른 듯한 절벽들이 창 밖으로 보인다. 스코틀랜드에 온 것이다.

영국이면서 영국이 아닌 곳이 스코틀랜드다. 우리가 부르는 '영국'이라는 이름은 '잉글랜드'의 한자어 표기다. 영국의 진짜 이름은 '대 브리튼 섬과 북아일랜드의 연합 왕국'이다. '대 브리튼 섬'은 다시 잉글랜드, 스코틀랜드, 웨일스의 세 지방으로 나뉜다. '잉글랜드'는 이 연합 왕국의 한 지방 이름에 불과하다.

영국의 TV 아나운서들이나 앵커들은 '영국'을 지칭할

때, 반드시 '브리튼'이나 연합 왕국이라는 뜻의 '유나이티드 킹덤(United Kingdom)'이라는 표현을 사용한다. '잉글랜드'라는 표현은 자칫하면 '영국식 지역 감정'을 조장할 우려가 있다. 가톨릭 교도의 독립 운동과 신교도의 갈등으로 바람 잘 날이 없는 북아일랜드 지방을 제쳐놓고서라도 스코틀랜드나 웨일스의 '지역 감정'도 만만치 않기 때문이다.

17세기에 잉글랜드에 병합된 스코틀랜드는 독립 국가가 될 능력이 충분하다. 우선 북해에서 양질의 석유가 나온다. 거기다가 스코틀랜드 사람들은 네덜란드 사람들과 함께 유럽에서 가장 뛰어난 장사꾼으로 손꼽힌다. 이 장삿술과 북해 유전만으로도 스코틀랜드 사람들은 독자적으로 살 수 있을 것 같다. 뭐하러 잉글랜드 사람들에게 은근한 차별과 무시를 당하면서 영국의 변방으로 남아 있는가 말이다. 잉글랜드 사람들은 스코틀랜드 사람들을 '지독한 주당에 사투리 영어를 쓰는 촌스런 사람들'로 무시하곤 한다. 런던의 기념품 상점에 있는 T셔츠에 그려진 스코틀랜드 사람의 얼굴은 으레 빨간 코에 수염을 잔뜩 기르고 술에 취해 헤벌어진 모습이다.

스코틀랜드 사람들에게 "너 어느 나라 사람이니?"라고 물어보면 예외 없이 그들은 "난 스코틀랜드 사람이야(I am a Scotish)."라고 대답한다. 절대로 '영국 사람(British)'이라고 하지 않는다. 같은 영어를 사용하지만 스코틀랜드의 영어는 정통 잉글랜드 영어와 조금 다르다. '롯호(loch)' 라는 말을 혹시 아는가? 이 말은 '호수' 라는 뜻의 '스코틀랜드어' 다. 또 '오늘은 월요일이다 (Today is Monday).' 라는 말을 스코틀랜드 사람들은 이 렇게 발음한다. '투다이 이즈 문다이.' 아니나다를까, 스 코틀랜드의 웨이벌리 역 앞에 있는 버거킹에 갔더니 도 저히 의사 소통이 되지 않는다. 언어학적으로도 스코틀 랜드에서 사용하는 영어의 발음은 노르웨이 어와 유사하 다고 한다.

긴 기차 여행을 끝내고 에든버러의 웨이벌리 역에 내리 자 장대한 '스콧 기념탑' 이 먼저 눈에 들어왔다. 스코틀 랜드의 대표적인 소설가이자 시인인 월터 스콧 경을 기념 하는 높다란 기념탑이다. '잉글랜드에 셰익스피어가 있 다면 우리에게는 스콧이 있다' 는 무언의 시위같이 느껴 진다. 에든버러 기차역의 이름인 '웨이벌리' 역시 스콧 경의 소설 '웨이벌리 시리즈' 를 기념해서 붙인 것이다. 스콧 기념탑은 한창 보수 공사 중이라 들어갈 수가 없다. 8월에 열리는 에든버러 페스티벌 전에 보수 공사를 하고 있는 모양이다. 페스티벌이 열리는 8월의 3주 동안 에든 버러 내에서 숙소를 구하기는 하늘의 별따기라고 한다.

기차역 뒤편에 길게 난 길인 '로열 마일' 에 가보면 스 코틀랜드 사람들의 뛰어난 장사 수단을 실감할 수 있다. 스코틀랜드 왕실의 정식 궁전인 홀리루드 궁전에서 시작 되어 언덕 위의 요새인 에든버러 성까지 이르는 긴 길인 로열 마일에는 셀 수 없을 정도로 많은 기념품 가게들이 즐비하다. 스코틀랜드의 명물인 갖가지 타탄 체크 모직물들, 위스키, 골프 용품(스코틀랜드는 골프의 원산지다), 파이프 담배, 트럼프 등등을 파는데 이 많은 가게들의 기념품들은 똑같은 것이 거의 없다.

스코틀랜드의 영웅 월레스의 일대기를 그린 영화 '브레이브 하트'와 관련된 기념품도 많다. 아마 '브레이브 하트'가 개봉되었을 때 스코틀랜드 사람들은 무릎을 쳤을 것 같다. '아하, 새 기념품 만들 거리가 생겼구나!' 하고. 스코틀랜드 북쪽에 있는 호수 네스 호에 산다는 괴물 '네시'의 정체도 사실은 이 장삿속의 산물이 아닐까 싶다.

악착같은 장삿속이지만 그리 밉다는 생각은 들지 않는다. 거리의 사람들은 한결같이 밝고 쾌활하다. 너나할것 없이 약간 화난 듯한 표정을 짓고 있는 영국, 아니 잉글랜드 사람들과는 전혀 다르다. 낯선 관광객에게 "어디 가세요?" 하면서 괜히 말 한번 걸어보는 사람도 있다.

스코틀랜드에서 '브레이브 하트'의 주인공 윌리엄 월레스와 월터 스콧 못지않게 유명한 인물은 '스코틀랜드의 메리 여왕(Mary, Queen of Scots, 재위 1542 ~ 1567)'이다. 생후 9개월의 나이로 스코틀랜드의 여왕이 되었던 메리는 엘리자베스 1세와 잉글랜드의 왕위를 다투다가 결국 폐위되고 엘리자베스 1세에 의해 처형된 비극의 주인공이다.

그러나 역사를 찬찬히 살펴보면 스코틀랜드의 메리 여왕은 냉철한 전제 군주 엘리자베스 1세에 비하면 함량 미달의 왕이었다. 정부와 결혼하기 위해 남편을 살해하는가 하면, 신하들의 반란에 쫓겨 결국 자신의 왕국을 도망쳐나와 잉글랜드에서 엘리자베스 1세의 보호를 받아야만 했다. 메리는 유폐된 상태에서도 쉴새없이 엘리자베스를 암살할 음모를 꾸몄던 위험한 인물이었다. 처녀 여왕인 엘리자베스가 죽으면 잉글랜드의 왕위는 계승 순서에 의해 헨리 7세의 증손녀인 메리에게 돌아오게 되어 있었다. 엘리자베스가 자신의 가장 큰 정적인 메리를 제거한 것은 당연한 결과였다.

그러나 가장 고귀한 신분으로 태어나 망나니의 손에 일생을 끝낸 여왕의 애달픈 사연은 이 모든 역사적 과오를 덮어버렸다. 스코틀랜드에서 기억되는 메리 여왕은 '라이벌' 엘리자베스 1세에 의해 죽임을 당한 비극의 여왕일 뿐이다. 에든버러 어디서나 메리 여왕의 초상이 들어간 기념품을 쉽게 찾을 수 있다. 하얀 얼굴에 긴 목을 가진 미인이다. 메리의 미모를 엘리자베스가 질투해서 죽음으로 몰아넣었다는 설도 있다.

메리 여왕이 살았던, 현재는 영국 왕실 소유인 홀리루드 궁전에 가면 타탄 체크무늬 바지의 스코틀랜드 정장을 입은 할아버지가 메리 여왕의 생활을 실감나게 설명해준다. 홀리루드 성에 있는 메리 여왕의 침실에는 아래층으로 통하는 비밀 계단이 있다. 여왕의 정부였던 이탈리아 출신 음악가 리찌오가 드나들던 통로다. "메리 여왕과 식사하던 중에 리찌오는 신하들의 칼에 찔렸지요, 그리고 식당 구석으로 도망가서 결국 이 창문 밑에서 쪼그리고 죽었답니다." 할아버지는 400년 전의 사건을 마치 자신의 눈으로 직접 본 듯이 생생하게 설명한다. 아무리 숨겨놓은 애인이라고는 하지만 여왕의 눈앞에서 그 애인을 찔러 죽이다니, 그만큼 스코틀랜드 남자들은 거칠고 난폭했다.

로열 마일 반대편의 언덕 위에 자리한 에든버러 성은 우아한 홀리루드 궁전과 정반대로 위풍당당한 요새다. 이곳에서 스코틀랜드 군은 덴마크와, 그리고 잉글랜드와 쉴새없는 전쟁을 벌였다. 산악 지대에 살았던 스코틀랜드 군인들은 전투에서는 물러서지 않은 용감한 군인이었다. 메리 여왕 역시 자신의 유일한 혈육인 제임스 6세를 에든버러 성에서 낳았다. 신하들의 암살 음모를 피하기 위해서 이 견고한 성채로 피난해와 아들을 낳은 것이다. 이 아들이 나중에 잉글랜드의 제임스 1세가 된다. 후손이 없었던 잉글랜드의 엘리자베스 1세는 자신의 후계자로 스코틀랜드의 제임스 6세를 지명했다. 이로써 1603년 잉글랜드와 스코틀랜드는 브리튼 왕국으로 합병된다.

아이러니컬하게도 엘리자베스 1세는 자신의 왕국을 자신이 죽게 만든 메리 여왕의 아들에게 물려준 것이다. 항상 감정이 앞서서 일을 그르쳤던 메리 여왕과는 달리 신중하고 권모술수에 능했던 엘리자베스 1세는 죽음의 순간까지 후계자를 밝히지 않음으로써 신하들의 애를 태웠다. 그 신중함이 위대한 전제 군주 엘리자베스 1세를 만들었다. 메리 여왕이 조금만이라도 엘리자베스 1세의 신중함을 배웠다면 영국의 역사는 달라졌을지도 모른다.

메리 여왕의 죽음처럼 스코틀랜드 사람들의 삶은 어딘지 모르게 애달프다. 잉글랜드에 비하면 험하고 척박하기만 한 풍토나 기후도 그렇고, 결국 잉글랜드에 합병되고 만 과거사도 그렇다. 500만에 불과한 스코틀랜드 사람들은 자신들이 잉글랜드에 비해 문화적, 경제적으로 혜택을 받지 못한다는 상대적 박탈감을 가지고 있다. 에든버러 성의 전시품들은 스코틀랜드의 독립적인 정신을 자랑하는 동시에 은근히 잉글랜드를 적국처럼 묘사하고 있다. 드러나지 않는 스코틀랜드 사람들의 반감이 읽혀지는 부분이다.

노동당 정부는 스코틀랜드의 자치권 역시 최대한 존중해주는 정책으로 이러한 스코틀랜드의 불만을 해소하려 하고 있다. 스코틀랜드만의 의회도 생겨났다. 영국 나름의 지역 감정 해결책인 셈이다. 억지로 통합을 주장하기보다는 현재의 분열 상태를 인정한다고나 할까? 모든 일을 순리대로 풀어나가는 영국인들의 정치관이 돋보이는 부분이다.

12세기에 지어져 800년이 넘는 오랜 역사 동안 수많은 유혈의 전투를 고스란히 목격했을 에든버러 성은 흐릿한 에든버러의 겨울 하늘 아래 우뚝 서 있다. 성의 망루에 올라서니 바람이 차갑다. 3월 말의 스코틀랜드는 여전히 겨울이다. 어디선가 구슬픈, 그러나 힘찬 백파이프 소리가 그 바람에 실려왔다.

500년 전이나 지금이나 똑같은 거리

유럽의 다른 나라들과 마찬가지로 영국은 고대 로마인이 건설한 나라다. '브리튼' 이라는 영국의 영어 명칭부터가 '브리타니아' 라는 라틴어에서 나왔고 이 '브리타니아' 란 말은 '몸에 그림문신을 그린 사람들' 이라는 뜻의 어원을 가지고 있다고 한다. 고대의 영국 사람들은 로마인들의 눈에는 몸에 얼룩덜룩 문신을 새긴 야만인으로 보였던 것이다.(문신을 새기는 관습은 여전히 남아 있다. 영국의 워킹 클라스 중에서 팔뚝에 문신이 없는 사람은 드물다.) '잉글랜드' 라는 이름도 바다의 모서리(Angle)에 있는 땅(Land)이라는 뜻이라고 하니 예나 지금이나 영국은 유럽의 구석배기였던 것이다.

카이사르가 이끌고 온 로마 군대는 여러 가지 흔적들을 영국에 남기고 물러갔다. 로마 군인들은 런던과 요크, 콜체스터 등 여러 도시를 건설했다. 런던의 시티 지역에는 지금도 로마인들이 건설한 성벽의 흔적이 남아 있다. '목욕탕' 이라는 영어 단어 'Bath' 의 어원인 바스 역시 목욕을 좋아했던 고대 로마인들이 건설한 휴양지다. 뛰어난 건설 기술의 소유자였던 고대 로마인들은 스코틀랜드와 잉글랜드 사이에 '하드리아누스의 방벽' 이라는 장

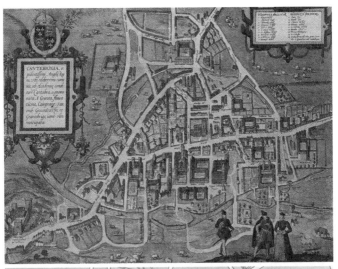

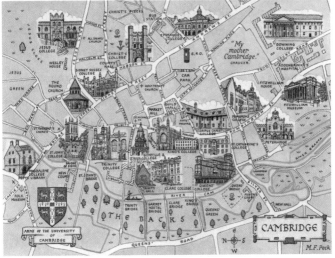

▲ 엘리자베스 1세 시대의 케임브리지를 그린 지도. ▼ 현재의 케임브리지 약도.

벽을 쌓고 남부의 런던과 북부의 요크를 연결하는 긴 도로를 만들었다.

이 고대 로마인의 도로는 런던에서 북쪽으로 100킬로미터쯤 떨어져 있는 케임브리지를 지나간다. 케임브리지의 거리는 두 갈래의 큰길로 구성되어 있는데 지금의 시내 중심가를 관통하는 길이 런던에서 요크로 향하는 고대 로마인의 도로이고 나머지 하나가 중세 이후 칼리지들이 들어섰던 '대학로'이다. 지금 두 갈래의 길은 각기 세인트 앤드류 스트리트와 킹스 퍼레이드라는 이름을 가지고 있다. 킹스 퍼레이드 주위로는 케임브리지 최초의 칼리지인 피터하우스(1284년 설립, 이하 설립 연도)를 비롯해 킹스 칼리지(1441)와 트리니티 칼리지(1546), 곤빌 앤드 키즈 칼리지(1348), 클레어 칼리지(1326), 퀸스 칼리지(1448) 등등 중세 시대에 세워진 케임브리지 대학교의 칼리지들이 포진하고 있다.

다 합쳐봐야 손바닥만한 케임브리지 거리의 특징은 뭐니뭐니해도 '꾸준히 변하지 않는다'는 점일 것이다. 대부분의 영국 소도시들이 예나 지금이나 변함없는 모습으로 남아 있는 것이 사실이지만 그래도 케임브리지는 좀 유별난 구석이 있다. 2차 대전에 참전하느라 영국 땅을 처음 밟았던 오스트레일리아의 노병이 50년 만에 케임브리지에 와서 감탄사를 터뜨리면서 한 말이다. "정말 하나도, 단 하나도 변한 게 없네요." 우리도 TV에서 20세기 초에 케임브리지에서 촬영했다는 영화를 본 적이 있었는데 오래 된 흑백 화면에 비치는 케임브리지의 거리는 지금과 다른 점이 거의 없었다.

더 재미있는 사실은 유명한 TV 시리즈인 '스타 트랙 (Star Trak)'에서도 케임브리지의 모습이 지금과 똑같이 나왔다는 것이다. 스페이스 셔틀과 외계인들이 등장하는 '스타 트랙'의 배경은 서기 2400년이라는데 그때도 케임브리지의 거리는 지금과 똑같다는 설정인 것이다. 하긴 지난 500년 동안 별반 달라진 게 없는 거리가 다시 400년이 지났다고 해서 새삼스럽게 변할 구석이 있을 것 같지 않다.

납작납작한 돌들이 깔려 있는 케임브리지의 거리, 특히 칼리지들이 몰려 있는 킹스 퍼레이드와 트리니티 스트리트 사이를 걷다 보면 과거로 거슬러 올라가고 있는 듯한 느낌이 든다. 세월의 무게로 거무스레해진 건물들과 사방의 첨탑들. 길들은 하나같이 꼬불꼬불하고 좁아서 어떤 칼리지 사이의 뒷길에서는 차가 지나갈 때마다 모든 보행자들이 벽에 달라붙어야 한다. 가끔 '따가닥따가닥' 소리를 내며 말을 탄 사람이 지나가는가 하면 모닝코트를 갖추어 입은 신사가 실크 햇을 쓰고 우산을 지팡이삼아 천천히 길을 걸어간다. 칼리지의 메이 볼이 열리는 6월 중순께에는 반짝거리는 긴 드레스를 입은 여학생들이 옷자락을 잘잘 끌며 역시 정장을 갖춘 남학생들의 팔짱을 끼고 지나가기도 한다.

킹스 퍼레이드와 세인트 앤드류 스트리트 사이에는

'마켓 플레이스'라는 광장이 있다. 매일 아침부터 오후 세 시 정도까지 노천 시장이 서는 장소이다. 한국과 마찬가지로 영국의 재래 시장도 테스코(Tesco)나 세인즈버리(Sainsbury) 같은 대규모 체인 슈퍼마켓에 몰려 점차 사양세를 걷고 있다. 케임브리지도 예외가 아니다. 노천 시장 바로 맞은편에는 막스 앤드 스펜서(Marks and Spencer)의 커다란 슈퍼마켓이 자리잡고 있다. 하지만 채소와 생선들을 쌓아놓고 파는 케임브리지의 노천 시장은 여전히 성업중이다. 중고 레코드를 파는 노점, 눈깔 사탕을 무더기로 쌓아놓고 온스 단위로 무게를 재서 바스락거리는 종이 봉투에 담아주는 사탕 가게도 이곳에 있다.

마켓 플레이스는 칼리지의 건물들과 마찬가지로 중세와 절대 왕정 시대의 역사적 사연들을 안고 있다. 1500년대의 영국은 종교 분쟁으로 하루도 편안할 날이 없었다. 1509년 그 이름도 유명한 헨리 8세가 즉위했을 때부터 1603년 엘리자베스 1세가 사망했을 때까지 영국은 가톨릭 교도와 신교도, 그리고 헨리 8세가 세운 영국 국교회 성공회 간의 갈등으로 바람잘 날이 없었던 것이다.

영국의 종교 분쟁은 왕의 이혼과 결혼이라는 사사로운 문제에서부터 비롯되었다. 헨리 8세(재위 1509 ~ 1547)는 형수인 스페인 공주 캐서린과 첫 번째 결혼을 했다. 원래의 왕위 계승자이던 형 아서 왕자가 죽자 스페인과의 관계가 악화되기를 원치 않은 의회가 두 번째 왕자 헨리와 캐서린을 정략 결혼시킨 것이다. 그러나 헨리는 한 때 형수였던, 그리고 자신보다 나이도 여섯 살이나 많은 캐서린을 사랑할 수 없었다. 왕이 된 헨리 8세가 캐서린과 이혼하고 앤 볼린과 결혼하려 하자 이혼을 인정하지 않는 가톨릭 교회는 헨리 8세를 파문하겠다고 위협했다. 당시 가톨릭 교회는 한 나라의 왕을 파문할 수 있을 정도로 무소불위의 권력을 가지고 있었다.

그러나 헨리 8세는 한번 마음먹으면 물불을 가리지 않는 무서운 성격의 전제 군주였다. 그는 결혼을 위해 가톨릭 교회와 손을 끊고 영국 국교회를 세웠다. 영국 국교회에 동조하지 않는 가톨릭 교도와 신교도들은 무더기로 화형되었다. 피바람은 여기서 그치지 않았다. 여섯 번이나 이혼과 결혼을 거듭했던 헨리 8세의 뒤를 이은 메리 여왕(재위 1553 ~ 1558)은 가톨릭 교도인 첫 왕비 캐서린의 딸이었다. 어머니를 불행에 빠뜨린 아버지 헨리 8세를 증오하고 스페인의 혈통을 자랑스럽게 생각한 메리 여왕이 스페인의 국교인 가톨릭 신자인 것은 당연한 일이었다.

문제는 메리가 독실함을 넘어서서 광신적인 가톨릭 교도였다는 사실이다. 그녀는 아버지가 세운 영국 국교회를 부정하고 국교회와 신교도들을 무차별 학살했다. 오죽했으면 그녀의 이름이 '피의 메리(Bloody Mary)'로 후세에 남았을까. 메리 여왕이 자손 없이 죽은 탓에 왕위에 오르게 된, 헨리 8세와 앤 볼린 사이의 딸 엘리자베스 1세(재위 1558~1603)는 다시 영국 국교회의 부활을 선언하고 가톨릭과 신교도들을 박해했다. 엘리자베스 1세 치세에 이르러서야 영국의 국교는 성공회로 자리잡고 지리한 종교 분쟁은 막을 내렸다. 영화 '천일의 앤'으로도 잘 알려진 헨리 8세의 이혼 소동과 성공회의 탄생은 명목상으로는 바람둥이 군주의 이혼 문제 때문에 불거진 분쟁이지만 실질적으로는 당시의 최강국 스페인과 교황의 간섭에서 벗어나기 위한 영국의 정치적인 '종교 독립'이었다.

한두 해도 아니고 백여 년 간 왕실이 이랬다저랬다 하는 동안 죽어나는 것은 평민들이었다. 신구교를 막론하고 엄청난 숫자의 신도들이 화형대에서 죽어갔다. 이중에는 '유토피아'의 저자인 토머스 모어와 케임브리지 대학교 졸업생인 래티머 주교 같은 지성인도 있었고 무명의 신자들도 있었다. '절대 왕정 시대'로 불리는 16세기에 영국은 스페인의 무적 함대를 격파하고 유럽의 맹주로 떠올랐지만 정작 영국 영토 안에서는 끊임없는 종교 재판과 교회 몰수, 화형이 계속되었다. 이단자는 별다른 재판도 없이 바로 화형장으로 끌려갔다. 케임브리지에서는 바로 이 마켓 플레이스가 단골 화형장이었다.

1510년부터 1514년까지 케임브리지 대학의 퀸스 칼리지에서 그리스어를 가르친 네덜란드의 대학자 에라스무스는 케임브리지를 아주 싫어했다고 한다. 음침한 영국 날씨 때문에 신경통이 도졌고 음식은 하나같이 맛이 없는데다가 맥주는 맹물, 와인은 식초와 다를 바가 없었다.

더구나 생활비까지도 비쌌는데 특히 연료용 나무가 금값이었다. 매일같이 마켓 플레이스에서 벌어지는 화형을 감당하느라 땔감이 남아나지 않았기 때문이었다. 그래서 당시에는 마켓 플레이스에서 화형을 구경하는 군중들 사이로 말을 타고 지나가는 우울한 얼굴의 에라스무스를 흔히 볼 수 있었다고 한다.

끔찍한 과거사를 안고 있지만 오늘날 마켓 플레이스의 모습은 평온하기만 하다. 여름에는 이곳에서 음악을 연주하거나 연기를 하면서 지나가는 이들에게 돈을 받는 거리의 예술가들이 자주 보인다. 이런 행위를 영국 사람들은 버스킹(Busking)이라고 부른다. 기타를 치면서 노래 부르는 사람, 구슬프게 피리를 부는 사람, 스코틀랜드 전통 의상까지 입고 백파이프를 부는 청년, 이상야릇한 소리를 내는 악기를 퉁퉁 튕기는 사람 등등. 악사들의 앞에는 모자나 악기 케이스가 펼쳐져 있고 그 안에는 5펜스나 10펜스 동전들이 여러 개 들어 있다.

버스킹은 영국뿐만 아니라 유럽 어느 곳이든지 대도시에서는 반드시 보이는 거리 풍경이다. 춤이든 연주든 판토마임이든 간에 어느 정도의 '재주'만 있으면 벌이가 제법 괜찮다고 한다. 연말에는 케임브리지 시내에서 줄타기를 하면서 바이올린을 켜는 사람을 본 적도 있다. 이 정도면 아마추어의 버스킹이 아니라 진짜 곡예 수준이다. 영국 사람들은 젊은이들의 버스킹에 익숙해서 웬만하지 않고서는 별신경을 안 쓰는데 이때만큼은 구경꾼들이 와글와글 몰려 있었다.

악사 외의 버스킹 족 중에서 눈에 띄는 종류는 '동상 족'들이다. 몸에 금색이나 은색으로 번쩍거리는 칠을 한 채 고풍스러운 의상을 입고 거리 한모퉁이에 가만히 서 있는 것이다. 정말 가만히 있는 것은 아니고 천천히 움직이기도 한다. 케임브리지에서는 드물게 보이지만 런던에서는 아주 흔한 종류다. 런던 거리를 가다 사람들이 웅성웅성 모여 있어서 목을 쑤욱 빼고 쳐다보면 대개는 이 인간 동상들이 서 있다. 머리끝부터 발끝까지 칠을 하면 답답하지 않은지, 그리고 대체 이 사람들은 뭐하는 사람들인지 궁금해지기도 한다.

마켓 플레이스에서는 가끔 케임브리지 대학교 음악과 학생들로 보이는 젊은이들이 현악 4중주나 관악 3중주 같은 앙상블을 들려준다. 바람에 날아가지 않도록 보면대에 빨래 집게로 악보를 고정시켜 놓은 앳된 얼굴의 악사들이 모차르트나 슈베르트를 연주하면 유모차를 끄는 엄마들과 할머니 할아버지들이 옹기종기 모여든다. 한 곡이 끝나면 '브라보' 하는 환호와 함께 후한 박수, 그리고 동전들이 던져진다.

마켓 플레이스를 지나면 마주치게 되는 세인트 앤드류 스트리트는 '시티 센터'라고 불리는 케임브리지의 중심가다. 버스 터미널과 백화점, 약국, 서점 등등이 이곳에 몰려 있다. 차나 자전거가 다닐 수 없는 보행자의 거리이기도 하다. 번화가라고는 하지만 서울이나 런던에 비하

런던 코벤트 가든에 있는 '패스트 타임'. 앤티크 같은 느낌의 상품을 파는, 지극히 '영국적'인 가게다.

면 한적하기 짝이 없다. 서울의 명동이나 종로 거리에 비한다면 세인트 앤드류 스트리트는 면사무소 소재지 정도밖에 안 된다.

세인트 앤드류 스트리트는 구석구석에 올망졸망 예쁜 가게들을 숨겨두고 있는 보석 같은 거리다. 커피 가게와 초콜릿 가게, 선물용 카드 가게, 그릇 가게, 앤티크 가게 등등. 그중에서 가장 재미있는 가게를 두 곳만 고르자면 앤티크 상품점인 '패스트 타임(Past Time)'과 커피 가게인 '위터드(Wittard)'가 있다.

'패스트 타임'은 진짜 앤티크를 파는 곳이 아니라 앤

티크 풍의 잡화들을 파는 가게이다. 중세 시대, 엘리자베스 시대, 조지안 시대, 빅토리아 시대 순으로 나누어진 가게 안에는 쿠션, 조끼, 트럼프, 쇼올, 목걸이, 인형, 모자, 그 시대의 음악을 담은 CD 등등 각 시대풍으로 만들어진 고풍스러운 상품들이 진열되어 있다. 대강 만든 기념품이 아니라 정말 골동품으로 착각할 만큼 정성 들여 만든 상품들이다. '패스트 타임'은 케임브리지를 소개하는 웬만한 가이드북에는 다 소개되어 있는 곳이라 항상 관광객들로 문전성시를 이루고 있다. 약간 찾기 어려운 곳에 있다는 것이 이 가게의 단점인데 트리니티 칼리지 정문 앞에 난 좁은 골목으로 들어가다 보면 왼편에 있다.

'패스트 타임' 외에 우리가 자주 놀러갔던 가게는 시립 도서관 앞에 있는 '위터드'라는 커피 가게다. 겨울이면 절로 발걸음이 향하게 되는 작은 상점에는 따스한 분위기의 캐롤풍 음악과 함께 커피 향기가 가득하다. 작은 가게 안에는 갖가지 종류의 영국 차와 티 포트, 은그릇에 담겨진 갖가지 알커피, 그리고 헤이즐넛, 프렌치 바닐라, 아이리쉬 크림, 스위스 모카 아몬드 등의 향이 첨가된 커피들이 진열되어 있다. '따스한 겨울'이라든가 '크리스마스 푸딩' 같은, 어떤 맛인지 정말 궁금해지는 이름을 단 향커피들도 있다.

위터드의 주인은 점잖은 산타클로스처럼 생긴 노인이다. 언제나 와이셔츠에 넥타이를 매고 그 위에 가게 마크가 새겨진 앞치마를 두르고는 카운터에 기대 서서 커피를 마시고 있거나 알커피를 갈아주고 있다. 사탕 가게의 사탕을 연상시키는 알커피들 중에서 손님들이 커피를 골라내면 주인 할아버지가 직접 커피를 갈아서 갈색의 종이봉지에 담아준다. 점잖은 어조로 손님들과 이야기를 나누기도 하는 이 주인 할아버지를 보기만 해도 기분이 좋아져서 우리는 일부러 '위터드' 근처를 지나다니곤 했다.

운이 좋으면 '위터드'에서는 공짜로 차를 맛볼 수도 있다. 가끔 입구에 보온병과 작은 1회용 컵들이 있어서 따뜻한 차를 마실 수가 있기 때문이다. 커피 향기에 이끌려 처음 이곳에 들어갔을 때 맛보았던 '터키 사과'라는 차는 환상적으로 향기롭고 달콤해서 토요일 오후의 기분을 내내 유쾌하게 만들어주었다.

케임브리지의 거리에는 표정이 있어서 좋다. 자잘한 일상의 모습, 전통의 숨결, 화장기 없는 말간 얼굴의 여학생들과 곱게 늙으신 할머니들의 모습, 꼬불꼬불한 골목 모퉁이마다 나타나는 오래 된 서점과 골동품 가게들. 이곳에 나와 서면 한국에서는 느낄 수 없었던 어떤 낯선 느낌과 조우하게 된다. 정말로 외국에 나와서 살고 있구나 하는 느낌. 새 옷이 피부를 스칠 때처럼 신선하고도 낯설은 그 느낌이 좋아서 우리는 주말만 되면 처음 케임브리지를 찾은 관광객들처럼 카메라를 목에 걸고 칼리지와 시내 구경에 나서고는 했다.

지금도 유명한 영국의 가상 인물, 셜록 홈즈

나는 셜록 홈즈(Sherlock Holmes)의 골수팬을 일컫는 '셜로키안'까지는 아니지만 셜록 홈즈의 팬이다. 최근 한국에도 셜록 홈즈의 정본 번역판이 소개되어 인기를 누리고 있는데 나 역시 시리즈가 한 권씩 출간될 때마다 곱씹어가며 열심히 읽었다. 셜록 홈즈 시리즈는 19세기 말에 영국의 잡지인 〈스트랜드 매거진〉에 연재되었던 대중 소설이다. 그래서인지 영국 소설치고는 영어로 읽기가 그리 어렵지 않은 편이다. 특히 단편은 영어로 읽는 것이 더 박진감 넘친다. 영어판 중에서도 《셜록 홈즈의 모험(The Adventures of Sherlock Holmes)》 같은 단편집은 국내의 큰 서점에서 어렵지 않게 구할 수 있다.

셜록 홈즈의 작가인 코난 도일(1859~1930)은 에든버러 대학을 졸업한 안과 의사였다. 런던에서 개업의로 일했지만 병원은 잘 되지 않았고, 1887년 심심풀이로 써서 잡지 〈스트랜드〉에 연재한 셜록 홈즈 시리즈가 선풍적 인기를 끌면서 작가가 되어버렸다. 도일은 불과 2주 만에 단편 하나를 완성할 만큼 빨리 글을 썼다고 하니 천부적인 작가였던 셈이다. 그는 셜록 홈즈 말고도 여러 가지 역사 소설을 썼고, 스스로는 홈즈보다 이 같은 역사 소설

'베이커 가 221b 번지' 셜록 홈즈 박물관의 거실. 왓슨 박사로 분장한 아저씨가 방문객을 맞아준다.

을 더 높게 평가했다. 역사 소설에 전념하기 위해 1893년
에는 소설 속에서 홈즈를 죽이기까지 했다. 그러나 대중
들은 작가에게 협박 편지를 보낼 만큼 탐정의 부활을 기
다렸다. 결국 도일은 꼭 10년 만인 1903년 발표한 《빈집
의 모험》에서 신출귀몰한 탐정 셜록 홈즈를 되살려놓았
다. 60편의 셜록 홈즈 장, 단편들은 오늘날까지 200편이
넘는 영화로 제작될 만큼 변치 않는 인기를 누리고 있다.

셜록 홈즈를 읽는 내 심정은 아마도 일반 독자들과는
약간 다를 것이다. 은밀한 친구를 만나는 기분이랄까? 우
선 셜록 홈즈의 모습 — 180센티미터를 약간 넘는 키, 가

늘고 길지만 억센 팔다리, 좁고 길쭉한 얼굴과 각진 턱, 싸늘하고 날카로운 눈빛, 자신의 일에는 철저한 대신 세상 일에는 별관심이 없는 비사교적인 성격 — 은 영국에서 흔히 볼 수 있는 남성 타입이다. 좀더 구체적으로 말하자면 런던에서 일하는 화이트 칼라 중에 이 같은 성격과 모습을 가진 사람이 많다.

런던의 금융가가 집중되어 있는 '더 시티(The City)' 구역에 가면 한 손에는 서류 가방, 다른 손에는 테이크 어웨이(미국에서는 Take Out이라고 표현하지만 영국에서는 Take Away라고 한다.) 커피를 들고 분홍색 〈파이낸셜 타임스〉를 옆구리에 낀 채 긴 다리로 성큼성큼 걸어가는 회사원들을 많이 마주치게 된다. 그런데 한결같이 단정한 싱글 수트를 차려입은 이 회사원들 10명 중 서너 명은 위에서 말한 셜록 홈즈처럼 생겨먹었다. 희한하게도 이들은 성격도 홈즈와 비슷해 보인다. 어떻게 아느냐고? 싸늘하고 무심한 표정을 짓고 있는 이 '홈즈'들에게 다가가 "저어, 미안하지만…" 하고 길을 묻는 관광객 흉내를 내보라. 이들은 순식간에 너무도 친절하고 상냥한 표정으로 돌변하면서 "아, 마담, 무슨 일이시지요? 제가 도와드리죠." 하고 싹싹하게 말할 테니까. 이 역시 의뢰인에게 친절한, 특히 여성에게는 더욱 친절한 영국 신사 홈즈의 모습 그대로다.(이들이 친절하게 군다고 해서 당신에게 관심이 있는 것으로 착각하면 안 된다. 홈즈가 그러하듯이, 영국의 화이트 칼라들은 대체로 여성에게 관심이 없다.)

홈즈의 하숙집이 있는 베이커 가(Baker Street)는 실제로 런던에 있는 거리다. 소설 속에서는 작은 도로처럼 느껴지지만 베이커 가는 지하철 4개 노선과 웬만한 버스들이 대부분 지나다니는 런던의 번화가다. 이 길에는 런던의 유명한 관광 명소인 '마담 터소의 밀랍 인형 전시관'도 있다. 베이커 가 외에도 토튼햄 코트 로드, 옥스퍼드가, 리젠트 가 등 홈즈 시리즈에 등장하는 지명은 모두 실재하는 곳들이다. 홈즈 시리즈 중에서는 "우리는 두 사람의 뒤를 따라 옥스퍼드 가로, 그리고 다시 리젠트 가로 들어갔다." 같은 대목을 흔히 읽을 수 있는데, 심심하면 옥스퍼드 거리를 쏘다녔던 내게 이 같은 묘사는 참으로 각별한 느낌이었다.

홈즈의 하숙집 주소인 베이커 가 221b번지는 원래 존재하지 않는 주소다. 하지만 이 주소에는 현재 허드슨 부인의 하숙집처럼 꾸며놓은 셜록 홈즈 박물관이 있어 가상 인물인 홈즈를 역사적인 인물로 착각하게끔 만들어준다. 이 작은 박물관을 둘러보면 정말로 홈즈가 백 년 전에 이 집에 앉아 파이프 담배를 피우며 의뢰받은 사건을 추리했을 것 같다. 셜록 홈즈 박물관은 6파운드라는 적지 않은 입장료에도 불구하고 런던의 여러 박물관 중 인기 있는 장소로 손꼽힌다.

셜록 홈즈 시리즈를 읽으면서 내가 또 하나 재미있게 느끼는 점은 홈즈가 활약하던 당시인 19세기 말의 런던

거리 묘사가 요즈음과 너무나도 흡사하다는 점이다. '이륜마차'를 '택시'로, '합승마차'를 '2층 버스'로 바꾸기만 하면 거의 똑같다.

예를 들면 이런 식이다. "홈즈는 마차가 홍수를 이루고 있는 도로로 내려서 마차를 잡으려고 했지만 역부족이었다."는 문장에서 '마차'를 '택시'로 바꾸어보라. 현재의 런던 거리와 무엇이 다른가 말이다. 놀랍게도 홈즈는 가끔 지하철까지도 타고 다닌다. 런던에서 가장 오래된 지하철인 노던 라인이 1860년대에 개통되었고 셜록 홈즈의 활동 시기가 1887년부터 1927년 사이니 이 역시 전혀 이상한 일이 아니다. 만약 런던에 가시는 분 중에서 셜록 홈즈의 팬이 있으시다면 '홈즈가 타던 지하철'인 노던 라인을 한 번 타보시기를 권한다.

그러나 뭐니뭐니해도 홈즈 시리즈가 내게 주는 가장 큰 재미는 홈즈를 통해 100년 전의 영국 사람들의 의식구조를 슬쩍슬쩍 들여다보는 데에 있다. 홈즈의 베이커 가 하숙집을 찾아오는 의뢰인 중 적지 않은 수가 귀족이다. 귀족 나으리들은 은밀하게 처리해야 할 사건이 많아서인지 홈즈를 찾아와 한결같이 이렇게 말한다. "제발, 경찰이나 언론이 알아차리지 못하게 해주시오. 신문에 이 일이 보도되면 난 끝장입니다." 뭐가 끝장이라는 것일까? 범법 행위가 아니라도 자신의 체면을 구기는 스캔들은 귀족 사회에서 치명적이라는 뜻이 아닐까?

셜록 홈즈 시리즈의 저자인 코난 도일은 그 자신도 기

사 작위를 받아서인지 영국의 신분 제도에 별다른 반감이 없었던 것 같다. 홈즈는 귀족들을 비꼬거나 공격하는 일이 거의 없다. 그는 귀족들에게는 반드시 작위를 부르며 공손하게 대한다. 이에 비해 귀족들은 사건을 부탁하는 절박한 처지임에도 불구하고 별로 저자세가 아니다. 코난 도일은 귀족에 대해 "어릴 때부터 감정을 드러내지 않도록 교육받은 사람들"이라고 묘사하기도 한다. 참, 일부 독자들이 생각하는 것과는 달리 도일의 기사 작위는 셜록 홈즈 시리즈를 쓴 공로로 받은 것이 아니다. 도일은 이미 작가로 유명세를 떨치던 1902년에 남아프리카에서 벌어진 보어 전쟁에 군의관으로 참전했다. 작위는 이때의 공로로 받은 것이다.

당시 귀족 사회의 가식적인 면모를 보여주는 에피소드는 이밖에도 많다. 홈즈는 가끔 귀족 숙녀들의 편지를 되찾아오는 임무를 맡는다. 숙녀들이 사립 탐정까지 고용해가며 편지를 찾으려 하는 이유는 이 편지가 '낮은 신분의 남성에게 보낸 연애 편지'이기 때문이다. 그리고 숙녀들은 자신의 신분에 어울리는 귀족 남성과 결혼을 앞두고 있다. 하지만 이 결혼은 과거에 보냈던 연서 한 장으로도 간단하게 파국을 맞을 수 있다. 굳이 그처럼 냉정한 귀족 남자와 결혼하려 하는 이유가 무엇인지 모르겠지만, 불쌍한 귀족 아가씨들은 자신들의 과거를 담은 편지를 되찾으려 몸부림친다. 물론 홈즈는 이들의 고민을 갖가지 기발한 방법으로 깨끗하게 해결해준다.

셜록 홈즈 시리즈가 연재되던 시기는 대영 제국의 전성기인 빅토리아 여왕 시대였다. 이 당시 영국은 '해가 지지 않는 나라' 답게 아프리카와 인도, 오스트레일리아 등 각지에 식민지를 거느리고 있었다. 그래서 셜록 홈즈 시리즈에도 식민지에서 일어난 과거의 사건이 현재 사건의 단서가 되는 장면이 많이 나온다. 오스트레일리아에서 금광을 발견했던 동업자를 찾아 영국에 온 악당이 과거의 동업자를 협박하다가 살해당하는 식이다.

그런데 셜록 홈즈 시리즈에서 가장 극악무도하고, 범죄가 횡행하는 장소로 그려지는 외국은 대개 미국이다. 예를 들면, 셜록 홈즈 시리즈의 첫 번째 장편인 《주홍색 연구》에서 모르몬 교도들은 피도 눈물도 없는 살인귀로 묘사된다. 이들의 본거지인 유타 주는 간밤에 사람이 죽어나가는 일이 예사인 무법천지다. 술 담배는 물론 커피도 마시지 않으면서 경건하고 검소하게 사는 오늘날 유타 주의 모르몬교도들이 보기에는 너무도 억울한 묘사다.

또 '공포의 계곡'에 등장하는 미국인 조직 폭력배들은 과거에 자신들을 일망타진한 용감한 보안관을 찾아와 몇십 년 전의 원수를 피로 갚는 집요한 악한들로 그려지기도 한다. 그도 그럴 것이, 셜록 홈즈의 활약 당시만 해도 미국은 영국이 전쟁 끝에 아깝게 잃어버린 식민지이자 미개한 후진국이었다. 미국인에 대한 그 같은 반감이 당시의 대중 소설이었던 셜록 홈즈 속에서 자연스럽게 표출되고 있는 셈이다.

셜록 홈즈를 읽으면서 드는 생각은 이밖에도 많지만 가장 큰 궁금증은 '왜 코난 도일이 자신의 분신인 셜록 홈즈를 결혼시키지 않았을까' 라는 점이다. 소설 속의 홈즈는 탐정 일에서 은퇴한 후 엉뚱하게도 런던 교외에서 회고록을 쓰고 벌을 치면서 여생을 보낸다.(반면, 도일은 평생 동안 두 번 결혼했다.) 그가 약간이라도 특별한 감정을 보인 여성은 《보헤미아 왕국 스캔들》에 등장하는 여가수 아이린 애들러밖에 없으며 그나마 이 역시 이성 간에 생기는 감정이 아니라 자신에 필적하는 뛰어난 두뇌에 대한 존경심에 가깝다.

아마도 도일은 영국인 특유의 금욕주의에 경도되었던 게 아닐까 싶다. 19세기까지 옥스퍼드나 케임브리지 대학의 교수들은 사제가 아니더라도 결혼하지 않는 것이 일반적이었다. 당시의 영국인들에게는 지적 활동을 하는 전문인과 결혼 생활은 어울리지 않는다는 생각이 광범위하게 퍼져 있었다. 그래서 홈즈의 조수인 왓슨도 "홈즈가 분별 없는 연애 감정으로 인해 자신의 논리 정연한 사고 체계를 흐트리는 일은 상상할 수도 없다."고 적고 있다. 아무리 그렇다고는 해도 이 명탐정이 연애나 결혼을 했다면 그를 둘러싼 얘깃거리가 더 풍부해지지 않았을까 하는 아쉬움이 남는다.

은퇴한 지 한참이 지났는데도 여전히 수백 개의 팬클럽을 거느리고 있으며 '셜록(Sherlock)' 이라는 단어가 '수수께끼를 잘 맞히는 사람' 이라는 영어 단어로 쓰일

만큼 유명세를 치르고 있는 홈즈. 그는 비록 가상의 인물이지만 가장 유명한 영국인의 한 사람으로 손꼽기에 부족함이 없을 듯하다.

또 20세기 최고의 고전이라는 《장미의 이름》을 쓴 움베르토 에코는 이 명탐정에 대한 나름의 헌사를 바치고 있다. 《장미의 이름》에 등장하는 주인공 윌리엄 수사는 바로 셜록 홈즈에서 따온 인물이기 때문이다. 소설 속에서 영국 출신인 윌리엄은 수사답지 않게 신앙보다는 논리 정연한 방식으로 수도원에서 일어난 살인 사건을 해결한다. 윌리엄 수사는 큰 키에 마른 체격, 그리고 찌르는 눈빛 등 외모부터가 홈즈와 흡사하며 그의 조수인 아드소 수사에게 사건의 내용을 설명하는 모습도 왓슨과 이야기하는 홈즈를 연상시킨다. 그리고 결정적으로 윌리엄 수사는 '바스커빌의 윌리엄'이라고 불리는데 이 '바스커빌'은 바로 홈즈 시리즈 중 가장 유명한 장편 소설 《바스커빌 가문의 개》에서 따온 것이다.

영국의, 영국인에 의한, 영국인을 위한 책
해리 포터 이야기

해리 포터, 반지의 제왕, 오페라의 유령, 캐츠, 레미제
라블 … 21세기 들어 국내에서 큰 인기를 끈 영화나 뮤지
컬의 제목들이다. 해리 포터 시리즈나 반지의 제왕 시리
즈가 극장에서 선풍적 인기를 끈 것은 새삼 설명할 필요
도 없고, 2001년 연말부터 2002년 여름까지 7개월 간 공
연된 뮤지컬 '오페라의 유령'도 한국 뮤지컬의 역사를
새로 쓰는 대히트를 기록했다. '오페라의 유령' 이후로
'캐츠', '레미제라블' 등 뮤지컬 대작들이 줄줄이 수입
되어 열화와 같은 인기를 얻었다. 그런데 이 작품들에는
공통점이 하나 있다. 모두 '영국산 문화 상품'이라는 거
다.

우선 해리 포터 시리즈를 보자. 결론부터 말하자면 해
리 포터는 '영국의, 영국인에 의한, 영국인을 위한' 책이
나 다름없다. J. K. 롤링이 영국이 아닌 미국에서 태어났
다면, 과연 해리 포터 시리즈를 쓸 수 있었을까? 그저 평
범한 이혼녀였던 롤링이 이처럼 환상적인 해리 포터 시
리즈를 써낸 배경에는 영국식 전통, 영국 문화의 힘이 자
리하고 있다.

해리 포터가 심술궂은 이모 내외와 사촌 두들리에게

구박받으며 사는 집의 구조나, 거리 묘사는 모두 영국의 소도시에 가면 금방 볼 수 있는 것들이다. 해리가 호그워츠 마법 학교로 가기 위해 기차를 타는 킹스 크로스 역도 런던 서부에 실제로 있는 기차역이다. 런던에서 케임브리지로 가기 위해 킹스 크로스 역 9번 플랫폼에서 50번도 넘게 기차를 탔던 나로서는 책 속에 등장하는 '9와 3/4번 플랫폼'에 진한 향수를 느끼지 않을 수 없었다.

결정적으로 해리가 친구 론, 헤르미온느와 생활하며 모험의 주된 무대가 되는 호그워츠 마법 학교는 영국에 흔한 사립 기숙 학교(Public School) 그대로다. 학과 공부 대신 마술을 배운다는 점이 다를 뿐이다. 전세계의 많은 어린이들이 동경하고 부러워했던 고색 창연한 학교 건물이나 모든 학생과 교사들이 다같이 모여 식사하는 큰 식당, 식사 후 휴식을 취하는 휴게실(Common Room), 미로처럼 이어진 기숙사의 계단과 유령이라도 나올 법한 도서관 등은 영국의 웬만한 사립 학교나 대학에서 쉽게 찾아볼 수 있는 곳들이다.

《해리 포터와 마법사의 돌》에서 해리와 친구들이 숨어들어가 금서를 뒤지는 도서관 장면을 보고 나는 그만 무릎을 쳤다. "앗, 저기 케임브리지 대학 도서관이잖아!" 하고. 스크린 속의 도서관 장면은 내가 매일같이 산처럼 높은 서가 사이를 누비며, 때로는 사다리까지 타고 오르면서 책을 찾아 헤매던 바로 그곳 아닌가! 나중에 알고보니 그 도서관은 케임브리지 대학 도서관이 아니라 옥스퍼드 대학의 보들레이언 도서관이었다.

그밖에도 영화를 촬영했다는 영국 남부의 글로스터 성당과 더럼 성당, 중부 노섬벌랜드 주의 앨런위크 성 등도 영국의 시골에서 흔하게 마주칠 수 있는 성과 성당들이다.

마술 학교의 주력 스포츠인 '퀴디치' 게임도 가만히 보면 럭비와 크리켓을 혼합한 듯싶다. 물론 마법사답게 빗자루를 타고 공중에서 경기한다는 점은 다르지만 나머지 경기 규칙들을 자세히 살펴보면 럭비나 크리켓과의 공통점을 어렵지 않게 찾을 수 있다. 두 경기 종목은 모두 영국의 학교 어디에서나 쉽게 볼 수 있다.

이밖에도 해리 포터는 영국식 사고 방식과 상식, 신화 등 영국인의 시각에서는 너무도 친숙한 이야기들이 곳곳에 선보인다. 우리가 《해리 포터와 마법사의 돌(Harry Potter and the Sorcerer' s Stone)》로 알고 있는 '해리 포터' 시리즈 첫 권의 원제목은 《해리 포터와 철학자의 돌 (Harry Potter and the Philosopher' s Stone)》이다. 책이 처음 나온 영국의 블룸스버리 출판사 판은 현재도 이 제목으로 출간되고 있다. 그러나 미국에 건너갈 때는 '왜 마법사 이야기 속에 철학자가 나오느냐'는 미국의 스콜라스틱 출판사 측의 항의로 부득불 제목을 수정할 수밖에 없었다고 한다.

그런데 왜 정말 '철학자의 돌'일까? 《해리 포터와 마법사의 돌》속에는 '니콜라스 플라멜'이라는 위대한 마법사가 나온다. 이 마법사는 악한 마법사 볼드모트가 뺏으려 하는 문제의 '마법사의 돌'을 만들어낸 장본인으로 665세의 나이를 자랑하는 불사의 마법사이기도 하다. 해리 포터는 볼드모트가 부활하기 위해 반드시 필요한 마법사의 돌을 지켜냄으로써 자신의 사명을 완수한다.

그런데 여기서 중요한 인물로 등장하는 니콜라스 플라멜은 유럽인들에게는 낯익은 이름이다. 플라멜은 14세기의 실존 인물로 프랑스 파리에는 아직도 그의 집이 남아 있다. 그가 유명해진 것은 바로 중세 유럽을 주름잡는 연금술사였기 때문이다. 금속을 금으로 변환시킨다는 연금술에서 가장 핵심적인 단계는 '철학자의 돌(또는 현자의 돌)'이나 '엘릭시르'라고 불리는 신비의 물질을 만들어내는 것이다. 이 철학자의 돌이 금속을 금으로 변환시켜준다고 연금술사들은 믿었다. '해리 포터…'에 등장하는 니콜라스 플라멜은 1382년 철학자의 돌을 이용해 수은을 금으로 변화시켰다고 한다.

물론 이 기록은 믿기 어렵다. 현대 과학의 관점에서 볼 때 현자의 돌이나 연금술은 불가능한 일이기 때문이다. 그러나 아무튼 니콜라스 플라멜은 수은을 금으로 바꾸었다는 기록을 분명 남겼고, 이 때문에 위대한 연금술사로 추앙받았다. 그러니까 해리 포터 시리즈의 작가 J. K. 롤링은 '니콜라스 플라멜'이라는 인물을 창조한 것이 아니고, 옛날 전설에서 따온 것이다. 따라서 니콜라스 플라멜이나 연금술, 철학자의 돌 등은 이미 영국인들에게는 익

PLATFORM 9¾

킹스 크로스 역 9번과 10번 플랫폼 사이에는 어느새 9와 3/4번 플랫폼이 생겼다.

숙한 내용들인 것이다.

해리 포터 속에는 이외에도 유럽의 신화와 전설을 차용한 부분이 많다. 또 하나의 예를 들어보자. 이모 댁에서 구박받던 천덕꾸러기 해리 포터는 동물원에서 우연히 뱀의 말을 알아듣고 자신이 마법사라는 사실을 자각한다. 또 2편인 '해리 포터와 비밀의 방'에서는 뱀과 이야기하는 능력을 보여 슬레데린의 후계자로 지목된다.

그런데 이 부분은 그리스 신화에서 예언자 멜람포스가 뱀이 귀를 핥는 순간, 동물들의 말을 알아듣는 능력을 갖추게 되었다는 부분을 상기시킨다. 또 그리스 신화에 등장하는 신 헤르메스는 뱀 두 마리가 휘감긴 마법의 지팡이를 들고 다닌다. 이처럼 고대 유럽의 신화에서 뱀은 곧 마법의 능력을 상징하는 것이다. 어찌 보면 해리 포터 시리즈는 J. K. 롤링이 평범한 영국인이었기 때문에 탄생할 수 있었던 것이라 해도 과언이 아닐 것이다.

비록 해리 포터 영화 시리즈들은 할리우드에서 제작되었지만 배우들은 전원 영국인으로 구성되었고 촬영 역시 영국에서 이루어졌다. 이는 작품에서 뿜어져나오는 영국적 분위기를 최대한 살리려는 배려인 것이다.

해리 포터에 비해 《반지의 제왕》은 이미 오래 전에 씌어진 판타지 문학이 영화를 통해 새로이 각광을 받은 경우다. 중간계라고 불리는 환상의 세계에서 마법사, 요정, 난쟁이, 도둑 등 다양한 인물들이 '절대 반지'를 찾아 떠나는 모험을 그린 《반지의 제왕》은 원래 1930년대에 씌어진 소설이다. 원작가인 존 로널드 로웰 톨킨은 옥스퍼드 대학의 문헌학과 교수로 언어 연구에 천재적 재능을 보인 인물이다. 그가 유럽의 신화와 고대 언어를 연구하다가 신화적 상상력을 문학과 결합시킨 작품이 바로 《반지의 제왕》이다. 톨킨은 아이들에게 '옛날 이야기' 삼아 호빗족 이야기를 들려주면서 이 작품을 구상했다고 한다. 《반지의 제왕》에는 북유럽 신화, 바이킹 전설을 비롯해 고대 유럽의 전설과 설화들이 총출동한다. 현대인의 머리로서는 도저히 상상할 수 없는 웅장한 세계, 그것이 톨킨이 그려낸 북유럽 신화의 현대판 해석, 《반지의 제왕》이다.

다시 해리 포터 이야기로 돌아가자. 영화로 제작된 '해리 포터'를 본 후의 느낌은 '영국이 해리 포터를 가지고 엄청난 위력의 문화 산업을 만들어냈구나' 하는 것이었다. 아니나다를까. 킹스 크로스 역에는 이미 '9와 3/4 플랫폼'이 실제로 생겼다. 롤링이 난방비가 없어 어린 딸 제시카를 데리고 나와 글을 썼다는 에든버러의 카페는 이미 유명한 관광 명소가 되었다. 토니 블레어 총리가 졸업한 스코틀랜드의 명문 사립 학교 페테스는 '총리를 배출한 학교'에서 '호그워츠 마법 학교의 모델'이라는 말로 학교 홍보 전략을 바꾸었다. 영국 관광청이 발행한 '해리 포터 지도'에는 영화를 주로 촬영했던 글로스터 성당이 호그워츠 마법 학교로 표기되어 있지만 페테스는 별로 상관하지 않는 눈치다. 하긴, 어차피 현실에 존재하

롤링이 난방비가 없어 어린 딸 제시카를 데리고 나와 글을 썼다는 에든버러의 카페는 이미 유명한 관광 명소가 되었다.

지 않는 마법 학교니 어디가 주도권을 주장한다 해도 결론이 날 수 없지 않은가. 내가 보기에는 '우리가 해리 포터의 모델'이라고 주장할 수 있는 사립 학교들은 영국 내에 수십 군데가 넘을 것 같다.

더욱 재미있는 사실은 잉글랜드와 웨일스의 접경 지대에서 태어나 현재 스코틀랜드에 살고 있는 롤링을 사이에 둔 각 지역의 '주도권 다툼'이다. 스코틀랜드에서는 당연히 롤링을 '스코틀랜드를 대표하는 작가'로 소개한다. 그러나 웨일스에서는 또 롤링을 '웨일스 작가'로, 그리고 잉글랜드에서는 '잉글랜드 작가'로 둔갑한다.

확실한 것은 소재 고갈로 허덕이는 할리우드를 이제 영국식 판타지가 지배하게 되었다는 사실이다. 어린이들은 해리 포터와 나니아 이야기에, 그리고 어른들은 반지의 제왕에 열광하고 있으니 말이다. 반면 미국식 애니메이션의 대표 주자인 디즈니는 몇 년째 소재 고갈과 흥행 실패로 회사 존립까지 흔들릴 만큼 심각한 위기를 맞고 있다. 디즈니의 몰락은 문화 산업에서 '컨텐츠'가 얼마나 중요한 것인지를 알려주는 동시에 대자본만으로 컨텐츠를 생산할 수 없다는 사실도 보여준다.

디즈니를 제치고 세계 영화 산업을 제패한 해리 포터와 반지의 제왕. 이들의 승승장구는 문화 산업에서 가장 핵심적인 요소는 거대 자본이 아니라 참신하고 독창적인 아이디어임을, 그리고 그 아이디어를 잉태할 수 있는 문화적, 전통적 토양임을 알려준다. 영국이야말로 이처럼 '온고이지신'으로 새로운 아이디어를 탄생시킬 수 있는 최적의 환경인 것이다.

문화 선진국이라는 점에서 우리는 영국과 비슷한 점이 많다. '괴물'이나 '올드 보이' 등의 영화가 할리우드에서 리메이크 되고 아시아 전역에 '한류' 붐을 불러일으키고 있는 한국이 아닌가. 전통을 현재에 맞게 재창조해 새로운 문화 컨텐츠를 개발하고, 그 컨텐츠를 치밀하게 개발, 수출하는 영국의 문화 산업 전략은 우리가 영국에서 진정 배워야 할 부분임에 틀림없다. 그나저나 해리포터의 마지막 권인 7편은 과연 어떤 결말로 끝나게 될까?

창조 산업의 중심 런던, 예술의 메카로 변한 영국

좀 김새는 말이지만, 바꾸지 않아도 행복하다는 이 책 제목을 이렇게 바꿔야 할 것 같다. '꼭 바꿀 건 바꾸는 나라 영국'으로 말이다. 진짜로 요즘 영국이 바뀌고 있다.

이 '바꿈'은 '모든 것을 바꿔야 산다'라든가 '마누라만 빼고 다 바꿔라'는 식의 강박적인 관념은 물론 아니다. 그러나 바위처럼 옴짝달싹 않고 제 자리에 딱 버티고 있을 줄 알았던 영국이 바뀌고 있다는 건 사실 좀 충격이었다. 그리고 이 변화의 중심에는 런던이 있다.

지난해 가을, 실로 오랜만에 런던에 갔다. 학교 졸업식에도 못 갔던 런던을 7년 만에 가게 되니 출발 전부터 얼마나 가슴이 두근거렸는지 모른다. 그 전날 밤을 꼬박 새우며 일을 대강 마무리짓고 나서, 비행기 안에서 밤새 끙끙 앓으며 나는 런던에 도착했다. 오후 다섯 시, 기울어지는 햇살이 히드로 공항 활주로를 가득 채우고 있었다. 공항의 통관 수속을 빠져나와 가방을 낑낑대며 끌고 피카딜리 라인 지하철을 탔다. 마치 지난달쯤 떠난 양, 낡은 지하철과 칙칙한 공항 주변의 풍경은 여전했다. 희한하게도 이 우중충한 풍경이 되려 살갑게 보였다.

그런데 어머나? 날씨가 왜 이래? 영국답지 않게 초저

녁 햇살이 찬란하고 환하다. 1년에 200일 이상 비가 오는 영국 날씨가 나를 반겨주는 건지, 쨍쨍하기가 그지없다. 그거야 뭐 우연이겠지. 그런데 그 다음날, 런던에서 햄스테드로 가기 위해 지하철 노던 라인을 탔더니 세계에서 제일 오래 된 지하철 노선인 노던 라인에 어느새 최신식 열차가 달리고 있었다. 나무가 깔린 바닥과 침침한 불빛 때문에 타기가 싫던 열차 대신 빨간색의 멋진 열차가 쌩쌩 달려가는 게 아닌가. 아, 영국도 이렇게 변화하고 있구나! 반갑기도 했고, 괜시리 서운하기도 했다.

놀랍게도 칙칙한 날씨와 유행이 없는 나라 영국은 세계 최고의 디자인 수출 국가다. 영국의 디자인 대학은 유럽 디자이너의 30퍼센트를 배출하고 있고, 100개 국이 넘는 나라의 학생들이 디자인을 공부하기 위해 런던에 온다. 웨스트앤드의 뮤지컬 산업이나 《해리 포터》, 《반지의 제왕》, 《나니아 연대기》로 이어지는 영국산 판타지 소설, 영화의 세계적인 유행은 두말할 나위도 없다. 아니, 어떻게 딴 나라도 아닌 영국이 그럴 수가 있어! 10년이 넘게 똑같은 버버리 코트를 입고 다니는 사람들이 사는 나라가 영국인데.

그 변화의 핵심에는 영국 정부가 있다. 1997년, 18년 만에 정권을 탈환한 토니 블레어의 노동당 내각은 안팎으로 영국이 늙어가고 있다는 사실에 주목했다. 18년 간 보수당이 집권한 영국의 이미지는 대처 총리처럼 늙고 고집스러웠다. 영국은 유럽 대륙과 떨어져 있는 섬나라이기 때문에 대륙의 국가들과는 달리 일부러 관광객이 찾아와야 하는 난점이 있다. 그런데 구닥다리 같은 국가 이미지로는 관광객을 유치하는 데 문제가 많은 것이다.

실제적으로도 영국의 산업 구조는 노화해 있었다. 높은 임금과 물가 때문에 외국의 제조업을 유치하기란 불가능에 가까웠고—이즈음 영국 워딩에 있던 대우자동차도 고임금 구조를 버티다 못해 철수했다.—금융 산업과 영어 교육 산업도 분명 한계가 있었다. EU 통합 정책으로 인해 금융 산업은 유럽의 새로운 중심이 된 브뤼셀과 프랑크푸르트로 몰렸고 영어 교육 역시 영국보다 물가가 싼 오스트레일리아와 뉴질랜드, 그리고 미국식 발음을 가르치는 캐나다 등에 비하면 경쟁력이 없었다. 블레어 총리는 국가의 이미지 재고를 위해, 그리고 실제로 경제 규모를 끌어올리기 위해 무언가 특단의 조치를 취해야 한다고 생각했다.

블레어 정부는 우선 새로운 영국, 즉 '쿨 브리타니아 (Cool Britannia)'라는 슬로건을 내세웠다. '쿨 브리타니아'는 원래 60년대 중반 영국의 한 밴드가 부른 노래 이름이었다. 1996년 〈뉴스위크〉지가 런던을 가리켜 "지구에서 가장 쿨한 도시"라고 일컬으며 이 오래 된 노래 제목을 다시 끄집어냈던 것이다.

마침 영국에는 '쿨한 아이콘'들이 넘쳐나고 있었다. 스파이스 걸스, 웨스트라이프를 비롯한 영국 밴드들이 전세계적인 인기를 얻을 때였고 블레어 본인부터가 대

런던의 디자인 미술관. 유럽에서 활동하는 디자이너의 30퍼센트 이상이 영국 출신이다. 특히 런던은 뉴욕과 파리를 제치고 디자인과 패션의 메카로 급부상하고 있다.

처, 메이저 등 전 총리들에 비해 젊고 참신한 이미지였다. 알렉산더 매퀸, 존 갈리아노, 비비안 웨스트우드 등의 디자이너들과 화가 데미안 허스트 등도 '쿨 브리타니아'의 기수로 내세워졌다. '쿨 브리타니아'는 무언가 새롭고 진취적이며 참신한 스타일을 지칭하는 슬로건이 되었다.

'쿨 브리타니아'는 단순히 이미지만이 아니었다. 블레어 정부는 제조업과 금융 산업을 잇는 영국의 차세대 산업을 창조 산업(Creative Industry), 그중에서도 음악과 패션, 디자인 산업에 집중하기로 결정했다. 아예 '창조 산업 관광부'라는 부서를 정부 내각에 신설하고 창조 산업을 국가적인 정책으로 장려하기 시작했다.

사실 영국 사람들과 창조성은 그리 관련된 단어는 아니다. 프랑스 하면 두말할 것도 없이 샤넬, 루이비통 등이 떠오르고 이탈리아 하면 페라리, 페라가모 등의 브랜드가 떠오른다. 또 스칸디나비아는 이케아 등 실용적인 가구 디자인이 강세이고 독일도 디자인과 기술력이 결합된 자동차 브랜드들이 있다. 그런데 영국적 디자인이라고 하면 겨우 버버리와 2층 버스, 기네스 맥주 정도가 떠오를 뿐, 기발하고 창조적인 디자인은 영국과는 분명 거리가 있다.

그런데도 영국은 창조 산업의 중심 도시로 런던을 띄워보자는 작전을 개시했다(이즈음에는 '런던이 최고야 (London First)!'라는 슬로건도 등장했다). 영국은 섬나라답게 다른 나라의 문화를 받아들이는 데 거부감이 없었고 인도와 아프리카를 식민지로 거느렸던 과거사 덕분에 다양한 문화들이 이미 이식되어 있는 상태였다. 또 소설 《반지의 제왕》이나 《나니아 연대기》에서 알 수 있듯이 문화 유산 면에서도 영국을 따라올 국가는 드물다. 특히 런던 거주민 다섯 명 중 한 명은 영어 아닌 외국어를 쓰는 사람일 정도로 런던은 국제화되어 있는 도시였다.

멀티 컬처, 즉 다문화적인 런던의 특성 외에 영국 정부가 믿었던 것은 영국의 교육 시스템이었다. 즉, 현장성을 중시하며 석박사 과정도 단기간에 마칠 수 있는 영국 교육 시스템을 이용해서 창조 산업을 일으키자는 작전이었다. 영국의 모든 초등학교에 '디자인과 테크놀로지'라는 과목이 필수 과목으로 편성되었고 디자인 위원회(Design Council)라는 정부 기관도 생겨났다. 또 첼시 예술 대학, 런던 커뮤니케이션 칼리지 등 이곳 저곳으로 흩어져 있는 예술대학들을 런던 예술 대학(University of the Arts London)이라는 이름으로 통합했다.

'앞으로는 영국의 경제를 창조 산업이 짊어지고 갈 것'이라는 블레어 정부의 예측은 정확하게 맞아떨어졌다. 제조업이나 금융 산업과는 달리, 창조 산업들은 한계를 모르고 성장했다. 소설이 뮤지컬 산업으로, 다시 영화 판권으로 이어지고 컴퓨터 디자인이 컴퓨터 소프트웨어 개발을 이끌며 뛰어난 패션 디자이너들이 패션 산업을 일으키는 등, 창조 산업은 자체적으로 무한증식이 가능한 분야였던 것이다. 1백억 원을 투자해 제작한 뮤지컬 '오페라의 유령'은 5조원 가까운 돈을 벌어들였다. 전세계적으로 2억 5000만 권이 팔렸다는 〈해리 포터〉 시리즈는 소설로 그치지 않고 영화 제작으로 이어져 천문학적인 수익을 올렸다. '라이온 킹', '미스 사이공' 등 웨스트 앤드산 뮤지컬들은 세계 각지로 수출되었다. 창조 산업이 영국에 안겨주는 무역 흑자는 연간 22조 원에 달한다. 현재 영국은 미국, 프랑스, 중국 등을 제치고 세계에서 가장 많은 문화 상품을 수출하고 있는 국가다.

어떻게 이처럼 급속도의 창조 산업 성장이 가능했을

템스 강에서 바라본 테이트 모던. 이 미술관답지 않은 건물은 원래 화력 발전소였다. 영국 사람들은 새 미술관 건물을 짓지 않고 기존의 발전소를 미술관으로 이용하는 특유의 실용성을 발휘했다. © Lee Hyungwoo

까? 정부의 지속적 후원? 교육의 힘? 모두가 맞는 말이다. 그러나 나는 이보다 더 중요한 이유가 있다고 생각한다. 원래 영국을 전체적으로 관통하는 이미지는 '보수' 다. 그런데 영국인들은 묘하게 혁신적이며 때로 놀라울 정도로 융통성을 발휘하는 면모가 있다. 보수와 혁신이 계속 서로를 견제하며 때로 긴장감을 일으키고 때로 협력하는, 영국만의 독특한 분위기가 바로 창조 산업을 키우는 비료 역할을 한 것이다.

실제로 런던의 공연가나 전시장들을 둘러보면 영국인들의 실용적이고 진보적인 면모를 금방 느낄 수 있다. 런던은 파리보다 훨씬 더 아방가르드적인 공연들이 열리는 도시다. 매년 여름 런던 로열 앨버트 홀에서 열리는 프롬스 콘서트의 많은 곡들은 현대 음악으로 채워진다. 지금은 베를린 필하모닉의 상임 지휘자가 된 사이먼 래틀은 버밍엄 시티 심포니 오케스트라 지휘자 시절에 BBC 현대 음악 프로그램의 고정 해설자였을 정도로 열렬한 현대 음악 애호가였다.

미술도 마찬가지다. 영국 미술인들은 미국이나 여타 어느 나라의 미술인보다 진보적이고 편견이 없다. 영국은 밀레니엄을 맞아 20세기 미술 전문 갤러리인 테이트 모던을 개관했다. 그런데 이 테이트 모던은 템스 강변에 있는 뱅크사이드 화력 발전소를 개조한 건물이다. 새로운 건물 짓는 데 막대한 돈을 쓰느니 있는 건물 잘 활용하자는 실용주의적 정신을 발휘한 것이다. 그 결과 밀레니엄 브리지 맞은편에 개관한 테이트 모던은 멋지지는 않아도 실속 있고 쾌적한 미술관 공간으로 탈바꿈했다. 또 건물 짓는 데 돈을 쓰지 않았기 때문에 테이트 브리튼과 마찬가지로 테이트 모던 역시 무료 입장 정책을 고수할 수 있었다.

'유행은 돌고 돈다'는 말처럼 유행은 새로운 것이 아니다. 그런데 한 번 물건을 사면 망가진 후까지 쓰는 영국인들의 취향은 유행의 사이클이 한 바퀴 돈 후에 다시 첨단 유행과 맞아떨어지는 것이다. 예를 들면 '미스터 빈'이 타고 다니는 자동차 미니는 1963년에 탄생한 디자인이다. 우리가 처음 영국에 갔을 때 본 미니는 최첨단 유행과는 영 거리가 먼 디자인으로 보였다. 그런데 요즘 청담동 거리를 달리는 미니를 보면 왜 이렇게 세련되고 멋져 보이는지. 와, 역시 유행이 돌고 도는 게 맞구나 싶었다. 영국 살 때 미니 중고차 한 대 사서 타다 가지고 올 것을.

사실 어디로 보나 새것과는 거리가 먼 나라 영국이 언제 새롭고 젊은 이미지로 탈바꿈한 건지, 이 글을 쓰는 나로서도 어안이 벙벙할 따름이다. 다음에 다시 영국에 가게 되면 무엇이 영국을. 그리고 런던을 첨단 예술의 산실로 이끌었는지 곰곰이 살펴봐야겠다. 그러나 무엇보다도 변덕스러운 유행에 좌우되지 않고 자신의 취향을 굳건하게, 때론 미련하리 만치 밀고나가는 영국인들의 실용성이 영국을 창조 산업의 강국으로 만들어준 것 아닌가 싶다. 극과 극은 서로 통한다고 하지 않는가.

3부

왜 교육이고
어째서
전통인가

케임브리지 대학교의 역사는 자그마치 800년

영국에서 우리가 살았던 곳은 유서 깊은 대학 도시로 알려진 케임브리지였다. 런던에서 기차로 한 시간 정도면 닿을 수 있는 이 고풍스러운 중세 도시는 케임브리지 대학교를 보기 위해 찾아온 관광객들로 사시사철 북적거린다. 우리를 만날 겸, 또 관광도 할 겸 이곳을 찾아온 친지들 역시 적지 않아서 케임브리지 대학교에 대해 이러저러한 설명을 해야만 하는 경우가 자주 있었다.

케임브리지에 몇 해 살았다는 인연으로 케임브리지 대학교에 대해 아는 척하는 것은 만용에 가깝다. 800년이라는 장구한 역사를 가지고 있는 이 유럽 최고의 대학을 파악한다는 것은 장님 코끼리 만지기가 따로 없다. 그래도 모르면서 아는 척하는 것보다는 조금이라도 알고 나서 설명을 하는 게 낫겠다 싶어서 틈틈이 케임브리지 대학교에 대한 책들을 구해 읽었다. 매일같이 거리 곳곳에서 여러 칼리지 건물들을 마주치다 보니 이 대학의 참모습이 슬그머니 궁금해지기도 했다. 단순히 관광 명소로 손꼽히는 칼리지의 건물들이 케임브리지 대학교의 모습은 아닐 것이다. 아름답고 고풍스러운 건물들 자체도 궁금했지만 그 건물들을 만든 정신에 대해서도 알고 싶어졌다.

옥스퍼드 대학교가 있는 옥스퍼드는 '도시 안에 대학이 있고' 케임브리지는 '대학 안에 도시가 있다' 는 말이 있다. 도시 자체의 크기만으로 따지자면 옥스퍼드가 조금 더 크고 도시다운 모습을 갖추고 있기 때문에 이런 말이 생겨난 듯하다. 번화한 옥스퍼드에 비하면 케임브리지는 중세 이래의 모습에서 거의 변하지 않은, 아담하고 한적해서 절로 마음이 푸근해지는 마을이다. 몇 백 년 전에 지어진 고색 창연한 대학 건물들과 차 한 대가 겨우 지나갈 정도로 좁고 꼬불꼬불한 골목길들은 시간의 흐름이 멎은 듯한 인상마저 준다. 인구는 10만여 명을 약간 웃돈다. 그중 15퍼센트가 케임브리지 대학교의 학생이거나 교수, 또는 직원이라고 하니 대학 안에 도시가 있다는 말이 아주 틀린 것은 아니다.

영국의 역사가 단 한 번의 짧은 공화정을 빼놓고 천년 가까이 하나의 왕국으로 이어졌듯이 케임브리지 대학교 역시 1284년 정식으로 대학의 문을 연 이래 800여 년 동안 하나의 대학으로 이어져내려왔다. 케임브리지 대학교의 학생들은 요즈음에도 뉴튼이 식사하던 식당에서 여전히 밥을 먹고 다윈이 사용하던 기숙사 방에서 잠을 잔다. 킹스 칼리지, 펨브로크 칼리지, 트리니티 칼리지처럼 오래 된 칼리지들의 건물은 최소한 4, 500년 이전의 것들이다.

눈에 보이는 건물들 외에 무형의 많은 부분들에서 케임브리지 대학교는 과거의 전통을 그대로 유지하고 있

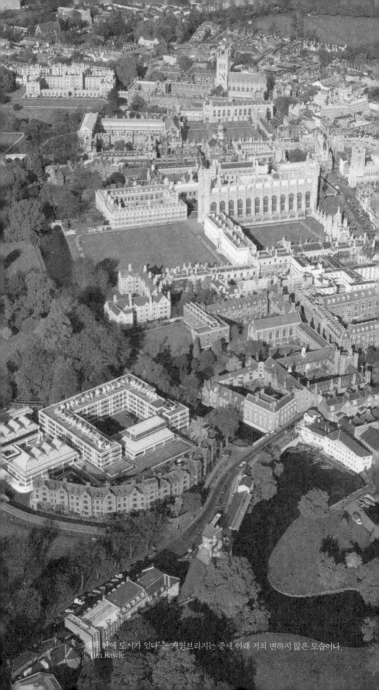

"대학 안에 도시가 있다"는 케임브리지는 중세 이래 거의 변하지 않은 모습이다.
©Tim Rawle

다. 고집스레 지켜오고 있는 칼리지 시스템의 전통과 포멀 디너라고 부르는 정식 저녁 식사, 라틴어로 치러지는 졸업식 등등. 겉모습뿐만 아니라 그 정신까지도 과거의 연장선상에 있다. 케임브리지는 아직도 중세와 르네상스의 도시이자 대학이다.

케임브리지 대학교 최초의 칼리지인 피터하우스가 문을 연 것은 1284년이다. 그러나 케임브리지에서 대학 강의가 시작된 것은 1209년이니 이 대학의 역사는 고려 시대까지 거슬러 올라간다. 13세기 초, 영국을 비롯한 유럽 대륙은 천년 가까이 지속된 중세 시대의 말기를 향해 가고 있었다. 문화의 암흑기인 중세 시대에 '대학'이라는 최고 교육 기관이 생김으로써 중세의 어둠 위에 한 줌의 밝은 빛을 비추기 시작한 것이다.

현재는 마치 연세대학교와 고려대학교처럼 '영원한 맞수'인 옥스퍼드 대학교와 케임브리지 대학교는 사실 같은 줄기에서 갈라져 나온 가지들이다. 케임브리지와 함께 영국의 양대 명문으로 손꼽히며 마가렛 대처, 토니 블레어 영국 총리와 클린턴 전 미국 대통령 등 많은 정치가들을 배출한 옥스퍼드 대학교는 영국에서 가장 오래된 대학일 뿐만 아니라 유럽에서도 파리 대학, 이탈리아의 볼로냐 대학 등등과 함께 최초로 탄생한 몇몇 대학 중하나로 손꼽힌다. 황소(Ox)의 들판(Ford)이라는 이름을 가진 옥스퍼드 대학교의 역사는 12세기, 서기 1100년대에 시작되었다.

옥스퍼드 대학교가 설립된 12세기 당시의 대학생들은 최고의 지성인이라기보다는 가난한 고아들이거나 부랑자들에 가까운 수도사들이었다. 이런 떠돌이들을 모아 대학이 문을 열었으니, 옥스퍼드의 거주민들과 새로 생긴 대학은 서로 사이가 좋을 수가 없었다. 이 주민(Town)들과 학생(Gown)의 갈등은 옥스퍼드와 케임브리지의 역사에서 중요한 부분을 차지한다.(대부분 떠돌이 수도사였던 중세 시대의 대학생들은 긴 가운을 입고 다녔기 때문에 '가운'이라는 말은 당시의 대학생들을 통칭하는 용어로 쓰였다. 현재도 케임브리지 대학교의 '제복'은 긴 검은색 가운이다.)

초창기부터 심상치 않았던 주민과 학생 간의 갈등은 1209년, 세 명의 옥스퍼드 학생이 주민들에 의해 도둑이라는 명목으로 살해당하면서 절정을 이루게 되었다. 학생들과 일부 교수들은 이 사건에 항의하는 스트라이크를 일으켰다. 집단적인 스트라이크의 결과로 저항 세력은 옥스퍼드에서 쫓겨나 몇몇 도시에서 새로운 학교를 열었다. 대부분은 주민들의 반대에 부딪쳐 실패했지만 그중 옥스퍼드에서 동쪽으로 80마일, 런던에서는 북쪽으로 60마일 정도 떨어진 케임(Cam) 강변의 마을 케임브리지(Cambridge), 케임 강 위의 다리까지 온 세력들은 정착에 성공했다. 80여 년 후인 1284년, 케임브리지 대학교 최초의 칼리지인 피터하우스가 문을 열면서 케임브리지 대학교의 공식적인 역사가 시작되었다.

여기에서 우리는 이상한 점 하나를 발견하게 된다. 케임브리지에 최초로 생긴 '칼리지'는 '피터하우스'인데 케임브리지 대학교가 공식적으로 인가를 받았다니? 대체 '칼리지'와 '케임브리지 대학교'는 무슨 관계이길래? 그리고 '피터하우스'와 '케임브리지 대학교'는 무슨 관계일까? 이러한 혼란은 우리가 미국식의 종합 대학 개념에 익숙해져 있기 때문에 생기는 것이다. 중세 시대의 대학인 옥스퍼드 대학교와 케임브리지 대학교 같은 곳은 '칼리지'의 집합체였다.(유니버시티라는 영어 단어부터가 집합체라는 뜻을 가지고 있다.) 여기서의 칼리지는 단과 대학의 개념이 아니라 독립된 소규모의 대학이자 학생과 교수의 공동체를 뜻한다.

중세의 대학 개념은 현재의 대학과는 판이하게 달랐다. 현재처럼 대규모가 아니었을 뿐만 아니라, 법학과니 영문학과니 수학과니 하는 식의 학과 구분도 물론 없었다. 13세기의 대학에서 가르친 과목은 단 하나, 신학뿐이었다. 신학자들이 몇몇 학생들을 모아 한 건물에서, 때로는 한 방에서 같이 먹고 자면서 개인 교수 방식으로 신학을 가르친 것이 유럽 대학의 시작이었다. 학생과 교수가 숙식을 같이 하면서 1 대 1로 배우고 가르치는 곳, 이것이 기본적인 칼리지의 개념이다. 그리고 현재까지도 옥스퍼드 대학교와 케임브리지 대학교, 그리고 잉글랜드 북부에 위치한 더럼 대학교(University of Durham)는 이 칼리지 시스템의 전통을 지켜오고 있다.

트리니티 칼리지의 그레이트 코트 전경. 시계종이 열두 번 울리는 동안 이 코트 주위를 한 바퀴 뛰는 관습이 트리니티 칼리지의 신입생들에게 전해지고 있다.

예를 들어, 존이라는 학생이 케임브리지 대학교의 법학과에 합격했다고 하자. 그는 케임브리지 대학교에 소속된 서른한 개의 칼리지 중에서 자신이 입학할 칼리지를 고르게 된다. 학생이 원하는 칼리지를 써내면 칼리지들이 학생들을 고르는데 이때는 학생의 입학 성적뿐만 아니라 가문, 아버지의 출신 학교 등이 중요한 변수로 작용한다.

존이 트리니티 칼리지를 선택했다면 트리니티 칼리지는 존에게 케임브리지에서 살 기숙사와 학사 일정에 관련된 모든 편의를 제공한다. 대학 생활을 위해 집을 떠나 케임브리지에 온 존은 트리니티 칼리지의 기숙사에서 살면서 법학과의 수업을 듣는다. 등록금도 자신의 칼리지에 낸다. 대학 도서관을 이용할 때도 있지만 대부분 칼리지의 도서관을 이용하며 친구들과 술을 마실 때도 칼리지 내의 펍으로 간다. 졸업식 역시 칼리지별로 치러진다. 그래서 존은 '케임브리지 대학교 법학과 졸업생'이 아니라 '케임브리지 대학교 트리니티 칼리지 졸업생'이 되는 것이다. 한마디로 케임브리지 대학교에 다니는 동안 칼리지는 학생들의 집과 같은 역할을 한다. 초창기의 칼리지들은 칼리지라는 이름을 사용하지 않고 '하우스', 말 그대로 '집'이라고 불렀다. 그래서 케임브리지 대학교 최초의 칼리지는 '피터하우스'라는 이름을 가지게 된 것이다.

피터하우스의 설립 이래, 1400년까지 케임브리지에는 일곱 개의 칼리지가 더 생겨서 그런 대로 대학의 모양을 갖추었다. 초창기 칼리지들의 설립자는 귀족들이거나 부유한 미망인들, 또는 성직자들이었다. 예를 들면, 펨브로크 칼리지는 1347년 펨브로크 백작의 미망인 마리가 세운 것이다. 프랑스인이었던 마리는 17세의 나이로 50세의 펨브로크 백작에게 시집가기 위해 영국으로 건너왔다. 그러나 불행인지 다행인지, 나이 많은 신랑은 새신부 앞에서 자신의 젊음을 과시하기 위해 결혼 피로연 중에 벌어진 기마창 시합에 나갔다가 그만 낙마해 죽고 말았다. 하루 사이에 '팔려온 소녀에서, 신부가 됐다가, 다시

과부까지 된' 기구한 운명의 마리는 그 후 42년을 더 살면서 펨브로크 백작의 유산으로 자선 사업에 힘을 기울였다. 펨브로크 칼리지도 그중 하나였다.

15세기가 되면서 케임브리지 대학교는 일대 전환기를 맞았다. 킹스 칼리지가 창립된 1441년부터 시드니 서섹스 칼리지가 생긴 1594년까지 케임브리지 대학교에는 새로운 칼리지들이 나날이 생겨났다. 유럽 전체의 역사를 본다면 긴 중세 시대가 끝나고 르네상스 시대가 피어날 때였고, 영국에서는 장미 전쟁으로 흔들렸던 왕권이 헨리 8세와 엘리자베스 1세에 의해 굳건해지는 시기였다. 국가의 부흥은 곧 학문과 문화의 부흥이나 마찬가지다. 케임브리지에는 킹스 칼리지, 퀸스 칼리지, 세인트 캐서린 칼리지, 트리니티 칼리지, 크라이스츠 칼리지, 세인트 존스 칼리지, 모들린 칼리지, 지저스 칼리지, 엠마누엘 칼리지, 시드니 서섹스 칼리지 등이 속속 창립되었다. 현재 케임브리지 대학교를 구성하는 칼리지의 반수 이상이 이때부터 시작되었다.

15세기부터 케임브리지 대학교는 유럽 내에서도 유명한 대학으로 손꼽히게 된다. 당시의 학생들은 자기 분야의 저명한 학자들을 찾아 이 대학 저 대학으로 돌아다니고 있었는데 15세기의 케임브리지 대학교는 전 유럽에서 학생들이 찾아올 만큼 명망 있는 대학으로 이름을 떨쳤다. 네덜란드의 유명한 철학자인 에라스무스가 퀸스 칼리지에서 그리스어를 가르치기도 했다.

귀족이나 성직자뿐만 아니라 왕족들도 칼리지를 세우는 데 참여했다. 1441년 헨리 6세가 킹스 칼리지를 세웠고 헨리 6세와 에드워드 4세의 왕비가 퀸스 칼리지(왕비의 칼리지)를, 그리고 헨리 8세가 트리니티 칼리지를 세웠다. 현재도 트리니티 칼리지의 정문에는 헨리 8세의 동상이 우뚝 서 있다. 헨리 6세는 킹스 칼리지뿐만 아니라 영국 최고의 사립 중등학교인 이튼 학교도 세웠다.

삼국 시대나 고려 시대에도 임금이 시주한 사찰이 가장 위풍당당했듯이, 킹스 칼리지와 퀸스 칼리지, 그리고 트리니티 칼리지는 설립 당시부터 지금까지 가장 위세등등한 칼리지들로 꼽는다. 케임브리지 대학교의 칼리지라고 해서 다 같은 대접을 받는 것이 아니다. 그중에서도 서열이 있다. 특히 트리니티 칼리지는 "케임브리지 내에서 트리니티 칼리지의 땅을 밟지 않고는 걸어다닐 수 없다."는 말을 들을 만큼 부자 칼리지이며 가장 화려한 졸업생들의 면면을 자랑한다. 여섯 명의 왕비를 갈아치우며 영국의 절대 왕정을 완성시킨 헨리 8세의 위세처럼 그가 세운 트리니티 칼리지는 아직까지 그 위세를 떨치고 있다.

16세기에 들어서 케임브리지 대학교는 대대적인 수난을 겪게 된다. '피의 메리(Bloody Mary)'라고 불리는 메리 여왕 재위 시절에 수많은 신교도 졸업생들과 교수들이 가톨릭으로 개종하지 않는다는 이유로 화형되었다. 가톨릭과 신교도 사이의 내분이 간신히 가라앉을 무렵에

트리니티 칼리지 정문에 서 있는 헨리 8세의 동상. 오른손에 왕홀
대신 의자 다리를 쥐고 있다.

는 또 찰스 1세와 의회 사이의 내전에 휘말렸다. 타운은
공화파를 지지했으며 가운은 올리버 크롬웰이 시드니 서
섹스 칼리지의 졸업생임에도 불구하고 왕을 지지했다.
이러한 혼란의 와중에서 트리니티 칼리지의 뉴턴은 만유
인력의 법칙을 발견하는 찬란한 개가를 올렸다. 트리니
티 칼리지의 정문 오른편에는 뉴턴이 만유 인력의 법칙
을 밝힌 사과나무의 후손이 우뚝 서 있다. 원래 뉴턴의
고향에 있던 이 사과나무는 1954년 트리니티 칼리지에서
옮겨다 심은 것이다.

　19세기가 되면서 13세기 이후 500년이 넘도록 중세 대

학의 모습을 그대로 가지고 있던 케임브리지 대학교는 서서히 변모하기 시작했다. 1845년에 케임브리지에 철도가 들어서면서 타운이 점차 도시의 모습을 갖춘 것은 케임브리지 대학교의 변화에 큰 영향을 미쳤다. 산업 혁명, 근대화의 물결이 드디어 이 오래 된 중세 도시에까지 미치기 시작한 것이다. 19세기까지 독신이어야만 했던 교수들이 결혼할 수 있게 되었으며, 학생들 역시 영국 국교회 신도가 아니어도 입학할 수 있게 되었다. 케임브리지 대학교를 지배하던 교회의 힘이 그만큼 약해진 것이다.

한편, 19세기 말에 물리학 연구소인 캐번디쉬 연구소가 생기면서 케임브리지 대학교는 수학, 물리학, 화학 분야의 자연 과학 쪽에서 세계적인 명성을 떨치게 되었다. 맥스웰이 초대 소장이었던 캐번디쉬 연구소는 전자를 발견한 톰슨, 원자핵의 존재를 입증한 러더퍼드 등이 활약했던 20세기 초 원자핵 물리학의 싱크탱크나 마찬가지였다. 유럽뿐만 아니라 전세계의 물리학도들이 케임브리지로 몰려들었다. 케임브리지 대학교의 캐번디쉬 연구소에서 받은 노벨상의 숫자가 프랑스 전체가 받은 노벨상의 숫자보다도 더 많다는 것은 케임브리지 대학교에서 언제나 자랑스럽게 내세우는 업적이다. 현재도 케임브리지 대학교에 입학하는 신입생의 반수 이상이 자연 과학을 전공하는 학생들이다.

현재 케임브리지 대학교는 모두 스물한 개의 단과 대학으로 나누어져 있는데 이 단과 대학의 구분은 우리 나라의 대학들과 조금 다르다. 고고학 및 인류학부, 건축 및 미술 사학부, 생물학부, 고전학부, 의학부, 수의학부, 신학부, 지구 과학부, 경제 및 정치학부, 교육학부, 공학부, 문학부, 역사학부, 법학부, 수학부, 언어학부, 음악학부, 동양학부, 철학부, 물리학 및 화학부, 사회 과학부가 케임브리지 대학교의 단과 대학들이며 이 안에는 다시 세부 전공들이 나뉘어져 있다.

　우리 나라보다는 덜하지만 어느 정도 대학의 순위가 매겨져 있는 영국에서 케임브리지 대학교는 모든 분야에서 최우수 평가를 받는다. 최근까지 '인문학은 옥스퍼드, 자연 과학은 케임브리지'의 공식이 있었지만 이제는 문과에서도 옥스퍼드 대학교보다 순위가 높다. 자연 과학에서는 영국 랭킹 1위는 물론이고 유럽 내에서도 1위를 차지하고 있다. 뉴튼이 소장이었던 응용 물리 연구소에 세계적인 천체 물리학자 스티븐 호킹이 있고 미국의 컴퓨터 백만장자 빌 게이츠가 케임브리지에 실리콘 밸리와 같은 대규모 과학 단지 '사이언스 파크'를 건설했다는 사실은 오늘날의 케임브리지 대학교가 중세의 전통을 간직한 대학인 동시에 유럽 최고의 자연 과학 연구 센터임을 다시 한 번 증명해준다.

치열하면서도 낭만적인
케임브리지의 공부벌레들

영국의 대학생들은 1년에 세 번이나 방학을 즐길 수 있는 행운아들이다. 대학들이 모두 3학기제를 채택하고 있기 때문이다. 10월부터 12월 초까지의 가을 학기 후에 한 달 정도의 크리스마스 방학이 있고, 1월 중순에 시작되는 봄 학기가 3월 중순에 끝나면 또 한 달 간의 부활절 방학이 학생들을 기다린다. 마지막 학기인 여름 학기는 4월 중순에 시작되어 6월 말에 끝난다. 한국의 대학생들에 비해 겨울 방학이 짧고 그 대신 한 달 간의 봄 방학이 있는 셈이다. 여름 방학 역시 7, 8, 9월 석 달 간이니 한국보다 한 달 정도 길다.

그런데 케임브리지와 옥스퍼드 대학교의 학기는 다른 학교들보다 더 짧다. 대부분의 대학들은 한 학기가 9주나 10주인데 비해서 옥스브리지의 학기는 8주에 불과하다. 세 학기를 모두 합쳐봐야 24주밖에 되지 않는다. 두 대학의 학생들은 1년에 절반만 학교에 출석하면 되는 셈이다. 그러나 케임브리지의 학생들은 짧은 학기가 결코 자신들의 특권이 아니라고 항변한다. 케임브리지 학생들의 모토가 '열심히 공부하고 열심히 놀자' 이니 만큼 자신들은 학기 중의 1분 1초를 아껴 공부며 클럽 활동, 운

세인트 존스 칼리지 정문. 문 안쪽으로 칼리지의 학생들 모습이 보인다.

동, 문화 생활 등등에 전념한다는 것이다.

사실 학기 중의 학생들은 모두들 바쁘다. 전공에 따라 강의 수는 다르지만 강의가 많든 적든 공부해야 할 양은 결코 적지 않기 때문이다. 학생들은 학부 3년 동안(최근 물리학과와 화학과는 4년제로 바뀌었다.) 다른 나라의 대학생들이 석사 과정에서 배우는 양만큼을 소화해내야 한다.

그 대신 영국의 대학에는 교양 과목이라는 것이 없다. 교양 과목과 전공 기초에 해당하는 부분은 고등학교 2, 3학년에 다 끝냈다고 간주하고 대학 1학년부터 바로 전공 과정에 들어간다. 그래서 케임브리지에는 '교양 강의실'이라는 명목의 대형 강의실이 없다. 대학 과정이 3년인 것과 대학에서 오로지 자신의 전공만 공부한다는 점은 영국의 대학들이 다른 나라의 대학들과 크게 다른 부분이다.

케임브리지 대학교의 학생들은 미카엘마스(Michaelmas) 대천사 미카엘의 축일인 9월 29일 학기, 렌트(Lent) 학기, 이스터(Easter) 학기라고 불리는 가을, 봄, 여름 학기 중에는 기숙사에서 생활한다. 다들 영국 어딘가에 있는 집을 떠나 케임브리지로 유학왔으니 그럴 수밖에 없다. 학생들 중에는 '보딩 스쿨'이라고 불리는 기숙 학교에서 중고등학교 과정을 마친 경우도 있지만 처음으로 부모의 집을 떠나 살게 된 경우가 대부분이다. 부모의 간섭 없이 오로지 자신이 원하는 공부만 할 수 있는 환경, 그리고 칼리지 친구들과의 클럽 활동, 어떻게 이들의 대학 생활이 신나지 않을 수가 있으랴.

그래서 케임브리지의 학생들은 자신들의 모토처럼 분초를 아껴가면서 열심히 공부하고 또 열심히 논다. 매일매일을 실험실에서 보내는 과학 전공 학생이든, 하루 종일 극장에 죽치고 앉아서 셰익스피어의 연극을 보고 또 보는 문학 전공생이든 공부에 대한 이들의 열의는 대단하다. 하지만 동시에 그만큼 놀고 싶은 욕구도 강해서 레포트를 제출해야 하는 전날 저녁까지 파티에서 흥청거리면서 놀다가 밤새 레포트에 매달리는 모습도 드물지 않다.

1950년대에 독일의 뮌헨 대학교에서 공부했던 전혜린이 뮌헨 대학생들의 세계를 가리켜 "하늘을 찌를 듯한 패기, 오만한 젊음, 순수한 정신, 촌음을 아껴 인식에 바치는 정열과 성의, 조금도 외계나 속물과 타협하려 들지 않는 자기 유지의 노력, 정말로 이러한 모든 것들로 이루어진 팽팽한 세계"라는 찬사를 보냈는데 케임브리지 대학생들의 생활도 이와 비슷하다. 전혜린이 본 독일 학생들처럼 케임브리지의 대학생들 중 많은 수가 가난하다. 그러나 그들은 그 가난을 별로 불편하게 여기지 않고 최소한의 의식주만 해결되면 된다고 생각한다. 대부분의 대학생들은 끼니만 때울 정도로 먹고 몇 벌 되지 않는 옷으로 사시사철을 난다. 그들에게 중요한 것은 돈이나 먹는 것, 입는 것이 아니라 자신의 학문과 젊음과 미래, 운동,

그리고 친구들과 어울려 극성스럽게 노는 것 등등이기 때문이다.

이러한 학생들 때문인지 케임브리지는 도시의 분위기부터가 다른 도시들과는 많이 다르다. 케임브리지에서는 누구나 낡은 옷, 어딘지 모르게 유행에 뒤떨어진 옷을 입고 다니기 때문에 최신 브랜드로 치장한 사람은 속물스럽게 보이기까지 한다. 70년대에 유행했을 듯싶은 폭이 넓은 넥타이에 소매가 닳아빠진 스웨터, 무릎이 나온 바지를 입은 모습이 케임브리지에서는 전혀 이상하지 않다. 겨울에는 아버지에게 물려받지 않았을까 싶을 정도로 구식인 검정색 코트를 입고 다닌다. 여학생들 역시 꾸미지 않기로는 남학생들과 마찬가지다. 화장을 하거나 스커트를 입은 여학생은 거의 볼 수가 없다. 대부분 수수한 검은 스웨터에 진을 입고 칼리지의 목도리를 매고 있다. 미장원에 가서 머리를 다듬는 학생도 드물다. 긴 머리를 올려서 아무렇게나 핀으로 꽂으면 그만이다.

케임브리지의 대학생들이 학문과 대학 생활에 적극적인 것은 나름대로의 이유가 있다. 영국의 고등학생들 중에서 대학에 진학하는 학생들의 수는 30퍼센트가 채 되지 않는다. 대부분의 고등학생들은 고등학교 1학년 때 오레벨(O-Level)이라고 불리는 중등교육검정시험(GCSE)을 마치고 바로 취업 전선에 뛰어든다. 대학에 가고 싶은 학생들만이 2년 남은 고교 과정을 마치고 에이 레벨(A-Level)이라는 대학 입학 시험을 거쳐 대학에 진학한다.

빈부의 격차가 별로 없는 영국에서는 대학을 나오거나 박사 학위를 받은 사람이 돈을 더 잘 버는 경우가 별로 없다. 오히려 기술자들의 수입이 대학 교수보다 낫다. 대학을 나온 사람과 고등학교만 졸업한 사람에 대한 사회적 인식이 크게 다른 것도 아니다. 부모들 역시 자신들의 자녀가 대학에 가는 것에 대해 왈가왈부하지 않는다. 꼭 공부를 하고 싶은 학생이 아니면 굳이 시간과 돈을 들여가면서 대학에 진학할 필요가 없는 것이다. 케임브리지에 온 대학생들은 정말로 공부를 하고 싶어서 대학 진학을 결심한 학생들 가운데서도 가장 성적이 좋은 그룹이다. 그러니 이들이 정열적으로 자신의 학문에 매달리는 것은 당연한 결과인 것이다.

　보통의 케임브리지 대학생들의 하루는 오전 여덟 시부터 시작되는 칼리지 식당의 아침 식사와 함께 시작된다. 그러나 보트 클럽의 멤버인 학생들은 새벽 다섯 시 삼십 분에 일어나 졸린 눈을 비비며 케임 강가로 달려간다. 매일 아침마다 보트 연습에 참가해야 하기 때문이다. 럭비 클럽 역시 새벽마다 각 칼리지의 잔디밭 운동장에 모인다. 각기 다른 수업 시간 때문에 보트 클럽, 럭비 클럽 등 케임브리지의 운동 클럽들은 새벽이나 저녁 시간을 틈타 연습한다. 하지만 이 시간에 침대를 벗어나는 것은 한참 잠이 많은 학생들에게 괴로운 일일 수밖에 없다. 그래서 낮이 가장 짧은 매년 1월이면 보트 클럽에 가입했던 신입생들이 우후죽순처럼 떨어져 나간다고 한다.

여덟 시가 지나면 '베더(Bedder)'라고 부르는 방 정리 담당 아주머니들이 학생들의 방을 노크한다. 방을 정리하기 위해서다. 이 아주머니들은 일요일을 제외하고는 매일 학생들의 방에 들어갈 수 있는 권리가 있다.

베더들이 학생들의 방을 치워주는 것은 학생들이 특권층이던 과거의 유산이다. 하지만 개중에는 늦잠을 자고 싶은 학생들도 있다. 가끔 방 밖으로 휴지통이 나와 있는 경우가 있는데 이것은 '방해하지 말아 주세요'라는 방 주인의 사인인 것이다. 베더는 휴지통이 나와 있는 방은 청소하지 않고 지나간다. 옆방의 학생들이 '저 애가 어제 대체 무슨 일이 있었길래 못 일어나는 걸까?' 하고 입방아를 찧는 것은 물론이다.

학과의 강의는 아홉 시부터 시작된다. 식사를 마친 학생들은 저마다 자전거를 타고 자신의 학과로 줄달음친다. 이 시간의 케임브리지 도로들은 학생들의 자전거로 점거되다시피 한다. 가을과 겨울이면 제각기 다른 칼리지의 목도리들을 매고 자전거를 타는 학생들의 모습이 장관을 이룬다.

케임브리지 대학교의 학과들은 한국 대학들처럼 한 캠퍼스 안에 모여 있지 않고 케임브리지 전역에 퍼져 있다. 말하자면 도시 전체가 대학인 셈이다. 옥스퍼드 대학교도 이와 같은 구조이다. 유럽의 오래 된 대학들은 대체로 캠퍼스가 없다. 독일의 하이델베르크 대학교, 스웨덴의 웁살라 대학교 같은 중세 시대에 생긴 대학들은 모두들

도시 전체에 학과 건물이 흩어져 있다.

케임브리지 역시 예외가 아니다. 신학과처럼 오래 된 과들은 시내 중심가에 있고, 70년대에 새로 지은 연구소로 옮겨간 물리학과나 생긴 지 얼마 되지 않은 수의학과는 시내에서 2, 3킬로미터 떨어진 곳까지 가야만 한다. 비가 오나 눈이 오나(눈은 거의 오지 않지만) 학생들의 교통 수단은 자전거다. 몸이 특별히 불편하지 않은 한, 차를 몰고 다니는 학생은 찾아볼 수가 없다.

열두 시 삼십 분이 되면 아침의 자전거 행렬이 다시 물결치기 시작한다. 이번에는 점심을 먹으러 칼리지로 돌아가는 길이다. 칼리지의 식당에는 그 칼리지의 학생들만 들어갈 수 있다. 식사의 가격이 시중의 다른 식당들보다 훨씬 더 싼 것은 물론이다. 오후가 되면 다시 학생들은 강의실로 돌아가거나 자료를 찾으러 도서관으로 가거나 교수와의 튜토리얼(Tutorial, 개인 교습)을 위해 교수의 연구실로 향한다. 대개 저녁 여섯 시까지는 이런 식으로 공부를 한다. 가끔 칼리지의 운동장에서 운동 경기들이 벌어지는 날도 있지만 학기 중에는 '낮 시간은 공부하는 시간'으로 정해져 있다.

저녁 여섯 시 이후로는 또 다른 세계가 펼쳐진다. 저녁 시간에는 케임브리지 곳곳의 극장에서 적지 않은 수의 공연들이 펼쳐진다. 케임브리지 학생들로 이루어진 연극 클럽들이 준비한 공연들이다. 대개 공연은 시내 중심가에 있는 ADC 극장에서 열린다. 이 곳은 케임브리지 대학생들의 전용 극장으로 영국의 대학 극장 중에서 가장 오래 된 곳이다.

많은 수는 아니지만 케임브리지의 졸업생 중에는 연극이나 영화 배우로 성공한 사람들도 있다. 지성파 여배우이자 찰스 왕세자의 친구이기도 한 엠마 톰슨이 대표적인 케이스이다. 반면, 요즈음 영국 출신 배우 중에서 최고의 인기를 얻고 있는 휴 그랜트는 옥스퍼드 대학교 졸업생이다. 학생들의 음악회가 시내 곳곳의 교회나 소규모의 공연장에서 열리기도 한다.

칼리지 안에 있는 펍들은 저녁 아홉 시쯤 되면 학생들로 북적거리기 시작한다. 주말이면 이 펍들에서는 칼리지별로 특색 있는 디스코 파티가 열린다. 학생들의 추천에 따르면 피츠윌리엄 칼리지의 '피츠 엔즈'와 트리니티 칼리지의 '스웨티' 같은 파티가 특히 인기 있다고 한다. '피츠 엔즈'는 재치 있는 DJ가, 그리고 '스웨티'는 각종 칵테일들이 인기의 요인인데 '스웨티'의 칵테일 중에는 '백스(Backs ; 다윈 칼리지부터 모들린 칼리지까지 뻗어 있는 케임 강변의 잔디밭을 의미한다. 칼리지의 뒤편(Back)이라는 의미 때문에 이런 이름이 붙었다.) 위에서의 섹스' 같은 화끈한 칵테일도 있다.

펍에서 열리는 디스코 파티나 댄스 파티는 학생들이 주중에 쌓인 스트레스를 푸는 데는 최적의 장소이다. 영국 사람들은 우리가 '볼룸 댄스'라고 부르는 남녀가 함께 추는 댄스에 아주 익숙하다. 젊은이들은 물론이고 양

킹스 칼리지 채플 내부. 영국의 후기 고딕 양식 교회로 건축가 겸 보존 상태가 좋은 건물로 손꼽힌다. 제2차 세계대전 중에는 폭격에 대비해 모든 스테인드 글라스를 떼어놓았다고 한다.

로원의 할머니 할아버지들도 댄스 파티에서 함께 어울려 노는 것을 좋아한다.

댄스 파티의 절정은 매년 6월 중순, 한 학년의 마지막 시험이 끝난 후에 열리는 '메이 볼'이다. '메이 볼'은 케임브리지의 분위기에 어울리지 않는 화려하고 약간은 사치스러운 학생 무도회로 많은 학생들이 이 행사를 대학 생활의 하이라이트로 손꼽는다. 메이 볼은 매년 다른 주제로 열린다. 일종의 가장 무도회인 셈이다. '천국과 지옥', '이상한 나라의 앨리스', '일곱 가지 죽을 죄' 등등 이 최근 메이 볼의 주제들이다. 역시 칼리지 별로 열리는데 안뜰이나 백스에 친 대형 천막에서 열리는 경우가 많다. 메이 볼의 특징과 분위기는 칼리지마다 제각기 다르다. 모들린 칼리지처럼 보수적인 칼리지에서는 여학생들이 반드시 어깨와 발목을 가리는 드레스를 입도록 규정하고 있다.

6월 중순에 케임브리지의 거리에서는 간혹 모닝 코트에 검정 보타이를 맨 남학생과 반짝거리는 긴 드레스를 입은 여학생을 볼 수 있다. 메이 볼에 가는 길이거나 아니면 밤새 메이 볼에서 놀다가 아침에야 집으로 돌아가는 학생들인 것이다. 평소에는 전혀 화장하지 않던 여학생들도 이날만은 정성들여 화장을 하고 목걸이, 귀걸이까지 갖춘 모습으로 나타난다. 화려하게 치장한 학생들은 샴페인을 마시고 밴드의 연주에 맞추어 춤을 추면서 새벽까지 화끈하게 논다. 메이 볼과 함께 케임브리지 학생들의 한 해는 막을 내린다. 메이 볼이 끝나면 시험 결과가 발표되고, 그리고 졸업식이 열린다.

학부생들의 졸업식은 6월 말의 토요일에 킹스 칼리지 옆의 시네이트 하우스(Senate House)에서 열린다. 졸업식 날이 되면, 흰색 보타이를 매고 산족제비의 털이 달린 검정 가운을 입은 졸업생들은 자신의 칼리지에 모여서 열을 지어 시네이트 하우스까지 행진한다. 한꺼번에 졸업식을 하는 것이 아니라 칼리지별로 시네이트 하우스에 들어가 차례로 행사를 거행하기 때문에 시간차를 잘 안배해야 한다. 그래서 학생들의 행렬을 인도하는 사람은 시네이트 하우스에서 무전기로 '출발' 신호를 들으면 그때 학생들을 출발시킨다. 맨 먼저 졸업식을 하는 칼리지는 킹스 칼리지, 그 다음이 트리니티 칼리지다. 왕이 세운 칼리지이기 때문이다.

케임브리지의 졸업식은 상당히 엄숙하다. 식이 열리는 동안 시네이트 하우스의 출입은 통제되며 사진을 촬영할 수도 없다. 초대받은 몇몇 가족들만이 졸업식장에 들어갈 수 있다. 그래서 시네이트 하우스의 바깥 마당은 졸업생이 식을 마치고 나오기를 기다리는 친지들로 북적거린다. 졸업하는 학생들은 네 명씩 단 위의 부총장 앞으로 나간다. 부총장이 라틴어로 학생들의 졸업을 선언하면, 학생들은 부총장 앞에 무릎 꿇고 앉아 손을 맞잡은 후, 졸업장을 받는다. 구닥다리 같지만 이 역시 중세 이래로 지켜져 온 케임브리지의 오래 된 전통이다.

졸업식을 마지막으로 케임브리지 대학교의 한 해 행사는 모두 끝난다. 여름 방학 중에는 아무런 행사도 없다. 학생들은 짐을 챙겨 칼리지를 떠난다. 이제부터는 10월까지 길고긴 여름 방학만 남은 것이다. 시내에는 학생들의 자전거 행렬이 사라지고 대신 카메라를 멘 관광객들이 그 자리를 메운다. 케임브리지의 한 해는 1월에 시작되는 것이 아니라 10월에 시작되어 여름에 끝나는 것이다.

전통에 죽고 사는 케임브리지의 독특한 세미나와 끝내주는 포멀 디너

케임브리지 대학교의 수업에 대해서 우리가 글을 쓰는 데는 분명히 한계가 있다. 둘다 정식 학생이 아니었기 때문에, 대학 강의에 참석할 수 있는 기회는 우리에게 거의 없었다. 또 앞에서 말한 것처럼 영국의 대학원에는 수업 자체가 드물다. 대부분의 영국 대학원에서 강의는 흔히 '수업 석사 과정'으로 불리는 첫 1년에만 있을 뿐, 석사 2년차인 '연구 석사 과정'과 박사 과정에는 정식 수업이 아예 없다. 그나마 케임브리지 대학교에는 수업 석사 과정이 없어서 대학원 수업은 전혀 없다고 해도 과언이 아니다.

대학원생들은 교수의 도움을 받아 연구 주제를 정하고 도서관과 실험실에서 스스로 연구를 진행해 나가야한다. 교수는 가끔 학생을 만나 연구의 진행 상황을 듣고 몇 마디 충고를 해줄 뿐이다. 이러한 특별한 연구 방식 때문에 한국 유학생들이 영국의 대학원에서 고전하는 경우도 적지 않다.

하지만 그렇다고 해서 우리가 케임브리지 대학교에서 수업을 들을 수 있는 길이 전혀 없었느냐 하면 그건 또 아니었다. 학기 중에는 여러 곳의 칼리지에서 세미나들이 활발하게 열린다. 보통 화요일이나 목요일 저녁에 많이 열리는 이 세미나들은 관련 있는 주제들, 예를 들면 '모더니즘과 문학' 같은 주제 아래 몇 차례 연속적으로 열리기도 하고 단발성으로 열리는 경우도 있다. 특히 교수가 진행을 맡는 세미나는 사실상 특정 주제에 대한 강의나 다름없다. 때문에 별다른 강의를 들을 기회가 없는 대학원생들에게 세미나는 중요한 행사로 꼽힌다.

케임브리지 대학교 학생도 아닌 내가 대학원생들의 세미나에 참석할 수 있게 된 건 순전히 우연이었다. 케임브리지 대학의 가을 학기가 시작될 무렵, 어느 때처럼 대학 도서관에서 책을 읽다 도서관 안의 티 룸(Tea Room)에 차를 마시러 갔다. 막 티 룸에 들어가려다 보니 티 룸 앞 게시판에 덕지덕지 붙은 세미나 공고들 중에서 흥미있는 주제가 번쩍 눈에 띄었다. '리하르트 바그너와 독일 역사.' 크라이스츠 칼리지에서 열리는 세미나였다. 강사는 철학과의 크로마티 교수. 재미있을 것 같았다.

'내가 케임브리지 학생이라면 꼭 갔을 텐데.' 하고 생각하고 있는데 지나가던 두 명의 아저씨가 공고를 보더니 수첩을 꺼내 들고 시간과 장소를 적는다. "괜찮을 거 같지?" 하고 두런두런 이야기하는 그 아저씨들에게 "저기, 이거 학생 아니라도 들어갈 수 있나요?" 하고 물었더니 "와이 낫(Why not 그럼요)?" 하고 대답한다. "참가비는 얼만가요?" 하고 물으니 "없어요. 무료에요."라는 대답이 돌아왔다. 공고에 '누구나 환영' 이라고 써 있기는 했지만 그 다음 줄에 와인이 서비스됨이라고 되어 있길 래 와인 값 정도는 받을 줄 알았다. 그런데 공짜라는 말 에 용기를 얻어서 한번 가보기로 결심했다.

세미나가 열린 크라이스츠 칼리지는 시내 중심가의 버 스 터미널 뒤에 있는 오래 된 칼리지다. 하필 여덟 시 삼 십 분이라는 늦은 시간에 시작하는 세미나여서 저녁의 텅 빈 거리를 지나 칼리지에 갔을 때는 이미 사방이 한밤 중처럼 깜깜했다. 칼리지 정문에서 "저어, A6룸이 어디 지요?" 하고 물어보니 '포터'라고 불리는 수위 아저씨가 "아아, 크로마티 교수님의 방 말이군요. 이 안뜰을 지나 서 두 번째 안뜰 끝까지 가서 오른쪽으로 돌아 쭉 가다가 건물 끝에 있는 계단을 올라가면 3층 왼쪽 방이에요." 하 고 길고긴 코스를 숨 한 번 안 쉬고 설명해준다.

칼리지의 포터 아저씨들은 칼리지에서는 '만물 박사' 이자 모든 칼리지 학생들의 얼굴을 알고 있는 터줏대감 들이다. 설명을 들을 때는 알 것 같았는데 안뜰에 들어서 자마자 사방의 오래 된 건물들이 다 똑같아 보여 순식간 에 방향을 잃고 말았다. 컴컴한 안뜰 한가운데 우두커니 서 있다가 마침 세미나에 가는 듯한 학생을 보고 그 뒤를 졸졸 따라갔다. 칼리지 안의 펍에서는 벌써 학생들의 떠 들어대는 소리가 와자지껄하게 새어나왔다.

세미나가 열리는 A6룸은 크로마티 교수의 연구실이었 다. 개인 연구실이라고 해도 고풍스러운 방은 꽤나 넓다. 사방에는 책이 빽빽하게 꽂혀 있었고 오늘의 세미나를 위해서 준비한 것 같은 1인용 의자들이 서른 개쯤 세 열로 놓여 있었다. 그런데 생각보다 학생들이 많이 온다. 조교들이 급히 의자들을 가지고 와서 한 열을 더 만들었는데도 학생들은 계속 꾸역꾸역 들어왔다. 50명쯤 되는 학생들이 방안에 발 디딜 틈 없이 들어차고 그 학생들에게 와인이 다 한 잔씩 돌아간 후에야 백발의 교수가 방안에 들어섰다. 관습대로 긴 검정색 가운을 입고서.

그런데 크로마티 교수는 그 가운 안에 어울리지 않게도 낡은 가죽 점퍼를 입고 있다. 하하, 대단한 교수님이시다. 아마 관습 같은 것은 별로 신경을 쓰시지 않는 모양이다. 말쑥하게 정장을 갖춰 입은 조교가 일어나 "에, 무슨무슨 학술원의 회원이시며, 무슨무슨 책의 저자이시며, 크라이스츠 칼리지의 펠로우(Fellow, 교수 요원)이시며 케임브리지 대학교의 철학과 교수이신 크로마티 교수께서 '리하르트 바그너와 독일 역사'라는 주제로 세미나를 하시겠습니다." 하고 소개한다. 꼭 결혼식의 사회자가 주례사를 소개하는 것처럼 거창한 어조다. 영국 사람들은 격식을 따질 때는 철저히, 확실하게 따진다.

세미나는 꽤 진지한 분위기에서 진행되었다. 교수는 안락 의자에 앉아 물을 따라 마시면서 차분하게 바그너에 대한 이야기를 이어간다. "바그너는, 음악가라기보다 하나의 문화적인 현상이지요. 바흐와 베토벤이 이룩한 독일 음악의 위대함을 뛰어넘은 영웅이기도 하고요. 베토벤 역시 나름의 혁명을 이루었다고 볼 수 있지만 그 혁명은 음악 안의 것이었는데 비해서 바그너의 혁명은 독일의 문화와 역사를 모두 아우르는 위력이 있었는데….
'뉘른베르크의 명가수'에서는 쇼펜하우어의 영향이 명백히 나타나고….”

나직한 어조 속에서 갖가지 철학 용어며 독일 철학자들의 이론이 줄줄이 쏟아진다. 강의 중간에 간간이 독일어도 들리는데 학생들은 척척 받아적는다. 이거 참, 난 영어도 못 받아적어서 쩔쩔매고 있는데. 어느새 창 밖에서 밤 열 시를 알리는 칼리지의 시계 종소리가 '뎅그렁 뎅그렁' 하고 들려왔다.

처음으로 들어본 케임브리지의 세미나는 어렵긴 해도 흥미로운 경험이었다. 그래서 곤빌 앤드 키즈 칼리지에서 열리는 '루이 14세 시대의 발레 코믹' 세미나에도 한 번 찾아가 보기로 했다. 이 세미나는 줄리아 프로스트라는 사학과 여학생이 자신의 박사 논문을 발표하는 세미나였다. 세미나에 들어온 학생들도 대부분 사학과에서 비슷한 주제를 공부하는 대학원생들 같았다. 지난번의 바그너 세미나에 비하면 주제가 전문적이라서인지 참석자의 수도 적었다. 시작이 좀 늦어지는 바람에 나는 옆자리에 앉아 있던 오드리라는 여학생과 이런 저런 이야기를 나누게 되었다.

오드리는 케임브리지 대학교의 사학과에서 “18세기의 영국 댄스”라는 재미있는 주제로 박사 과정을 공부하는 명랑한 아가씨였다. 그녀는 무뚝뚝하다 못해 화난 듯이

칼리지들은 제각기 이런 고풍스런 분위기의 식당(Great Hall)을 가지고 있다.
이 식당에서 포멀 디너가 열린다. © Lee Hyungwoo

보이는 대부분의 영국 여학생들과는 달리 생기 있는 표정의 소유자였다. 한참 이야기를 하다 보니 아니나다를까, 오드리는 영국 학생이 아니라 캐나다에서 온 유학생이었다. 그녀는 내가 겨우 두 번째로 세미나에 들어온 '초보'라는 걸 알고 이것저것 케임브리지 대학교의 세미나에 관련된 이야기들을 해주었다.

"세미나를 하면 왜 꼭 와인을 주는지 아니? 그건 영국 애들이 술을 안 주면 질문을 안 하기 때문이야. 너도 알겠지만 영국 애들은 별로 수줍어할 필요가 없을 때 수줍어하는 애들이잖니." 정말일까? 그러고 보니 이번에도 조교가 들어오자마자 "레드 와인이랑 화이트 와인 중에서 뭐 마실래요?" 하면서 와인 병부터 돌리고 있다. 여덟 시에 시작하기로 했던 세미나는 하염없이 늦어진다. 세미나 중에 프랑스의 발레 음악을 두 곡 들어야 하는데 카세트 레코더의 콘센트가 없단다.

"그런데 말야, 또 이 세미나에서 주는 와인들을 마셔보면 한결같이 아니올시다인 거야. 난 꽤 많은 세미나에 가보았는데 정말 맛없는 와인만 주는 거야. 어떤 맛인가 하면, 캐나다에서는 싸구려 와인을 표현할 때 '미사 중의 포도주 같다'는 말을 하거든. 왜 미사의 영성체 중에 마시는 포도주 있잖아. 그런 맛이더라구." 그런 이야기들을 하고 있는데 포터 아저씨가 길다란 콘센트 줄을 가지고 와서 간신히 카세트 레코더 문제가 해결된다. 역시 칼리지에서는 포터 아저씨가 최고다.

40분이나 늦게 세미나가 시작되었다. 지난번 세미나 때는 크로마티 교수가 계속 독일어를 인용해서 듣는 사람을 기죽이더니 이번의 신참 박사 줄리아는 강의 중의 모든 인용문에서 프랑스어를 사용한다. 루이 14세의 편지라던가 륄리, 몰리에르 등의 작품 등등 프랑스 문화를 연구한 것이 그녀의 박사 논문이니 어쩔 수 없었겠지만. 비단 케임브리지뿐만 아니라 영국의 대학에서 인문학 분야를 연구하려면 영어 외에 한두 가지의 '유럽어'에 능통한 것은 필수 조건이다. 줄리아의 세미나는 아무래도 지난번 크로마티 교수 때만큼은 매끄럽지 못하다. 역시 연륜은 무시 못하는가 보다.

강의가 끝나고 학생들이 질문을 하는 것은 지난번과 똑같았다. 세미나 내용에 못지않게 질문들도 독특하다. "루이 14세가 발레를 한 것이 당시에는 혁신적인 일이었나요?" 하고 한 학생이 묻자 다른 학생이 "당시의 무거운 의상과 높은 하이힐 등을 고려해보면 결코 쉬운 일이 아니었지요. 루이 14세를 빼고는 발레를 한 왕은 손에 꼽을 정도로 드물어요. 영국의 찰스 1세 정도가 유일하지요." 하고 대답한다. 그리고 루이 14세 역시 개인 교수를 두고 매일 발레 레슨을 받았었다는 등 줄리아의 지도 교수까지 참여해서 이런 저런 질문과 대답들을 끝없이 주고받았다. 유럽 궁중 문화의 한가운데에 들어와 있는 느낌이다. 아무래도 끝난 후에 펍으로 몰려갈 듯한 분위기여서 나는 대강 질문이 마무리된 후에 먼저 홀을 빠져나왔다. 역시 '뎅그렁 뎅그렁' 하는 시계종 소리를 들으면서.

세미나 외에 우리가 참가한 케임브리지 학생들의 행사 중에 기억에 남는 것은 '포멀 디너(Formal Dinner)' 라고 불리는 정식 저녁 식사다. 한 주일에 두어 번 칼리지의 식당에서 열리는 이 행사는 케임브리지와 옥스퍼드에 내려오는 오래 된 전통들 중 하나로 식사라기보다 하나의 의식에 가깝다. 케임브리지 학생이라고 해서 아무나 포멀 디너에 참석할 수 있는 것은 아니다. 디너가 열리는 칼리지의 학생과 학생들이 초청한 손님들만이 입장할 수 있다.

참석자들은 옷차림에도 신경을 써야 한다. 남자는 턱시도와 보타이를, 그리고 여자는 소매 없는 긴 드레스를 입는 것이 예법이라고 한다. 정식 디너 파티의 의상을 갖추어야 하는 셈이다. 영국의 대학생, 그중에서도 옥스브리지의 대학생은 엄연히 선택받은 소수인 만큼 포멀 디너는 학교의 행사를 통해 사교계의 관습을 익힌다는 의미도 있다. 학생들은 졸업식 가운같이 생긴 칼리지의 가운을 입어야만 입장할 수 있는 엄격한 칼리지도 있다.

저녁의 세미나를 쫓아다니다 보면 칼리지의 식당에서 포멀 디너가 열리는 광경과 맞닥뜨릴 때가 있었다. 까만 턱시도를 입은 남학생들과 긴 드레스의 여학생들이 쌍쌍이 짝을 지어 식당으로 들어가는 모습이 세미나가 열리는 방의 창 너머로 보였다. 대체 어떤 행사일까? 무도회라도 열리는 걸까? 보면 볼수록 궁금해지는 마음을 억누를 수가 없었다. 결국 평소 알고 지내던 트리니티 칼리지의 학생을 졸라 포멀 디너에 초청받았다.

트리니티 칼리지의 포멀 디너는 식당이 아니라 칼리지의 2층 방에서 시작되었다. 애피타이저인 셰리주를 마시면서 대화를 하는 시간이 30분쯤 진행된다. 포멀 디너의 목적이 '학생들 간의 사교'인 만큼 밥만 먹고 후다닥 헤어지는 게 아니라 전후 행사가 길다. 참가한 사람들의 옷차림을 살펴보니 아니나다를까, 남학생들은 대부분 검은색의 정장을 입었고 칼리지의 검정 가운을 입은 학생도 많이 보였다. 여학생들은 소매 없는 긴 드레스나 원피스 스타일의 짧은 드레스 차림이다. 바지를 입거나 한국식의 정장 투피스를 입은 여학생은 거의 없었다. 역시 드레스를 입은 아르바이트 학생들이 술병을 들고 다니면서 빈 잔마다 셰리주를 계속 따라준다.

알싸하고도 달콤한 셰리주에 벌써 얼떨떨해져서 식당으로 향했다. 포멀 디너가 열리는 트리니티 칼리지의 식당은 천정이 엄청나게 높고 사방 벽에 졸업생들의 초상화가 줄줄이 걸려 있는 으리으리한 방이었다. 교수들의 자리가 있는 정면의 단 위에는 헨리 8세의 초상이 높다랗게 걸렸다. 식탁에는 꽃과 촛불이 놓여 있다. 갑자기 영화 속으로 들어온 것만 같다. 분위기만으로도 기가 죽을 판이다.

학생들이 긴 식탁에 줄줄이 앉자 '데에엥~' 하고 긴

종소리가 울렸다. 그러자 모두들 자리에서 일어난다. 교수 중 한 사람이 식사 전 기도를 하는데 가만 들어보니, 아하! 영어나 불어가 아닌 라틴어다. 이제는 케임브리지 대학교의 학생들 중에서도 라틴어를 할 수 있는 학생은 드물지만 그래도 이런 공식적인 자리에서는 라틴어를 사용하는 것이 케임브리지의 관습인 것이다. 졸업식 역시 라틴어로 진행된다. 우습게도 라틴어를 못 알아듣는 적잖은 학생들이 졸업식장에서 언제 자신의 이름을 부를지 몰라 열심히 눈치를 본다고 한다.

웨이터들이 풀 코스의 식사를 날라온다. 야채 수프와 연어 구이, 감자와 당근이 메뉴다. 식사 자체는 학생 식당과 큰 차이가 없지만 분위기만으로도 재미있다. 전통을 유별나게 따지는 케임브리지 아니면 해볼 수 없는 경험이다. 식사가 끝날 때쯤 다시 한 번 종소리가 난다. 교수들이 먼저 자리를 비우는 것인데 이때도 모든 사람들이 일어서야 한다.

식사 후에 디저트로 아이스크림을 먹고 다시 이층의 방에 올라가 준비된 포트 와인과 커피를 마셨다. 한 시간 삼십 분 정도 걸리는 긴 저녁 식사였다. 경우에 따라서는 세 시간 가까이 식사가 계속될 때도 있다. 어떤 칼리지에서는 모든 학생과 손님들이 이름표가 놓여진 지정 좌석에 앉아야 한단다. 메인 코스가 끝난 후에 이 이름표들은 완전히 재배치된다. 디저트를 먹으면서 새로운 사람들과 새로운 '사교'를 나누는 것이다.

    케임브리지에 온 한국 학생들은 호기심에 대부분 한두 번 포멀 디너에 참석한다. 반응은 갖가지다. '내가 정말 멋진 학교에 다니는 것을 알았다.', '유럽의 전통은 확실히 다른 것 같다.'는 반응에서부터 '싼값으로 풀코스를 먹을 수 있어서 좋더라.'는 실속파, 그리고 '이게 웬 겉멋 들어간 장난이냐?'라든가 '계속 졸다가 집에 와서 투덜거리며 라면 끓여 먹었다.'는 학생도 있다.

    겉멋 들어간 장난? 그렇게 생각할 수도 있겠다. 기도를 하려면 다들 알아듣는 말로 할 것이지 왜 하필이면 알아듣지도 못하는 라틴어로 하는가 말이다. 영국 학생들 중에서도 포멀 디너 같은 전통적 행사에 대해 비판적인 경우가 제법 있었다. 우리는 어느 쪽이었나 하면, '근사했다'는 쪽이었다. 포멀 디너에 참석한 학생은 자신이 긴 전통의 연속선상에 있다는 것을 실감하게 된다. 알아듣지 못하는 라틴어 기도조차도 케임브리지 대학이 중세와 절대 왕정 시대를 거치면서 보존해온 전통의 한 모습이다. 물론 전통에서 중요한 것은 형식보다 내용이며 그 속에 흘러온 정신이다. 그러나 유장한 전통에 대해 자긍심을 느끼려면 한 번쯤은 전통의 형식을 몸으로 체험할 필요도 있지 않을까? 우리가 경험해본 포멀 디너는 전통의 대학 케임브리지의 학생들만이 누릴 수 있는 멋지고도 근사한 특권이었다.

판타지의 고향 옥스퍼드

사실 나는 영국에 살던 3년 내내 옥스퍼드에 한 번밖에 간 적이 없다. 우리 부부는 케임브리지에 살고 있었는데, 케임브리지와 옥스퍼드 사이의 직선 거리는 그리 멀지 않다. 그러나 두 도시 다 시골이다보니 두 도시를 다이렉트로 잇는 교통편이 없었다. 굳이 가려면 기차를 타고 런던으로 가서, 런던에서 다시 기차를 갈아타거나 우리 식으로 말하자면 '시외 버스'를 타고 가는 수밖에 없었다.

영국에서 살 때 그나마 한 번이라도 옥스퍼드를 가게 된 것은 일 때문이었다. 한 음악 잡지에서 옥스퍼드 대학 교수인 원로 피아니스트 로잘린 투렉의 특집 인터뷰를 내게 요청해왔다. 무려 6페이지나 되는 기사라서 하릴없이 시외 버스를 타고 옥스퍼드로 갔다. 7년 전의 일이지만 나는 그 길고 지루한 여행을 생생하게 기억한다. 티켓 가격은 불과 5파운드, 영국의 비싼 교통비에 비하면 믿을 수 없을 정도로 쌌다.

그러나 이 버스는 100킬로미터도 안 되는 케임브리지-옥스퍼드 구간을 무려 3시간이나 걸려 동네방네 다 들르며 느릿느릿 달려갔다. 옥스퍼드에 도착하기도 전에 나는 지칠 대로 지쳐 있었다. 버스에서 내려 허겁지겁 인터뷰를 위해 투렉 여사의 집으로 달려갔다. 두 시간 정도 인터뷰를 마치고, 택시를 불러 타고 버스 터미널로 가서 다시 버스 타고 케임브리지 집으로 오니 시간은 새벽 1시. 그 후로 영국을 떠날 때까지 옥스퍼드를 찾을 엄두조차 못 내고 말았다.

이런 옥스퍼드를 7년 만에 다시 가게 된 건 우습게도 또 취재 덕분이었다. 이번엔 옥스퍼드 크라이스트 처치의 교수였던 루이스 캐럴의 흔적을 찾아가는 취재 여행이었다. 런던에 사는 대학 선배 한 사람이 차로 데려다준 덕분에 손쉽게 런던에서 옥스퍼드로 갈 수 있었다. 7년 전에는 그저 스산하게만 보인 도시였는데, 가을 아침의 청명한 공기에 감싸인 옥스퍼드는 놀라울 정도로 케임브리지와 흡사했다.

'옥스브리지(Oxbridge)'라는 영국식 조어는 이제 연고전처럼 우리 귀에도 익숙한 낱말이 되었다. 이 영어 단어에서 알 수 있듯이, 옥스퍼드는 항상 케임브리지보다 앞선 대학이었다. 옥스브리지라는 말은 1849년 소설가 윌리엄 새커리가 자신의 소설 '펜더니스'에서 처음 사용했다고 한다. 재미있는 사실은 비슷한 시기에 케임브리지-옥스퍼드를 합한 '케임퍼드'란 말도 탄생했었다는 것이다. 케임퍼드는 사라지고 옥스브리지만 살아남은 것만 봐도 옥스퍼드는 분명 케임브리지보다 더 우위에 있었던 대학이었다.

두 대학의 학풍은 '옥스퍼드는 인문학, 케임브리지는

자연과학'으로 갈라진다. 토니 블레어와 대처 전 수상을 비롯한 영국 수상의 대다수가 옥스퍼드를 졸업했다. 보수당 당수인 데이비드 캐머런 역시 옥스퍼드 출신이며 클린턴 전 미국 대통령도 장학생으로 옥스퍼드 대학원을 졸업했다. 반면, 케임브리지는 단일 대학으로서는 세계에서 가장 많은 노벨상 수상자를 배출했다는 기록을 가지고 있는데 이 노벨상 수상자들은 대부분 물리학이나 화학상 수상자들이다.

그런데 20세기 중반부터 두 대학의 우열이 나뉘기 시작했다. 자연과학의 중요성이 두드러져서일까, 아무튼 옥스퍼드는 각 언론사나 여러 기관이 매긴 대학 랭킹에서 항상 케임브리지에 뒤떨어진 2위에 머물렀다. 자연과학은 물론이고 때로는 인문학 분야에서조차 케임브리지보다 못하다는 결과가 나와 이 영국 최고(最古) 대학의 자존심을 건드리곤 했다.

그러나 20세기 말, 옥스퍼드는 말 그대로 의외의 분야에서 화려하게 부활했다. 《반지의 제왕》과 《나니아 연대기》, 할리우드의 문법을 바꾸어버린 이 대형 판타지 영화들의 원작이 탄생한 곳이 바로 옥스퍼드이기 때문이다. 《반지의 제왕》 원작자 J.R.R. 톨킨(J.R.R.Tolkein 1892~1973)은 옥스퍼드 엑서터 칼리지의 문헌학과 교수였고 《나니아 연대기》의 C.S. 루이스(C.S.Lewis 1898~1963) 역시 옥스퍼드 모들린 칼리지에서 영문학을 가르쳤다. 훗날 루이스는 케임브리지 대학 중세문학과 교수가 되긴 했으나 그가 7부작인 《나니아 연대기》를 쓰기 시작한 곳은 옥스퍼드였다.

이뿐만이 아니다. 한 편씩 탄생할 때마다 전세계를 들썩이게 만드는 영화 '해리 포터' 시리즈는 대부분 옥스퍼드에서 촬영한 것이다. 매 편마다 중요한 무대로 등장하는 호그와트 마법 학교의 식당 장면은 옥스퍼드 크라이스트 처치 칼리지의 식당에서 촬영한 것이고 마법 학교의 도서관은 옥스퍼드 대학 도서관인 보들레이언 도서관이다. 호그와트 마법 학교 건물은 글로스터 성당이지만 학교 안에서 학생들이 산책하는 장면이나 퀴디치를 연습하는 장면 등은 대부분 옥스퍼드에서 촬영되었다. 때문에 옥스퍼드는 영국식 판타지의 산실을 찾아 전세계에서 몰려드는 관광객 때문에 몸살을 앓고 있다.

《반지의 제왕》과 《나니아 연대기》의 탄생은 서로 얽혀 있다. (다른 이야기지만 C.S. 루이스가 쓴 《나니아 연대기》는 스탠더드한 영어 문장의 교범 같은 책이다. 특히 대표작 격인 《사자와 마녀와 옷장》의 영어 문장들은 얼마나 아름다운지 모른다. 이 책은 미국에서도 초등학교 고학년 학생들의 필독서로 꼽히는 책이니 한국 독자들도 되도록 영어로 읽어보시기를 권한다.) 톨킨과 루이스는 여섯 살이라는 나이 차이에도 불구하고 절친한 친구 사이였다. 두 사람은 항상 모들린 칼리지 안에 있는 산책로 '앨리스의 길'을 걸으면서 철학과 문학, 신학을 토론했다. 독실한 기독교 신자인 루이스는 실은 무신론자였는

크라이스트 처치의 안뜰. '이상한 나라의 앨리스'의 저자 루이스 캐럴이
교수로 평생을 보낸 곳이다. © Lee Hyungwoo

데 이 길을 걸으면서 톨킨이 루이스를 기독교 신자로 개종시켰다고 한다.

옥스퍼드의 세인트 자일스 스트리트에는 '이글 앤 차일드(Eagle & Child)' 라는 오래 된 펍이 있다. 16세기에 문을 열어 500여 년의 역사를 자랑하는 이 펍은 옥스퍼드 대학의 소유라서 대학 교수들의 단골 술집이기도 하다. 톨킨과 루이스가 소속된 문인 클럽 '잉클링스(Inklings)' 도 '이글 앤 차일드' 에서 매주 모임을 가졌다. 이 모임에서 톨킨은 클럽 멤버들에게 《반지의 제왕》 초고를 읽어 주었고 그 때마다 루이스는 "또 그놈의 요정 이야기야." 라며 타박했단다. 그런 루이스가 어느 날 톨킨 못지않게 두툼한 원고를 들고 나타났다. 바로 《사자와 마녀와 옷장》 원고였다.

이런 판타지들이 다른 데가 아닌 옥스퍼드에서 태어난 것은 우연이 아니다. 톨킨은 평생 동안 북유럽의 설화와 요정의 전설을 연구해온 독보적 문헌학자였다. 《반지의 제왕》 탄생에 관련된 이런 일화가 있다. 어느날, 톨킨의 네 자녀들이 아버지에게 옛날 이야기를 해달라고 졸랐다. 그러자 톨킨은 순간적으로 땅에 뚫린 구멍을 가리키며 "땅 속에 난쟁이들이 살고 있었는데~" 하면서 이야기를 시작했다. 이렇게 즉흥적으로 지어낸 이야기가 장대한 '반지' 시리즈의 전편 격인 《호빗》이었다. 나니아 연대기의 작가 루이스 역시 중세 영문학을 전공해 각종 설화와 전설에 박식했고 어린 시절부터 요정 이야기를 들으며 컸다고 한다. 결국 영국 최고 인문학자들의 학문적 바탕이 훌륭한 판타지 소설을 창작하는 밑거름이 된 셈이다. 그리고 이런 학자들이 모여 있을 만한 도시는 예나 지금이나 가장 뛰어난 인문학 대학인 옥스퍼드밖에 없다.

개인적으로 나는 이 같은 옥스퍼드 산(産) 판타지 중에서 가장 뛰어나고 가장 독창적인 작품이 루이스 캐럴 (Lewis Carroll 1832~1898)의 《이상한 나라의 앨리스》라고 생각한다. 루이스 캐럴은 문학 전공이 아니라 유클리드의 기하학을 전공한 수학과 교수였다. 옥스퍼드에서 가장 큰 칼리지는 크라이스트 처치다. 캐럴은 이 크라이스트 처치의 학생으로 시작해서 졸업 후에는 강사로, 그리고 나중에는 수학과 교수로 한평생을 옥스퍼드에서 살았다. 톨킨과 루이스가 20세기 인물이었던 데 비해 캐럴은 19세기를 살았던 사람이니 작품 연대로 따져봐도 캐럴이 두 교수의 선배 격이다.

캐럴은 독신자였지만 소녀들을 무척 좋아해서 어린 친구들이 많았다고 한다. 그중에 크라이스트 처치 리델 학장의 셋째 딸 앨리스 리델과 가장 친했다. 이 꼬마 친구 앨리스를 등장시켜 만든 동화가 《이상한 나라의 앨리스》와 그 속편 격인 《거울 속의 앨리스》다. 특히 '모든 것이 반대'이며 제 자리에 가만히 서 있기 위해서는 끝없이 앞으로 뛰어가야 하는 거울 속 세상을 그린 《거울 속의 앨리스》는 수학자 캐럴의 천재성이 잘 드러난 탁월한 작품이다. 그런데 이 두 소설 모두 영어로 읽으려면 너무도 어려워서 '과연 이게 아동용 소설이 맞나?'라는 의문이 든다. 내 영어 실력이 부족한 탓일까….

이제는 호그와트 마법 학교의 식당으로 더 유명해진 크라이스트 처치 칼리지의 식당에 가면, 왼편 다섯 번째 창 스테인드 글라스에 앨리스와 조끼 입은 토끼, 여왕님, 도도새 등《이상한 나라의 앨리스》등장 인물들이 새겨져서 앨리스를 찾아온 관광객들을 반겨준다. 이 식당에는 크라이스트 처치 칼리지를 졸업한 유명 인사들의 초상도 줄줄이 걸려 있다. 크라이스트 처치 칼리지는 무려 열세 명의 영국 수상을 배출했을 만큼 유서 깊은 칼리지라서 식당에 초상을 걸 만한 위인들도 많다. 그 중 한 자리를 차지하고 있는 루이스 캐럴, 아니 찰스 루트위지 도지슨(루이스 캐럴의 본명) 교수의 초상은 기품 있는 학자풍 인상이다. 실제로 루이스 캐럴은 큰 키에 온화한 성격의 교수였는데 몹시 보수적인 사람이었다고 한다.

옥스퍼드에서 평생을 보낸 캐럴이 만년에 연극으로 꾸며진 '앨리스'를 보러 런던 나들이를 갔다. 극장 객석에 앉은 캐럴에게 흥분한 한 노부인이 말을 걸었다. "저 작품을 쓴 루이스 캐럴이라는 작가가 옥스퍼드 대학 수학과의 도지슨 교수라는 걸 아세요? 그런데 굉장히 친절하고 좋은 양반이라는군요." 캐럴은 짐짓 놀라는 목소리로 "아, 그런가요?" 하고 부인의 말을 받았다. 결국 캐럴은 앨리스의 팬인 그 부인과 함께 '언제 한 번 옥스퍼드에 가서 도지슨 교수를 만나보기로' 약속했다고 한다. 이 재미있는 일화는 캐럴이 친구에게 보낸 편지를 통해 알려진 것이다.

손바닥만한 다운타운과 사시사철 조용한 칼리지들이 전부인 케임브리지에 비해 옥스퍼드는 제법 도시 같은 분위기다. 옥스퍼드는 과거 의회파와 왕당파가 전쟁을 벌인 찰스 1세 시대에 왕당파의 임시 수도로 사용되었던 전력이 있다. 그만큼 규모가 큰 도시고, 바깥 세상과 분리되어 있는 듯한 케임브리지에 비하면 조금 세속적이기도 하다. 옥스퍼드 중심가의 하이 스트리트는 주말이면 관광객으로 발디딜 틈이 없어진다. 관광객들은 해리 포터와 앨리스의 흔적을 찾아서 크라이스트 처치 칼리지와 보들레이언 도서관, 옥스퍼드 박물관 등을 헤집고 다닌다. 영화 세트가 세워진 것도 아니고—어찌 보면 도시 자체가 세트이긴 하지만—캐럴이나 톨킨의 기념관이 남아있는 것도 아닌데 관광객들은 아주 작은 것이라도 이들 판타지의 흔적이 보이면 마냥 열광하고 즐거워한다. 문화 산업의 위력이란 이렇게 엄청난 것이다.

해리 포터 영화를 재미있게 본 사람이라면 그리 낯설지 않은 도시 옥스퍼드. 그동안 대학 랭킹에서 뒤진다는 이유로 라이벌 케임브리지에 자존심을 구겨왔던 이 중세 도시는 21세기 들어 영국식 판타지의 산실로 거듭나고 있다. 영국인들의 장삿속(?)과 더불어, 문화의 진정한 힘을 다시금 느끼게 하는 도시가 바로 옥스퍼드다.

개정판 에필로그
인연 혹은 운명

'영국 : 바꾸지 않아도 행복한 나라'를 출간한 후, 저희 부부에게는 많은 일들이 있었습니다. 두 아이가 태어났고, 그 아이들을 키우느라 어느 부부들처럼 고단한 30대를 보냈습니다. 영국과의 인연은 20대의 찬란한 날들에 케임브리지와 런던에서 잠시 공부하던 정도로 끝나는 줄 알았습니다.

그러나 영국과의 인연은 한 번으로 끝날 운명이 아니었던 모양입니다. 40대가 되어서 저는 영국의 북쪽 스코틀랜드에서 아이들을 데리고 박사 과정을 시작하게 되었습니다. 기억 속에서조차 아득한 고색창연한 대학 도서관, 영어로 된 학술 서적과 논문들, 한 마디 하기도 부담스러운 세미나, 언제나 무겁게 가라앉아 있는 회색 하늘과 소리 없이 다가오는 비바람을 다시금 만나게 된 것이지요. 아이들은 또 아이들대로 낯선 영국 초등학교와 유치원에서 힘겹게 자신의 자리를 찾아야만 했습니다.

그렇게 영국과의 인연이 또 이어지니, 이제는 영국과 저희 가족과의 관계는 한 번의 스쳐지나가는 만남 정도가 아니라 운명이 아닐까 하는 생각마저 듭니다. 친구들 중에는 몇 번 만나지 못해도 그 인연의 끈이 십 년 이상

끈질기게 이어지는 경우가 있지요. 영국과 저희의 관계도 그처럼 질기고 운명적인 종류인 모양입니다.

그런 생각이 드니 저절로 저희의 첫번째 책인 '영국 : 바꾸지 않아도 행복한 나라' 를 다시금 들춰보게 되었습니다. 저희와 영국과의 관계가 인연이 아니라 운명이라면, 그 운명을 만들어준 계기는 누가 뭐래도 '영국 : 바꾸지 않아도 행복한 나라' 일 겁니다. 이 책으로 인해 참으로 다양한 일들이 만들어지고 생겨났습니다. 문화관광부 주관 우수도서로 선정되기도, 한 유명한 텔레비전 프로그램에서 '영국을 소개하는 책 5선' 에 들어가기도 했습니다. 그러나 무엇보다도 가장 큰 변화는 이 책으로 인해 영국이라는 먼 나라가 보다 많은 독자들의 마음에 가까이 다가갔고, 또 어떤 분들에게는 언젠가 영국의 오래된 거리를 직접 걸어보겠다는 꿈을 심어주기도 했다는 점일 겁니다. 그리고 실제로 적지 않은 분들이 이 책을 읽고 영국에 다녀왔거나 영국에서 공부하게 되었다는 사연을 전해 주셨습니다.

'영국 : 바꾸지 않아도 행복한 나라' 에 쓴 것처럼, 저희의 책을 읽고 영국으로 가셨던 분들 역시 영국에서의 생활이 마냥 즐겁고 행복하지만은 않았을 겁니다. 어디나 외국은 고향이 아닌 타향입니다. 익숙하지 않은 곳에서의 삶이 늘 만족스러울 수만은 없지요. 그러나 영국을 여행하거나 영국에서 공부하는 일은 오랫동안 간직했던 꿈이었다고, 그 꿈을 이루어서 정말 기뻤다고 많은 분들이 말씀해 주셨습니다. 그 분들이 전해온 사연들은 가난하지만 행복했던 저희 부부의 젊은 날을 다시 한 번 떠올리게 해 주었습니다.

저희와 영국의 인연이 한 번의 스쳐지나감이 아니라 운명이라면, '영국 : 바꾸지 않아도 행복한 나라' 의 운명도 한동안 판매되다 사라지는 많은 책들과는 조금 다르다는 생각이 들었습니다. 시간은 흐르고 이제 저희도 20대의 신혼부부에서 사춘기 아이들을 키우는 중년이 되었지만, 그래도 이 책 속에서 반짝이던 젊은 날의 기억은 여전히 생생하게 살아 있습니다. 기억 속의 아련한 영국, 그리고 여전히 아주 천천히 변화하며, 유럽 대륙과 미국 사이에서 자신만의 자리를 찾기 위해 고군분투하는 영국의 이야기를 새로운 판형으로 보다 새로운 독자들과 나누어 보고 싶습니다.

참, 뒤늦게 시작한 저의 박사 공부는 어떻게 되었느냐고요? 많은 분들의 도움으로 저는 2009년 글라스고 대학교에서 시작한 박사 과정을 2013년에 무사히 마치고 돌아왔습니다. 언젠가는 어두운 북쪽 하늘 아래서 보냈던 4년의 시간과, 제 인생에서 가장 찬란한 순간이었던 글라스고 대학교 졸업식의 이야기도 해 드릴 기회가 있기를 소망합니다.

2017년 10월 30일
전원경

타산지석 시리즈

"여행보다 더 재미있고 더 리얼하다."
"여행은 보이지 않는 지도에서 시작된다."

세계 여러 나라의 사람들과 문화를 이해하기 위한 보이지 않는 세계 지도.
단순한 체험기가 아니라 그 문화를 진정으로 체험한 사람의 경험을 통해 나오는
날카로운 철학과 통찰.

책읽는고양이

약간의 거리를 둔다

일본의 베스트셀러 작가 소노 아야코의 에세이. 《멀리서 온 손님》
이라는 작품으로 아쿠타가와 상 후보에 오르며 데뷔. 《나는 이렇게
나이들고 싶다》 《나이듦의 지혜》 같은 에세이로도 유명하다. 객관
적 행복을 좇느라 지친 영혼을 위로하는 책으로 '나' 자신을 속박
해온 통념으로부터 벗어나 나답게 사는 삶으로 터닝할 수 있도록
이끌어준다. 정말 맞는 말이라 무릎을 치게 만드는 조언들, 어이없
을 정도로 간단하지만 감히 뒤집어볼 엄두조차 내지 못했던 삶의
진리들이 가득하다. 소노 아야코 특유의 쉽고도 가슴에 와닿는 표
현이 인상적이다. 9,900원.

타인은 나를 모른다

베스트셀러 《약간의 거리를 둔다》의 작가 소노 아야코가 전하는
'관계로부터 편안해지는 법'. 짧지만 함축적 언어로 인생의 묘미
를 표현하는 소노 아야코식 글쓰기가 돋보이는 책으로, 타인과 나
는 다르며, 또 절대 같아질 수 없음을 상기시킨다. 이를 통해 타인
으로부터의 강요는 물론, 나의 생각을 받아들이지 못하는 상대로
인한 스트레스로부터 편안해지는 기본기를 다져준다. 9,900원.

되찾은 시간

잃어버린 시간을 찾아서 시작한 독립서점 '프루스트의서재'는 단
순한 책방이기보다 '나다운 삶'을 실현하는 공간이자 시간이다.
진정성 있는 삶을 찾는 이 책은 '나다움'을 담보로 누리는 우리의
달콤한 풍요에 물음표를 던진다. 13,800원.

좋아하는 일을 찾는다

하고 싶은 일이 없다는 건, 더 이상 즐겁지 않다는 것이다. 인생의
터닝 포인트를 위해 좋아하는 일을 찾아라! 이 책은 의무감에 찌든
어른의 삶이 아닌 진정 즐거운 어른으로 거듭나기 위해 그동안 접
어뒀던 소박한 꿈을 펼치게 한다. 마음의 명의로 유명한 사이토 시
게타 박사의 책으로, 인생의 터닝 포인트라 할 수 있는 50대를 준비
하는 마음가짐을 담았다. 9,900원.

루캣유어셀프

책읽는고양이에서 펴낸 단편소설시리즈이다.
'단편소설에서 나다운 삶을 찾는다' 는 컨셉으로 기획되었다.
기존의 단편집들이 10편 내외를 묶어 볼륨감 있게 구성된
것에 비하여 '루캣유어셀프' 는 1~3편만을 묶어 편집하여,
한 편마다 담은 주제에 집중할 수 있는 여백을 중시하였다.
또 휴대하기 쉬운 크기와 두께로 언제 어디서나 친숙하게
단편을 즐길 수 있도록 차별화하였다.
'루캣유어셀프' 는 짧지만 하나의 주제에 집중하여 전해지는
이야기 속에서 나의 모습, 또 너의 모습과 만난다.

완역으로 다시 읽는 단편!
작가마다 달리 표출되는 인간 군상에 대한 묘사와
어김없이 찾아오는 반전의 묘미에 빠져든다.
어느 날 문득, 잠자고 있는 내면의 나를 깨우고 싶을 때
"Look at Yourself."

01
개를 키우는 이야기 / 여치 / 급히 고소합니다
다자이 오사무 단편집, 김욱 옮김, 5,900원

일본 데카당스문학의 대표 작가로 꼽히는 다자이 오사무의 단편집이다. 인간이 느끼는 굴욕과 수치심, 죄의식에 대하여 끊임없이 자신의 작품에 고백하듯 담아온 다자이 오사무만의 특징이 돋보인다. 한편 언뜻언뜻 비치는 지독한 자기비판의 이면에 숨어 있는 순수에 대한 열망이 애틋하다.

02
비곗덩어리
모파상 단편, 최내경 옮김, 5,900원

모파상의 데뷔작으로, 인간의 추악한 이기주의와 파렴치의 극치를 보여주는 걸작이다.
이야기는 프랑스 루앙이 프로이센군에게 점령된 후, 루앙에서 디에프로 가는 마차를 함께 타게 된 10명. 눈발이 날리는 추운 겨울날, 의도치 않게 끼니를 해결할 만한 식당 하나 찾을 수 없는 먼 길을 가게 된 이들은 비곗덩어리라 불리는 매춘부가 싸온 푸짐한 음식 앞에서 본능에 충실하며, 그 경계를 허무는 듯 보인다. 그러나 밤늦게 도착한 마을에서 프로이센 장교가 비곗덩어리에게 건넨 은밀한 제안과 거절 속에 발이 묶이게 된 일행은 본색을 드러내기 시작한다.

03
여학생 / 앵두
다자이 오사무 단편집, 김욱 옮김, 5,900원

다자이 오사무가 쓴 1인칭 시점의 단편 두 편, 같은 1인칭 시점의 이야기지만, 하나는 딸이자 소녀, 또 하나는 아비이자 작가라는 다른 시점의 대비를 통해 동전의 양면처럼 공존하는 다자이 오사무의 세상에 대한 냉소와 따뜻한 시각을 고스란히 보여준다.
〈여학생〉은 소녀의 시각에서, 〈앵두〉는 다자이 오사무 자신의 자전적 이야기로, 한 아내의 남편이자 아비의 시각에서 쓰여졌다는 점에서 차별된다. 항상 자살을 동경해온 다자이 오사무 자신이, 작가이자 한 가정의 아비라는 1인 2역의 무게를 짐짓 눌러 표현하는 애잔함과 순수한 여학생의 시각에서 바라본 섬세하고 쾌활한 하루의 묘사 속에서 먼저 돌아가신 아빠를 그리워하는 딸의 묘한 대비가 돋보이는 단편집이다.

영국 바꾸지 않아도 행복한 나라

1판 1쇄 발행 2000년 6월 30일
1판 5쇄 발행 2002년 7월 25일
2판 1쇄 발행 2003년 5월 10일
2판 8쇄 발행 2006년 2월 27일
3판 1쇄 발행 2007년 1월 18일
3판 9쇄 발행 2014년 12월 1일
4판 1쇄 발행 2017년 12월 14일

지은이 이식 · 전원경
펴낸이 김현정
펴낸곳 도서출판리수/책읽는고양이

등록 제4-389호(2000년 1월 13일)
주소 서울시 성동구 행당로 76 110호
전화 2299-3703
팩스 2282-3152
홈페이지 www. risu. co. kr
이메일 risubook@hanmail. net

ⓒ 2017, 도서출판리수/책읽는고양이
ISBN 979-11-86274-31-6 03810